本书出版获得陕西师范大学人文社会科学高等研究院专项资助

乡愁的辩证法

知青作家的城乡经验及其文学书写

李彦姝◎著

中国社会科学出版社

图书在版编目(CIP)数据

乡愁的辩证法：知青作家的城乡经验及其文学书写 / 李彦姝著. —北京：中国社会科学出版社，2018. 8

ISBN 978-7-5203-2934-7

Ⅰ. ①乡… Ⅱ. ①李… Ⅲ. ①知青文学—文学研究—中国 Ⅳ. ①I206. 7

中国版本图书馆 CIP 数据核字（2018）第 172963 号

出 版 人 赵剑英
责任编辑 慈明亮
责任校对 王 龙
责任印制 戴 宽

出 版 中国社会科学出版社
社 址 北京鼓楼西大街甲 158 号
邮 编 100720
网 址 http://www.csspw.cn
发 行 部 010-84083685
门 市 部 010-84029450
经 销 新华书店及其他书店

印刷装订 北京君升印刷有限公司
版 次 2018 年 8 月第 1 版
印 次 2018 年 8 月第 1 次印刷

开 本 710×1000 1/16
印 张 16. 5
插 页 2
字 数 230 千字
定 价 76. 00 元

献给我的父母及他们的同代人

目　　录

城乡与乡愁：知青文学研究的拓展与深入

杨剑龙

曾作为知青的我们这一代人，和农村、土地、农民有着深入的联系；曾作为知青的我们这一代人，对栽种、耕耘、收获有着深刻的体悟。知青已经成为我们这代人身上的历史烙印，知青已经构成我们这代人的性格特征。每每聆听王佑贵演唱他作词作曲的《我们这一辈》，我们都会激起强烈的共鸣，都会回想起自己的知青岁月："我们这一辈和共和国同年岁，上山练过腿下乡练过背。我们这一辈，学会了忍耐理解了后悔，酸甜苦辣酿的酒不知喝了多少杯……"知青文学成为记载这段历史的文学文本，知青文学成为留下青春记忆的文字载体。我曾经以自己的插队生活为素材，创作出版了长篇小说《金牛河》，得到了许多评论家的关注，上海电视台还以此为话题拍摄了我的专题片《大河奔流的岁月》。

李彦姝是知青的后代，他的父母曾经在辽宁农村插队务农。李彦姝是我的博士生，我曾经在江西省靖安县高湖公社插队务农。李彦姝的博士学位论文选择以知青文学为研究对象，这多少受了她父母和我的影响。李彦姝在阅读了大量文学文本与相关资料的基础上，条分缕析，切中肯綮，写出了《乡愁的辩证法：知青作家的城乡经验及其文学书写》这部著作，是对于知青文学研究的拓展与深入，具有重要的学术价值。

2014 年在李彦姝博士学位论文答辩前，我写出的论文评定意见为：

李彦姝的学位论文将研究视野置于城乡二元结构，分别研究城乡差异与知青文学的张力、乡土经验与知青作家创作、城市经验与知青作家创作、城乡祛魅与返魅的辩证法、作家代际更迭与城乡想象的差异、各流派作家城乡书写比较综论等方面，比较全面深入地研究了中国当代知青文学的创作，丰富与拓展了知青文学的研究，具有独到的学术价值。

论文运用了场域理论、文学地理学、文艺心理学、文化研究等理论与研究方法，在研读了大量知青文学文本的基础上，将视域置于中国现当代文学发展的历史视野中，努力揭示知青作家半个世纪以来的思想历程与知青文学发展的脉络，有其独到的观照和见解。

论文层次清楚、资料翔实、分析细致、语言流畅、书写规范，呈现出作者较好的学术功底和研究能力。

经过李彦姝修改润色后的这部学术著作，大致在如下几方面拓展与深化了知青文学的研究。

首先是城乡二元结构的研究视域。与以往的知青文学研究大多将目光放在知青与下放之地关系不同，该著却将研究视域置于城市与乡村的二元结构视域中。著者认为："知识青年上山下乡运动成为沟通中国城乡文化、辨识城乡经验差异的重要纽带。……一方面，如果没有这种大规模、远距离、长时间的城市青年迁徙流动，就不会有知青作家的诞生及知青文学的繁荣。另一方面，如果城乡之间不存在诸多显而易见的差异，也就没有知青文学所蕴含的巨大张力。由此可见，从城乡二元结构的视角来关照和研究知青作家创作很有必要。"因此，她既分析知青作家笔下的乡土世界，又探究城市经验与知青作家创作的关系，甚至分析知青作家的"乡愁辩证法"，指出："城市与乡村负载着知青的双重乡愁，城乡迁徙的身体历程导致其寄托乡愁的对象发生转换。在不同历史时期、不同文化语境中，城乡分别在知青作家心中扮演着不可替代的精神家园角色。”这是颇有见地的，道出了知青乡愁的独特之处。著者认为：“城乡文化的撞击和交融为中国文学带来了独特的生机与活力，知青作家创作的出发点也正在于有‘城市—乡村’这个坐标系存在。”倘若没有知青离开城市奔赴乡村，也就没有知青作家们对于城乡文化的比照与感受，也就没有知青作家们对于农村的感受，也没有他们对于城市的反观，正是在知青作家们丰富的乡土经验与独特的城市经验中，产生了不同时期不同的知青文学，也就有了该著中“知青与农民：乡土大地上的对视”“‘准乡下人’的城市遥望”的研究。

其次是知青文学研究的比较视野。与以往的知青文学研究相比较，该著具有更为开阔的视野，尤其以比较视野拓展知青文学的研究。该著设专章研究“代际作家更替与城乡想象的差异”，不仅关注知青作家创作的知青题材作品，而且关注“晚生代”非知青作家知青题材的书写，还关注知青作家非知青题材的创作，并“纵向比较即比较老三届、六九届、晚生代等不同代际知青作家创作的普遍性和特殊性，以此来呈现城乡想象与代际更迭、阅历变迁的关系，见证时代精神的发展历程”。该著将知青文学与现代乡土文学、新时期乡土文学进行比较，指出20世纪80年代前期知青作家的乡土书写启蒙性色彩浓厚，很大程度上继承了“左翼乡土文学”的衣钵；20世纪80年代中期之后的乡土书写则越来越偏向于精神性，逐渐展现出与“京派乡土文学”相似的审美特质。在与新时期乡土文学进行比较时指出：“与莫言等作家相比，知青作家的乡土书写缺乏的正是那种‘荒诞离奇’的想象力和酣畅淋漓的颠覆性。”该著将知青作家与延安作家作比较，认为延安作家拥有较为深厚的学养、较为丰富的人生经历，知青作家相对缺乏学识学养、社会阅历；延安作家是先在文坛及社会上获得了影响力再来到乡村，知青作家大多数人是在国家的统一部署和安排下被动下乡；延安文学体现出浓厚的救亡色彩，早期知青作家关注国内阶级、路线斗争或人与自然的搏斗。该著将知青作家与寻根作家作比较，在指出知青作家与寻根作家身份的重合后，指出："从主观抒情走向历史理性，从政治批判到文化批判，这是知青作家不断反思乡土经验之后作出的改变。"该著将知青作家与当代都市作家作比较，认为知青作家对于他们所置身的城市仍保持着某种微妙的距离，都市作家更热衷于描写当下市民生活与历史风流轶事。以比较视野展开对于知青文学的研究，不仅拓展了知青文学的视域，而且更突出了知青文学的特性。

最后是理论与研究方法的娴熟运用。文学理论与研究方法是文学研究的工具，只有对文学理论与研究方法有切实的研究与把握，只有所运用的理论方法与研究对象切合，才有可能得出切中肯綮的见解和结论。在研究过程中，著者有效运用相关理论与研究方法，如运用了当代法国著名社会学家布迪厄的场域理论。场域是布迪厄社会学的一个关键空间隐喻，布迪厄用"知识场域"指称符号的生产者，如艺术家、作家以及学术界。著者指出：场域理论在我们考察中国城乡关系时显示出独特意义，她认为："城市和乡村不仅是表象悬殊的实存地理空间，也是参差对照、边界鲜明的两个社会文化空间，即两个场域"，认为两种截然相反的场域经历，浇筑了知青作家暧昧纠结的人格类型与心灵结构。文学地理学是以文学与地理环境之关系为研究对象的一门新兴学科，通过文学家的地理分布及其变迁，考察不同的自然地理环境和人文地理环境对文学家及其创作的影响。著者以空间、地域比较为基础展开知青文学的研究，"沿着'空间迁徙—城乡经验—文学书写'的思考路向"，既从自然地理角度考量，从中国地理版图上东西南北中各方位分析知青文学作品富有浓郁厚重的地域色彩；也从组织建制角度来看，认为插队和插场（包括兵团和农场等）之别，导致知青作家的创作题材和风格不尽相同；还从不少知青作家被安置到少数民族地区，分析其作品彰显出鲜明的民族文化特色。文艺心理学是研究文学艺术的创作过程、欣赏者的感受、理解艺术作品等心理活动的理论，尤其关注艺术家创作过程中的心理状态。该著努力关注与分析知青作家的心理、心态，著者提出的一系列问题都与心理学相关："知青作家在下乡、返城前后经历了怎样的角色转变？他们关照城乡的视角与态度会做出哪些调整？其'乡愁'的对象为何发生对调？城乡情感认同的天平如何摇摆？"该著既分析知青作家的乡土经验，又梳理他们的城市经验，分析他们乡愁的复杂性，甚至提出知青文学"关涉知青一代人的思想重构、精神探寻、心灵归宿等命题"，从文艺心理学角度对于知青文学的研究具有了深度和力度。这些理论研究方法的娴熟运用，也使该著在知青文学研究方法方面有所开拓。

李彦姝在该著导言中提到该论题研究的企望：立足于对知青作家私人经验与社会历史、地理空间等驳杂关系的考辨；绘制知青文学的"时间—空间"研究谱系；尝试提出并论证知青文学场域学、知青文学地理方位学、知青文学乡愁美学、知青文学生态美学、知青文学代际研究等新命题；以 20 世纪 50 年代至今与知青作家或知青题材相关的大量重要作品的精读为研究准备和论述基础。该著基本以这样的思路与努力展开研究，呈现出该著的独特性和重要性，是知青文学研究的拓展与深入。

李彦姝于 2010 年考入上海师范大学，跟随我攻读博士学位，在攻读学位期间她获得了 2013 年研究生国家奖学金、2013 年上海市地方高校大文科研究生学术新人项目资助，其学位论文还得到了上海市知识青年历史文化研究会的资助。2014 年李彦姝以优异的成绩获得博士学位后，至教育部社科中心工作，她不仅认真做好《中国高校社会科学》的编辑工作，而且更加努力地从事学术研究，在《文艺研究》《中国现代文学研究丛刊》《中国文学批评》等刊物发表多篇有影响的学术论文。2016 年李彦姝入围唐弢青年文学研究奖终评，位列全国 20 位优秀青年学者之中。李彦姝是一位沉得下心来从事学术研究的青年学者，聪慧敏捷、扎实深入是其学术研究的长处，她的学术研究也得到了她家人的鼎力支持。作为一位青年学者，李彦姝的天地很宽、前程远大，祝愿她在今后的学术研究中有更多精品佳作问世，这是我所期望的。

2018 年元月 15 日凌晨

于谵语斋

导　言

知识青年上山下乡运动是共和国史上的重要事件，是毛泽东领导的社会主义运动实践的有机组成部分。它萌蘖于20世纪50年代，至“文革”十年渐入高潮，随着“文革”结束而落幕，经历了近三十年的历史跨度，逐渐从小规模、区域性的个别现象蜕变为大规模、全国性的社会运动。在这场声势浩大、旷日持久的运动中，衍生出知青作家这样一个特殊的文化群落和知青文学这一具有鲜明时代特征的文学流派。知青作家从不同角度、不同侧面生动地描绘了知识青年波澜起伏的生活经历和心路历程，全面地呈现了上山下乡运动的动因、经过和收束。他们的创作为后人了解和研究上山下乡运动，提供了独特的视角和鲜活的资源。

20世纪80年代前后是知青文学的创作、阅读和研究的黄金时代，知青文学在文学话语场中占据了巨大的话语份额。但是随着时代车轮的不断前行，上山下乡运动的“现象级”效应逐渐丧失，它由一场具有强烈时代特性的社会运动固化成为一段载入书本的共和国历史——一段与当代人渐趋疏离的历史。有学者言：“如今，知青这个称号已经废止了三十多年。一段小小的历史盲肠，多数人不再谈论这是怎么一回事。一个没有正式结论的社会性实验，收摊之后就丢弃了。”①

知青一代人对知青文学相关话题的疏远，反映出他们对于知青运动

---

① 南帆：《历史的盲肠》，《收获》2012年第1期。

本身及其所属年代的与日俱增的质疑与排斥，后起的一代人对于知青运动亦缺乏解读热情。知青文学创作和评论在经历了20世纪80年代的黄金时代之后趋于静寂，上山下乡题材作品的数量持续递减，知青文学研究也日益萎缩，成为学者们不愿倾注过多心力的“隐学”。总之，我们不无遗憾地承认知青文学的创作及研究的高潮已然过去。

但事实也许并非想象中的那样悲观，知青题材作品数量在减少，但知青作家的创作活动远未终止，且文坛影响力不减反增，时至今日仍是极具文学创造力和影响力的一个群体。毋庸置疑，他们在创作题材上早已完成了转型，但若细察其后来的创作，不难发现“上山下乡”的经历如同一个幽灵，从未真正、彻底地从作品中退出，而是充当一种形变的或一种隐在的背景继续出场，从这个角度看，广义的“知青文学”仍然隐秘而顽强地存活着。以上是针对创作而言，知青文学研究同样有必要，也有可能找到新的激活方式。

学术研究一直行走在逃逸与重返历史现场的道路上，历史经常会在某个时机、以某种方式照进现实，21世纪以来中国当代文学研究界“中国当代文学史料化与经典化”“重返八十年代”等命题的提出即为佐证之一。知青文学作为20世纪中后期的一笔重要文学遗产，其历史与审美的双重价值以及多元阐释空间并未被穷尽，甚至尚未得到完全的释放。当下研究者完全可以跳出僵硬的文学史命名框架，从新的角度去提出和解决问题。基于这种考量，本书尝试以一些有别于以往的理念和路径切入知青文学研究。这种尝试主要体现在以下几个方面。第一，视角挪移。跳出僵化的革命、政治、阶级等研究视角，立足于对知青作家私人经验与社会历史、地理空间等的驳杂关系的考辨，沿着“空间迁徙—城乡经验—文学书写”的思考路向，建立“社会—文化—审美”的研究路径，从文化诗学和审美诗学两方面激活知青文学被忽视的潜在价值。“人是生活在一定的时间与空间之中的，文学也始终铭刻着时空的烙印。以时间为顺序来考察文学发展的历史固然是一个重要的视角，以地域为分界来研究文学演变的特点何尝不是一条可行的坦途。"[1] 以空间、地域比较为基础的横向研究未尝不能为知青文学研究注入新鲜血液。第二，谱系建构。绘制知青文学的"时间—空间"研究谱系，在爬梳历史脉络的同时，从场域细分和空间审美两方面入手，破解既往知青文学研究上意识形态色彩过于浓重的困局。第三，命题开掘。尝试提出并论证知青文学场域学、知青文学地理方位学、知青文学乡愁美学、知青文学生态美学、知青文学代际研究等新命题，以概念创新推动研究半径的延展，培育研究生长点。第四，紧贴作品。以 20 世纪 50 年代至今与知青作家或知青题材相关的大量重要作品的精读为研究准备和论说基础，突出实证性、系统性与全局性。

本书一共分为六章。开篇并未开门见山直接切入知青作家作品研究，而是用了一定篇幅来讨论城乡尤其是中国城乡的定义、特征、关联、差别等。这一"绕路"之举我认为很有必要，因为没有对城乡这一组对立概念的介入和澄清，就难以充分诠释知青作家作品独特的历史、文化、美学价值。知识青年上山下乡运动成为沟通中国城乡文化、辨识城乡经验差异的重要纽带。毋庸置疑，知青作家出现的重大前提是上山下乡运动所引发的城乡流动。一方面，如果没有这种大规模、远距离、长时间的城市青年迁徙流动，就不会有知青作家的诞生及知青文学的繁荣。另一方面，如果城乡之间不存在诸多显而易见的差异，也就没有知青文学所蕴含的巨大张力。由此可见，从城乡二元结构的视角来关照和研究知青作家创作很有必要。

知青作家对于中国城乡二元结构的认知，直接影响到他们的创作观念和创作实践。地理空间的转换、文化传统的断裂、社会形态的变迁等，均不同程度地引发了知青作家的身份认同危机和心灵世界蜕变。作为城乡间的"双栖动物"，一方面，他们以先天的城市经验为基础反观

---

① 黄霖：《文学地理学的理论创新与体系建构——评梅新林新著〈中国古代文学地理形态与演变〉》，《文学评论》2007 年第 5 期。

并凸显乡土的异质性，构建有别于城市的“他者形象”；另一方面，他们能够利用后天的乡土经验来“旁观”城市生活的富饶与文明、浮躁与异化，呈现城市生活世相百态。两种截然相反的场域经历，浇筑了知青作家暧昧纠结的人格类型与心灵结构。知青作家在下乡及返城前后经历了怎样的角色转变，他们关照城乡的视角与态度会做出哪些调整？其“乡愁”的对象为何发生对调？城乡情感认同的天平如何摇摆？这些都是非常值得深思和探究的问题。

不同知青作家因个体经验差异，作品的立意、题材、艺术风格等方面存在着较高的可辨识性。从自然地理角度考量，中国地理版图上东、西、南、北、中各方位的知青文学作品皆富有浓郁厚重的地域色彩；从组织建制角度来看，因为有插队和插场（包括兵团和农场等）之别，因而知青作家的创作题材和风格不尽相同；还有不少知青作家曾被安置到少数民族地区，因而作品彰显出鲜明的民族文化特色。以上诸种反映了客观地理环境、特定政治氛围以及多样民族文化对于知青作家作品的深刻影响。

除去以上客观条件造成的差异外，从作家主观角度考量，可以看出面对同样性质的乡土世界，由于知青作家际遇或性情的不同，乡土体认也具有鲜明的主观能动性。作家主观认知的差异，参与打造了知青文学的多元化景象。如果把乡土世界看作是一个文化整体，那么它蕴含了多彩而驳杂的隐喻：有人将其视为“劳其筋骨、苦其心志”的锤炼抑或苦难之地，有人将其视为承载青春、友情甚至亲情的温馨之地，也有人将其视为具有“红色基因”的革命圣地，还有人将其视为自然胜境，等等。经由这些生动鲜明的个性化“指认”，乡土世界的文学形象更加丰满驳杂，不同作家个体的世界观、价值观、审美观也从中得以凸显。

农民观和乡土观是我们观察知青作家乡土情感的重要角度，很多作品中出现了具有典型意义的农民形象，其中“严父”与“慈母”是作家用力较勤的两个形象群，对他们/她们的勾勒反映了知青作家对于乡土人伦道德与文化情感的基本判断。知青作家与乡村的爱恨亲疏关系，折射了他们流动不居的乡土观念，而乡土观念的更迭又与社会历史背景、代际更迭及个人境遇等因素紧密勾连。

知青作家的城市经验依据“下乡前—下乡中—回城后”的时间顺序可划分为成长期、下乡期、返城期、安定期等。不同时期知青作家与城市的亲疏关系不尽相同。尤其是知青作家返城定居之后，其自我定位、角色认知、精神坐标等发生了深刻转变，创作了大量与此前乡村题材作品趣味迥异的城市题材作品。城市的繁华、油滑、冷漠、功利等常被知青作家诉诸笔端；两性、金钱、欲望、消费等词汇开始跃动于作品的字里行间，甚至成为某些作品的关键词。城市在知青作家眼中曾经是令人渴慕的归宿，却在不知不觉间变成了潘多拉的魔盒。知青作家创作转型，一方面源自新时期人们对于激进主义、极“左”思潮等的反思与批判，另一方面也源自市场经济条件下个人主义、拜金主义、世俗主义、大众文化等的刺激。社会思潮的更迭重塑了知青作家笔下城市的直观形象与精神气度，同时也刺激了知青作家价值取向与审美维度的蜕变。城市中的多种传播媒介共同作用，对于知青作家创作题材的嬗变及作品风格的通俗化转向起到推波助澜的作用。

当知青作家的城市视角重新确立、市民身份日渐巩固、城市审美日趋疲惫时，乡土世界又如何在其内心深处施展撩拨引诱之道术？乡村记忆如何在他们的脑海中复活并重现幽灵般的影响力？他们以何种方式再次皈依乡村世界与乡土精神？灵魂深处的家园感、归属感因何崩塌又如何重建？……这些也都是值得关注的问题。纵使下乡经历损耗了很多知青的青春，销蚀了他们的心智，但大量知青文学作品流露出怀乡病征候却是一个不争的事实，家乡、故乡甚至原乡情结，折射了知青作家情感倾向、精神归宿的递进关系。城市与乡村以对照性乃至对抗性的方式并存抑或对峙，两者在不同时期知青作家的心中彰显不同的魅惑力、生命力和亲和力，为知青作家的文学创作提供了鲜活素材与情感动力，为知青文学蜕变、后知青文学发展积淀了丰厚养料。

考量城乡二元结构视域下的知青作家创作时，还必须将这一命题放入“网格形”的纵横比较视野中。纵向比较即比较“老三届”“六九届”“晚生代”等不同代际知青作家创作的普遍性和特殊性，以此来呈现城乡想象与代际更迭、阅历变迁的关系，见证时代精神的发展历程。横向比较即不同文学流派之间的比较，将知青作家的创作实践与乡土作家、延安作家、干校作家 、寻根作家、都市作家等绕不开“城乡”关系主题的流派纳入同一话语场予以比对，提炼共性并且辨析差异，此举既使知青文学的边界更加明确、个性得以凸显，又能从总体上关照不同时代、不同社会背景、不同阅历、不同政治倾向的知识分子（尤其是城市知识分子）如何认知城乡，如何运用其独特的城乡经验来进行构思和写作。

为尽量准确和妥帖，进入正文论述之前，还必须对一些重要概念进行界定。

首先，“知识青年”的概念。毛泽东在1939年5月4日延安青年群众纪念五四运动二十周年大会上的讲话《青年运动的方向》一文中即提到“知识青年”一词：“中国反帝反封建的人民队伍中，有由中国知识青年们和学生青年们组成的一支军队。……中国的知识青年们和学生青年们，一定要到工农群众中去，把占全国人口百分之九十的工农大众，动员起来，组织起来。”① 这一论述与毛泽东1942年《在延安文艺座谈会上的讲话》中所提倡的文学“工农兵方向”有着明显的相关性。在当代中国的社会语境中，狭义的“知识青年”是指在“文革”这一特定历史背景下出现的一个社会群体，“它包括的是曾在学校受过教育，然后在‘上山下乡’这个特殊的政策之下，由政府所组织的到农村或连续从事农业生产的那批年轻人”②，主要指城市下乡知青。广义的“知识青年”，指自1950年以来所有未能继续升学而响应国家号召

① 毛泽东：《青年运动的方向》，《毛泽东选集》（第2卷），人民出版社1991年版，第565页。

② 定宜庄：《中国知青史：初澜（1953—1968）》，当代中国出版社2009年版，第1页。

来到乡村进行支援建设、保卫边疆、垦荒劳动的青年。“知识青年”中的“知识”指教育背景，“青年”指年龄范围。因此，知识青年有一定知识储备但缺乏丰富的社会阅历，他们在青年向成年转折的关键时期来到乡村接受再教育，开启一段转折性的人生历程。

其次，知青作家与知青文学。书中所指“知青作家”是指那些具有上山下乡经历的作家，采取的是身份定义法，主要包括20世纪50年代初出现的“农村返乡知青”、“文革”之前出现的“城市支边知青”和“文革”中出现的“城市下乡知青”等类型。路遥是农村返乡知青作家的代表；陆天明是城市支边知青作家的代表；至于城市下乡知青作家的名字则耳熟能详，如梁晓声、叶辛、张抗抗、王安忆、铁凝、韩少功、张承志、史铁生等。在知青作家的创作谱系中，固然包括大量知青文学题材作品，却也不乏其他题材作品。事实证明，很多知青作家返城之后的创作题材大大溢出了知青文学的范畴，这种情形随着时间的推移表现得尤为突出。

“知青文学”的概念最早由郭小东在1983年第4期《作品》杂志《论知青小说》一文中提出。从所涉体裁来看，知青文学包括小说、电影文学、诗歌等虚构文本和日记、书信、散文、报告文学等非虚构文本。刘小萌认为知青文学发轫于1953年，日记、书信、请缨书是知青文学最早的形式。从作家身份及创作题材的角度来看，知青文学大致应该包括以下三类作品：第一类是知青作家对于知青题材的书写，第二类是非知青作家对于知青题材的书写。以上两类均侧重于“题材”方面的限定。第三类则跳出题材限定，是知青作家创作的某些非知青题材的作品，这类作品不以讲述上山下乡经历为主，但是知青的下乡经历是作品的起因、背景或参考素材等。例如那些讲述知青返城后城市生活的作品，从内容上看已经与上山下乡运动基本无关，但是字里行间不免存留着乡土经验、乡土情感、乡土精神的印记。这样的作品从广义角度来看也可以纳入知青文学的行列中来，就如史铁生对于知青生活题材的理解：“最初状态是你写了当时的知青生活，或者在今天的回响，像《孽债》，还有更潜移默化的。说它（指知青生活——引者注）没有影响是不可能的，它在我们这一代人身上是最重的烙印，它的影响是无形的。”①

在梳理概念的过程中，尤为关键之处在于如何理解知青作家的创作与知青文学的关系。总的看来，两者既有交集，又不完全重合。很多知青作家后来的创作均溢出传统知青文学的范畴，覆盖了更广阔的题材。而李洱、韩东、朱文颖、李茜等晚生代作家虽然不具有知青身份，但也创作了不少知青题材作品。这些晚生代作家或者有长期乡村生活经历，或者是知青的后代，总之是因机缘巧合而对知青题材产生兴趣。董之林在谈及知青小说的含义时提倡采用广义概括法，认为那些“溢出的题材”并不是多余物，而是谈论知青文学时不能绕过的重要参考依据，与狭义的知青文学在“精神上有着更为密切的内在联系，从而使我们在探讨知青小说过程中，不能不经常发生联想”②。郜元宝也认为：“有关这段历史以及和知青相关的其他生活现象的创作，都不妨称之为知青文学。……另外，似乎还应该提到非知青假托知青的一些业余作者，‘借他人的酒杯浇自家的块垒’。”③ 的确，知青文学概念的外延随着时代变迁而不断扩充或变形，那些看似冗余的枝蔓我们不能视而不见，因为它们也为知青文学之树的枝繁叶茂作出重要贡献。

综上，本书中的“知青作家”概念采取的是身份定义法；“知青文学”概念采取的是题材定义法。书中所涉及的作品，以知青作家的创作为主体，在此基础上，也涵盖某些非知青作家的知青题材作品。就时间跨度而言，20 世纪 50 年代初直至当下的相关文学文本均被纳入考察范畴。

最后，城乡经验与城乡书写。以二元结构为突出表征的城乡经验，

---

① 史铁生：《扶轮问路》，《史铁生全集·访谈》，北京十月文艺出版社 2016 年版，第 50 页。

② 董之林：《走出历史的雾霭》，陕西人民教育出版社 1991 年版，第 12 页。

③ 郜元宝：《“知青文学”之一瞥》，《南方文坛》1998 年第 5 期。

在何种程度上影响知青作家的创作实践，这是一个重要问题，也是本书所特别关切的一个核心问题。城乡经验通常由两个层面组成，第一，针对创作题材和内容而言，即“写什么”；第二，针对创作地点和环境而言，即“在哪写”“何时写”“以何种心境写”等。在场亲历的、即时性的“当下”感受，与千里之外的、时过境迁的、不在场的回忆及想象，显然具有截然不同的美学价值。不可否认，创作环境对于作家创作视域、审美趣味的影响不容小觑，因此，研究中必须密切关注知青作家创作时所处的时空环境。城乡经验，既包括知青上山下乡之前和过程中的经验，也包括知青返城后的经验。也就是说，知青作家的城乡书写，绝不局限在知青题材作品中，无论作品中是否塑造了知青形象，是否直接书写上山下乡情节，都不影响作家对于城乡问题的思考及对于城乡态度的变化调整。

历史大潮中的个人道路很可能会受到外在因素的左右，但是对人生经验的价值判断却往往见仁见智。换句话说，在知青作家心中从来就不存在凝固不变的城市或乡村形象。作家的城乡认知随着历史语境的变化在不断更迭，此种对城乡经验的流动性认知，极大丰富了知青作家的思想资源，使他们的创作产生更多的可能性。

在这里还须赘言两句，文学研究不等于社会学研究、历史研究，知青文学研究的立足点和着力点也不在于评判上山下乡运动本身的得失成败，知青上山下乡这段历史的复杂性乃至其中的是非曲直，在文学作品中自有或隐或显的呈现，但对某段历史的进程、结果及其评价，却不是文学研究的任务；文学研究主要还是针对由上山下乡运动所引发的文学现象、作家作品发言。研究知青文学不等于褒扬或贬斥上山下乡运动本身。就如同方兴未艾的“文革”文学研究一样，关注或介入“文革”文学，绝不等于为“文革”翻案、站台。

上述说明，并不意味着文学研究要隔绝于社会历史发展的宏大谱系，也绝非抱有一种置身事外、独善其身的冷眼甚至虚无态度，而只是想澄清一种具有其内在规律性的文学研究的基本立场和理想限度。

第一章　城乡之辨与城乡之变

在中国五千年的历史长河中，农耕文明源远流长，在传统农业社会中，人们重农抑商的观念根深蒂固。农业生产是中国自古以来经济发展的命脉，土地是中华民族繁衍生息的根基，国民以自给自足的小农经济为安身立命之本。中国拥有幅员辽阔的乡村、数量庞大的农民和涵养深厚的乡土文化。在20世纪中国的历史变局中，乡村也一直占据着相当重要的位置。在“农村包围城市”思想的指引下，革命氛围始终笼罩着乡村，乡村屡屡被中国共产党人认作革命或变革的发源地和根据地，跟随着中国共产党发展壮大的足迹会发现，井冈山、延安、西柏坡等革命重镇无不位于乡村。

尽管长安、洛阳、金陵、大都等城市自古以来闻名遐迩，但从社会整体状况来看，中国城市的现代性变革及跨越式发展肇始于晚清。19世纪中叶，西方侵略者用坚船利炮敲开中国大门，中国在经济社会各方面遭受巨大冲击，并由此陷入绵延百年的动荡之中。而从其反向效果来看，中国却由此告别了老大帝国的闭关自守状态，整体性地融入世界发展进程。在此过程中，中国古老城市在“现代”风旗的指引下一改往昔面貌，尤其在通商口岸以及西方国家所属势力范围内得到不同程度的发展。城市及其市民一度在20世纪革命进程中扮演“被改造者”的角色，“文革”结束以后，社会经济发展成为时代主题，城市开始充分发挥区域、人才、市场等优势，影响力日益增强。随着城市发展的不断加快，城市人口数量迅速攀升、市民生活质量与社会地位不断提高。需要指出的是，在城市人口当中，纯粹的土著恐怕为数不多，相当一部分市民具有乡村血统，是迁徙移民的产物。城乡间人员流动自古以来未曾间断，流动所改变的绝不仅仅是个人身份或家族命运，也为地区间文化渗透、地域文化血液更新提供了可能性。

知识青年从下乡到返城，经历的恰是一段城乡关系剧烈变动的时期。知青作家的见闻感受及文学书写成为联络城乡关系、辨识城乡差异的重要纽带。曾大兴指出："文学家的地理分布，表现为两种状态。一种是'静态分布'，一种是'动态分布'。文学家的籍贯（出生地）分布，属于'静态分布'；文学家的迁徙、流动地的分布，则属于'动态分布'。"① 古往今来，屈原、李白、杜甫、苏东坡、鲁迅等很多我们熟悉的文人都有过"行万里路"的多地居住的经验，而知青作家的迁徙也属于动态分布的特殊形式。空间流动所促发的私人经验，丰富了作家的生活阅历；私人经验与历史经验的碰撞，奠定了作家创作的思想基础。

毋庸置疑，知青文学发生发展的重大前提是上山下乡运动所引发的城乡流动性和随之而来的知青动态分布。"在当代的生活背景中，更多由于工作、迁徙、移民，由于经济、生活、政治及各种原因，造成许多错置（Displacement）、流散（Diasporic experiences）等处境。"② 从社会学意义上说，知青作家是特定时期内脱胎于社会运动的"错置者"，没有大规模、长时间的城乡流动，就不会有知青作家群体的诞生。另外，此种流动既属自然地理意义上的流动，又是社会阶层意义上的流动："社会流动是指一个人或群体在社会结构空间中从一个地位向另一个地位的移动。一般是指人们职业或职位的变化，是人们职业或职位在经济、权力和声望上的变化。按社会流动的方向可划分为水平流动与垂直流动；按照主题可划分为群体流动与个体流动。"③ 由此来看，知青上

---

① 曾大兴：《文学地理学研究》，商务印书馆 2012 年版，第 57 页。
② 也斯：《城与文学》，浙江大学出版社 2013 年版，第 51 页。
③ 佟新：《人口社会学》，北京大学出版社 2010 年版，第 207 页。

山下乡运动可归入水平流动、群体流动之列，即一种大规模的由发达地区向不发达地区的逆向人口迁移。在空间位移中，知青的身份认同发生了错位——从城市新兴知识阶层转变为接受贫下中农再教育的被改造对象，从独立的个人变成“知青”群体概念之下的一分子。地理空间的差异中蕴藏着更多深层次的差异，知青作家的城乡书写为我们提供了辨识市民与农民在行为方式、价值取向、思想观念等方面的诸多差异的机会。

自然形态与社会形态的双重见证，增加了城乡书写的文化批判意涵。城市与乡村的并立与互照，为知青作家的创作确立了两副目光、两种视角。有学者指出：“真实的写作，总是起源于作家对自己最熟悉的人、事、物的基本感受，也总是扎根于他自身的存在状态的，离开了这个连接点，写作就会流于虚假、浮泛。”[①] 的确，“在地性”是知青作家创作的重要根基，对于某个“地点”“地方”“地域”的切身体验与真实情感，是决定其创作质量的重要因素之一，是衡量作品生命力的重要依据。在不同时期、不同历史条件下，知青作家所“在”之地发生转换，情感与精神的扎根之处也必然发生挪移。

第一节　差异空间

一　乡村社会与乡土美学

《说文解字注》中段玉裁认为“村”为“邨”的变字，“邨，地名。从邑屯声”。[②] 从字面看，“乡村”与“农村”两个词仅一字之差，两者在很多情况下可通用，如果非要加以区别，那么“农”侧重传递生产方式、阶级属性等方面的讯息；“乡”则更具开放性，并未拘泥于意识形态的辖制，蕴含了更多的情感意涵和文化韵味。本书以下论述大

① 谢有顺：《小说写作的几个关键词》，《小说评论》2012 年第 1 期。
② （清）段玉裁：《说文解字注》，上海古籍出版社 1988 年版，第 300 页。

多会采用“乡村”这一称谓。

乡村拥有与城市截然不同的自然、地理属性，这是界定城乡差异所采用的最为直观的方法。首先，乡村具有土地依赖性。无论是农耕文化还是游牧文化，土地及其附属品都是农民（牧民）赖以生存之根基。由于生产、生活方式的限制，农民与土地天然捆绑在一起，无法剥离。土地是农民基础性的生产资料，农业是乡村发展的经济命脉，乡村以田间生产作为基本和最重要的生产形式，具有自给自足、可循环、可再生等特点。没有土地这一空间要素，农民便失去了安身立命的生存根基。因此，农民大都对土地抱有一种依赖心理，视土地为“地母”。

其次，乡村具有自然原生性。中国幅员辽阔，城乡自然形态差异显著。不少乡村处于地理条件艰苦、交通条件不利的地区，乡村面貌大多被自然赋形，而城市面貌则带有明显的人工雕琢痕迹。乡村拥有良好的自然生态资源和完整的生态链条，拥有山川、河流、森林、草场以及多样化的植被、动物、自然遗迹等。由于地广人稀，乡村多呈现疏朗、旷阔的外在形态，农民在空间上享有较大的主动权。原始性、原生性的自然伟力与作家的文学想象力相结合，常常转变为文学作品中的“诗性因素”或“恶魔性因素”①。当知识青年从城市来到乡村之后，能够以陌生化的目光，关注和传达大自然的神秘宏阔之意蕴。尤其如海南、云南、北大荒等边疆地区，因具有特殊的地理位置和自然风貌而更受到知青的广泛关注和反复书写。

最后，乡村具有物质贫乏性。乡村是城市农副产品的主要来源地，但是农民自身的衣食冷暖在过去相当长的时间内难以得到充分保障。农业生产受到地形、气候等自然条件制约，旱涝等自然灾害频发，农民时常面临“靠天吃饭”的窘境。由于生产方式单一，第二、第三产业发展相对滞后，加之商品交换途径不畅，所以物质产品供给时常处于匮乏

---

① 起源于古希腊的“恶魔性”（the daimonic），是西方哲学的一个重要概念，指的是一种介于神与人之间的神秘性的力量。

状态。此外，乡村还具有地理封闭性。很多乡村位于内陆、边疆、山区等，地理条件艰苦，基础设施薄弱，交通状况堪忧，所以与外界接触十分有限，在改革开放以前这种现象尤为明显。小农经济自给自足的生产生活方式，也在很大程度上加剧了乡村的保守和封闭。农民生存空间环境与生产生活方式的“自闭性”导致封闭保守的乡村文化形态的形成，也成为农民观念滞后乃至封建愚昧思想滋生的一个重要原因，在信息化社会到来之前的漫长岁月中尤其如此。19 世纪末的美国传教士明恩溥就指出农民思想的单调和贫乏很大程度上是受到地缘因素限制的结果：“乡村士人博学的空虚较之其白丁邻居无知的空虚有过之而无不及。如果后者有机会游历的话，他较前者无疑会获取更多的教益，因为这种教益在一定程度上来源于事实。然而，假如他是一个典型的村民，他就不可能到其他地方去，也不可能了解新鲜事物，因而，其言谈举止都缺少有意义的内容。”① 换句话说，地缘因素或显或隐地影响乡村社会全面发展以及农民的精神构造、文化心理和行为方式。需要指出的是，以上特征主要针对中国传统乡村的大致状况而言，不具有绝对性。随着改革开放以后城市化进程的加快，当代乡村已经开始或多或少地摆脱上述特征，主动或被动地寻求与城市的同质化发展，至少表层的二元结构差异有被抹平的趋势。

乡村社会不仅是自然地理空间，也是社会伦理空间，差序格局是中国乡村最鲜明的特征之一。“在差序格局中，社会关系是逐渐从一个一个人推出去的，是私人联系的增加，社会范围是一根根私人联系所构成的网络，因之，我们传统社会里所有的社会道德也只在私人联系中发生意义。”② 这一判断基本符合中国传统农民人际交往和社会关系的现状，由私人情感推衍出的关系网络是中国乡村关系中最鲜明、最稳固的社会结构特征。“差序格局”观念，深受儒家人伦差序的影响。在儒家思想

① ［美］明恩溥：《中国乡村生活》，陈午晴、唐军译，中华书局 2007 年版，第 24 页。
② 费孝通：《乡土中国》，上海人民出版社 2007 年版，第 29 页。

中，“孝悌忠信”是私人关系中的道德标准。“仁”在孔子的解释中仍不离“克己复礼”“恭宽信敏惠”这一套私德要素。梁漱溟比费孝通更进一步，他认为整个中国社会构造都有着“伦理本位”① 的特征：中国人缺乏个人和团体这两个极端，倒是有非常强烈的家庭、家族观念。家庭、家族在中国人的生活里，占了极重的地位。这种“家”的观念，不止在家庭、家族中盛行，朋友关系、师生关系、邻里关系等也都是伦理本位的衍生。

莫里斯·哈布瓦赫认为：“只要人们尚未超越村落阶段，仍以村落为单位聚居生活，那么对土地的眷恋就不足以建立富有抵制力的政治组织。定居下来的人们要么过于分散，要么小范围内过于聚集。”② 小农经济的重要特征是自发性和零散性，村镇虽然被纳入国家行政规划建制中，但自我管理、自我教育、自我服务的村民自治原则仍在乡村管理中占据重要地位。就上山下乡运动来说，插队知青所在的公社、大队等属于团体（集体）组织，但是在这些团体里面，起主导作用的仍是私人间的道德关系，其价值标准在实质上仍不能超脱于差序的人伦而存在。

乡村不仅是一个自然地理空间，一个道德伦理空间，还是一个文化审美空间，至少在中国文学史上，历史悠久的乡土文学具有深厚的文化审美内涵。南帆指出：“对于作家说来，地理学、经济学或者社会学意义上的乡村必须转换为某种文化结构，某种社会关系，继而转换为一套生活经验，这时，文学的乡村才可能诞生。文学关注的是这个文化空间如何决定人们的命运、性格以及体验生命的特征。”③ 文学的乡村必须将乡村视为一个既具有感性意义又具有文化意义的整体性世界，乡土世界中人物的命运才能被深度挖掘，人与人之间的关系才能得到深度阐

① 梁漱溟：《中国人：社会与人生》，《梁漱溟文选》（上），中国文联出版公司 1996 年版，第 281 页。

② ［法］莫里斯·哈布瓦赫：《社会形态学》，王迪译，上海世纪出版集团 2005 年版，第 27 页。

③ 南帆：《启蒙与大地崇拜：文学的乡村》，王光东编《中国现当代乡土文学研究》（上卷），东方出版中心 2011 年版，第 175 页。

释。王安忆在《生活的形式》一文中说："我写农村，并不是出于怀旧，也不是为祭奠插队的日子，而是因为，农村生活的方式，在我眼里日渐呈现出审美的性质，上升为形式。这取决于它是一种缓慢的、曲折的、委婉的生活，边缘比较模糊，伸着一些触角，有着漫流的自由的姿态。"① 王安忆道出了乡村作为一种"生活形式"的审美价值，这种审美价值对于作家构成巨大的引力，贫瘠与艰辛的乡土生活不能阻挡这种引力发挥作用，有时甚至加剧这种引力。这里便蕴藏着"转换"的契机：一个为现实中的人们所疏远拒斥的物质性的生活世界，却可能变为一个素材丰赡、意蕴深远的文学宝库。中国古典文学中便不乏关照乡土田园之作，"中国古典文学的正统诗歌与农业文明密不可分。然而，中国古典文学并没有明确地将乡村视为一个文化空间"②。李白激昂豪迈的山水诗、王维意境深渊的禅诗、王昌龄悲凉壮阔的边塞诗等，大都着眼于对乡土世界地理外貌、自然风光、生活方式等方面的描摹，寄人性人情于自然天地，达到天人合一、物我两忘的审美境地。陶渊明则是更加纯粹的乡土田园的皈依者，"采菊东篱下，悠然见南山"这种归隐式的诗句将乡土视为自足的审美世界，"田园诗因此又可以看作农业时代特有的生活情调，是农业文明精神的升华"③。尽管中国古代田园诗达到了相当的艺术高度，但不可否认古代诗人对于乡土田园的勾勒仍带有很强的理想化色彩，仍是片面的文化想象的产物，对于完整、驳杂的乡土文化空间的勾勒，还有待于近现代以来启蒙作家来完成。

纵观近现代以来的中国文学史，乡村的文化形象在不同历史时期有不同的呈现，"田园牧歌"式的美学构建与"温柔敦厚"的人伦书写作为乡土文学的重要传统一直未曾中断，而乡土文化的封建落后质素却是在近现代文学转型之际被反思较多的方面。以鲁迅为代表的现代启蒙知

---

① 王安忆：《茜纱窗下》，上海文艺出版社 2002 年版，第 575 页。

② 南帆：《启蒙与大地崇拜：文学的乡村》，王光东编《中国现当代乡土文学研究》（上卷），东方出版中心 2011 年版，第 177 页。

③ 鲁枢元：《文学与生态学》，学林出版社 2011 年版，第 207 页。

识分子深刻察觉到封建礼教糟粕对于农民的戕害，无论是闰土还是祥林嫂，阿Q还是孔乙己，都是鲁迅进行乡土文化批判的典型对象。与现代城市相比，乡土世界是自然的、宽厚的、素朴的，它维系着中华民族传统文化之根，蕴藏着中华民族对于农耕文明的深刻认同。当然，乡土所包孕的文化传统也是一把双刃剑：其中固然有精华的淬炼，也不乏糟粕的遗存；既有利于优秀传统文化传承，也容易孵化封建愚昧思想。知青文学中善良淳朴与愚昧落后的双面农民形象就是正反相成的历史积淀的表征之一。

“乡土世界”有多重所指，以上只是选择了几个较为突出的方面来对中国乡村的特性进行考察。接下来我们再去考察一下城市。

二　城市的繁荣及其“压迫”

《辞源》将城市释为“人口密集、工商业发达的地方”①，这条言简意赅的解释是从人口和社会经济发展的角度对城市予以定义。在中国古代“城”与“市”是两个不同的概念。《说文解字》许慎释“城”为“以盛民也”，段玉裁注：“言盛者，如黍稷之在器中也。”②《管子·度地》中说：“内为之城，城外为之郭，郭外为之土阆。地高则沟之，下则堤之，命之曰金城。”③ 可见，早期的“城”多从空间形式角度来定义。“市”则偏重于经济、商业功能，与普通百姓的日常生活关系更为密切。《易·系辞下》中说：“日中为市，致天下之民，聚天下之货，交易而退，各得其所，盖取诸《噬嗑》。”④ 同样，《说文解字》中许慎也释“市”为“买卖所之也”。⑤

在西方，古希腊时代的柏拉图在《理想国》中对城邦的理想形态

---

① 《辞源》（修订本上册），商务印书馆2009年版，第603页。
② （清）段玉裁：《说文解字注》，上海古籍出版社1988年版，第688页。
③ 李山译注：《管子》，中华书局2016年版，第323页。
④ 杨天才、张善文译注：《周易》，中华书局2011年版，第607页。
⑤ （清）段玉裁：《说文解字注》，上海古籍出版社1988年版，第228页。

和基本功能做了深入阐述。[①] 亚里士多德曾以希腊城邦为蓝本论断城市的价值："等到由若干村坊组合而为'城市（城邦）'，社会就进化为高级而完备的境界，在这种社会团体以内，人类的生活可以获得完全的自给自足；我们也可以这样说：城邦的成长出于人类'生活'的发展，而其实际的存在却是为了'优良的生活'。"[②] 两位先哲共同强调，城邦作为一种合理的社会组织形态，为人类带来了先进的物质文明和政治文明，并促进了市民生活品质的提高和自我价值的充分实现。

20 世纪以来，学者们更强调城市的文化属性。"二战"结束后，美国学者刘易斯·芒福德提出应该思考什么是城市的问题，他认为："城市不只是建筑物的群集，它更是各种密切相关并经常相互影响的各种功能的复合体——它不单是权力的集中，更是文化的归极（Polarization）。"[③] 英国学者雷蒙·威廉斯在《关键词》一书中将"城市（city）"[④] 作为 20 世纪最重要的关键词引入文学和文化领域。城市越来越多地被文化研究学者关注并纳入自己的研究范畴，城市的符号学特征愈加凸显。

"城市"从经济学、地理学、社会学等不同角度，可以获得不同的解释路径。毋庸置疑，城市与先进的生产力及丰富的精神生活相联系：资源配置的丰富性、交通流动的便利性、思想文化的开放性等，都是城市较之于乡村的先进之处（当然随着时间的推移，人们对于"先进"一词也有了更为深入和复杂的理解）。近现代以来，中国城市与乡村间的分化趋势日趋显著，总的来看，城市大致有如下特点。首先，城市具有不同于乡村的外貌特征，如果说乡村可以被比作不修边幅的莽汉，那

---

① 参见［古希腊］柏拉图《理想国》，郭斌和、张竹明译，商务印书馆 1986 年版，第 58—69 页。

② ［古希腊］亚里士多德：《政治学》，吴寿彭译，商务印书馆 1965 年版，第 7 页。

③ ［美］刘易斯·芒福德：《城市发展史——起源、演变和前景》，宋俊岭、倪文彦译，中国建筑工业出版社 2005 年版，第 91 页。

④ 参见［英］雷蒙·威廉斯《关键词：文化与社会的词汇》，刘建基译，生活·读书·新知三联书店 2005 年版，第 43—45 页。

么城市更像是精心装扮的闺秀。科学的规划使得城市外观齐整规则，线条分明。“在现代生产条件占统治地位的各个社会中，整个社会生活显示为一种巨大的景观的积聚（accumulation de *spectacles*）。直接经历过的一切都已经离我们而去，进入了一种表现（représentation）。”① 就直观印象而言，城市是由声、色、光、电、影等呈现出的斑斓世界。在穆时英、刘呐鸥等“新感觉派”作家笔下，20 世纪 30 年代的上海便是这样一个车水马龙、霓虹闪烁、新奇绚烂的花花世界。城市在繁复的景象奇观中确立形象，城市建筑和景观布局的高度和密度远胜过乡村。随着时代发展，城市建筑往往还显示出参差对照的多元性特征，不同时代、不同风格的建筑比肩林立，制造出时光流转的空间美感。营造良好秩序是城市规划和建设的最重要原则，城市为市民提供更大程度的舒适和便利，现代城市空间布局和景观设计不仅要满足于实用的需要，还要从文化内涵、意识形态等层面予以统筹考虑。在大致相同的规划理念之下，由于城市历史积淀与地域文化等因素的影响，不同城市间的气质差异仍然顽强存在。其次，从产业结构与人际关系状况看，城市是产业结构多样的有机整体，就产业分布而言，城市的第二、第三产业是其经济发展支柱。第三产业的兴盛与市民日常生活需求和精神文化诉求紧密相连。餐饮、娱乐、休闲场所众多，物质产品与文化产品大量积聚，凸显了城市生活的消费主义特性。城市拥有密集的人口，然而人际交往并未达到一个很高的层次，在大城市高密度的人口空间中“熟人社会”并未自然形成，尽管人们总在公共空间擦身而过，却很难实现彼此的深度交流沟通。城市（尤其是大城市）的繁华拥挤与人际的淡漠是一枚硬币的两面，体现了现代都市生活所蕴含的内在张力。人际关系常常羁縻于阶层、金钱、利益、权力等。最后，城市在知识界和文化领域所扮演的角色一直不断变换。革命年代，城市精英阶层、知识分子的话语空间一度被挤压。改革开放以来，随着中国社会主要矛盾的转变，随着高等学

① ［法］居伊·德波：《景观社会》，张新木译，南京大学出版社 2017 年版，第 3 页。

府、高端人才及文化产品等的集聚涌现，城市的思想文化“高地”地位得到凸显，城市知识分子主导了思想文化话语权。今天的城市是多元文化汇集的渊薮：主流文化、精英文化、大众文化、草根文化、消费文化、快餐文化……它们彼此冲撞，力图在文化场域中争得一席之地。在肯定城市中多元文化繁荣发展的同时，我们也应该警惕文化的泛滥化、庸俗化、碎片化倾向。

城市拥有良好的知识氛围及开放的交流平台，是知识分子施展抱负的理想之所。然而，城市比乡村更能展现出资本的控制力，城市生活成本巨大，物质欲望的诱惑源源不断，生存发展的现实压力与理想预期存在距离，这些无不考验着知识分子的耐心和定力。城市并不是精英文化的天敌，然而知识分子在精神王国里追求加冕的途中，城市常常退化为缺乏生机与韧性的精神荒原，市侩文化常常阻滞精英文化发展。知青作家为何在城市书写时常带有失望、倦怠乃至愤懑的情绪，也就不难理解了。谁也不能否认城市孕育滋养了人类的现代文明，营造了现代化的生活环境与生活方式，正如谁也不能否认城市有其自身的瓶颈。尤其在面对异质的乡土文化冲击时，城市文化常显得驳杂但文化压舱不够厚重，体量庞大而失之于强韧和根深。

凯文·林奇在《城市形态》中指出：“城市是一个‘圣地’、一个精神解脱处，是一个新的世界，也是一种新的压迫。”[①] 林奇用“压迫”一词道出了城市生活中有形或无形的消极质素。这种压迫一方面意味着空间形态给人造成的局促感和挤压感，另一方面也映射出城市内部严格而缜密的运行机制对于人类内心世界的规训和束缚。“秩序”对于城市运转的重要性不言而喻，但是，严丝合缝的秩序感也可能对市民身心构成一种无形的捆绑，流水线一般精准的工作生活程序在某种程度上制约了人身心的全面解放。因此，当穿行于水泥钢筋浇筑的城市密林而感到疲惫和迷茫时，一些人就会怀想甚至返回乡村，在那里休憩静观、安顿

① ［美］凯文·林奇：《城市形态》，林庆怡等译，华夏出版社 2001 年版，第 5 页。

身心，为精神迷宫寻找一个想象性或暂时性的解决方案。这也是很多知青作家为忙碌或钝化的城市生活所困时常常念及乡村生活并将乡土世界复现于笔下的原因之一。

三　城市与乡村的对视与互照

当代法国社会学家布迪厄认为："在高度分化的社会里，社会世界是由具有相对自主性的社会小世界构成的，这些社会小世界就是具有自身逻辑和必然性的客观关系的空间，而这些小世界自身特有的逻辑和必然性也不可化约成支配其他场域运作的那些逻辑和必然性。"[①] 布迪厄所谓的"社会小世界"也被称为"场域"（field）。"场域"至少有以下两个特征：第一是内部独立，即每个场域都是一个相对独立的社会空间，有其边界及自身得以存在发展的客观逻辑基础和运行规则；第二是外部竞争，即不同场域之间由于争夺话语权的需要而存在着对立、博弈的关系。场域理论不仅与具体的空间研究相关，也涉及抽象的社会文化生活，如文学场域、经济场域、政治场域等。场域理论也在我们考察中国城乡关系时显示出独特的启发意义。

城市和乡村不仅是表象悬殊的实存地理空间，也是参差对照的两个社会文化空间，即两个场域。两者相对独立，各有一套完整的运行体系；就外部而言，两者又存在竞争关系——争夺各类资源以巩固自身地位并获得利益最大化。中国从传统农业社会向现代工业社会的转型过程，凸显出如下两个事实：城市化进程迅速加快，乡村发展受到辖制。在长期的生产生活实践中，市民与农民亦分别形成了一套高辨识度的生存法则、行为准则和精神风貌。中国城市与乡村之间长期并立而居，即使在城乡同质化倾向日益明显的当下，城乡之间的断裂（尤其是文化断裂）仍难以一时抹平。话语权力在两个场域之间交替流转，城乡共

① ［法］皮埃尔·布迪厄、［美］华康德：《实践与反思：反思社会学导引》，李猛、李康译，中央编译出版社 2004 年版，第 131 页。

同参与演绎了20世纪中国的社会历史故事。

城市与乡村两个场域分庭抗礼，而矛盾对峙的另一面是镜像般的互照依赖。福柯曾提出“异托邦”（或译作“差异空间”）概念，认为空间一词在不同的时代语境中，被赋予了不同的意义，“空间”一词的所指一直处于不停滑动的状态之中。中世纪的空间形式可定义为等级森严的“定位”空间。到17世纪，伽利略在其科学研究过程中，揭示了空间的“广延性”。福柯在对前两者进行反思和批判之后，提出了“位置空间”的说法。福柯认为“位置空间”是在“相对性的位置关系的形式下获得的”①，也就是说，某一空间的明确存在及其特征的显现，必须以其他空间参照物的存在为前提。进而，福柯将乌托邦与异托邦这两种相反相成的空间形式作了对照性解读。他认为乌托邦（Utopias）是“完美的社会本身或是社会的反面，从根本上说是一些不真实的空间”,② 空想性是乌托邦的最大特征。而与之相对的异托邦（或称差异空间）是在每种文化、每种社会形态中都真实存在且大量存在的场所。不同于普通空间，异托邦的所指被不断建构，从而成为承载丰富文化符号的空间表征（representation of space）。福柯对于空间的认识，不再囿于一元化的固定思维，他辩证地看到了打通内部空间与外部世界的重要性，以及因为此种“开放融通”而使自身主体地位得到进一步巩固的可能性。异托邦概念的提出，为我们辨识中国当代城乡关系、观察知青作家城乡书写提供了全新的理论视角和研究路径。城市与乡村互为异托邦，一方的发展必须以另一方的存在为基本依据，一旦其中一方消失，另一方便难以得到有效辨识和确认。

城市与乡村各自携带鲜明的文化符号，它们是现实中可辨认、可感知的自然地理空间，同时又是被构建、被想象的社会文化空间。“城市是水泥的、理性的、计算的、消费的、陌生的、分解的、契约的、交换

① ［美］菲利普·韦格纳：《空间批评：批评的地理、空间、场所与文本性》，阎嘉编《文学理论精粹读本》，中国人民大学出版社2006年版，第135页。

② 同上书，第54页。

价值的。乡村是泥土的、情感的、含混的、生产的、熟悉的、整体的、血缘的、使用价值的。”① 此种对于城乡内涵的分解大致道出了人们对两者差异的基本认识，在一系列反义词被征用的过程中，我们对于城乡的直观印象更加清晰。异托邦建构在人的主体经验之上，人类根据历史经验和现时经验，对异托邦进行指认和辨识，使之成为连接外在具象世界与内心精神世界的纽带。换句话说，离开主体性、没有人的实践活动及由此产生的观念，异托邦存在的合法性便被取消。

第二节　二元格局

一　城乡不均衡发展的原因

一系列的历史及现实证据表明，中国的城乡二元格局长期存在并且很难在短时间内从根本上消失，即使不断加速的城市化进程很大程度上改变了乡村和农民的面貌，城乡两者间的发展不均衡状况仍然存在。我们观察城乡发展的不均衡以及二元格局的形成，可以从以下几方面找到一些线索。第一，城乡差异有深刻的地理基础。由于受地缘位置及地理条件所限，中国中西部地区较之东部沿海地区发展不充分，乡土面积广大，区域经济、文化发展相对滞后。很多乡村分布于边远山区，恶劣的自然地理条件和闭塞的交通状况，阻碍了乡村与城市的交流互通，制约了乡村经济文化的发展。而一些比较发达的城市多位于沿海、平原等自然地理条件较为优越的区域，这为城市的建设和发展提供了最基本的保障，物质生活便利、交通运输通畅、对人才的吸附能力强等，这些都是乡村发展所欠缺的条件。第二，历史赋予城乡不同的发展机遇。历史的沉淀勾勒出中国广大乡村的大致轮廓，也造就了中国农民基本的文化心理和生活风貌。现代城市的迅速崛起与近代西方文明渗入以及商品经济发展相生相伴。从鸦片战争开始，中国一次次接受西方坚船利炮的冲

① 张柠：《土地的黄昏》，东方出版社2005年版，第18页。

击，同时，晚清帝国的经济文化基础也受到了空前挑战。真正的转折源自辛亥革命所带来的清王朝的覆灭和“中华民国”政府的建立：“在这次剧烈的转型中，城乡关系的社会建构和话语建构开始呈现出一种完全不同的形态，在这种关系中，产生了独特的城市身份和生活方式，更重要的是，产生了一种知识—权力体系，这一体系造成了一种文化等级按照社会进化论线性时间轴的方法对城市和乡村进行排序。”① 乡村按照老旧路线缓步前行，而城市这股新生力量则循着时代发展的脚步不断壮大。第三，时代原因。中华人民共和国成立以后，从阶级身份上来看，作为“工农兵”之一的农民较之城市资产阶级、小资产阶级有明显的优势，后者是被压制、被改造的主要对象。但是这种政治优势并未相应地转化为社会生产力优势，城乡差异在1978年以前已比较明显并有逐步拉大的趋势。美国学者默怀霆对改革开放以前的中国城乡关系做了比较深入的研究，他认为“1978年以前的年代将阶级分析和阶级斗争放在首位，遮蔽了城乡差距日益扩大的严重程度”②，中央和地方政府积极表现出捍卫农民阶级地位的姿态，但是难以扭转城市在经济地位上较之乡村的优势，阶级地位的“乡村偏向”与经济社会发展的“城市偏向”矛盾突出。城乡分化逐渐扩大，农民与市民在生活方式和精神面貌方面的差异也日渐明显。

由是观之，中国近现代以来城乡差异的形成既有客观的自然地理因素的影响，又是历史发展的必然产物，同时也蕴含着特定时代意识形态的影响，是多方面合力作用的结果。

二　城乡分化与人口逆向迁移

马克思认为：“物质劳动和精神劳动的最大一次分工，就是城市和

---

① 朴忠焕：《乡村与都市：当代中国的现代性与城乡差异》，《中国农业大学学报》（社会科学版）2007年第2期。

② Martin King Whyte, *City Versus Countryside in China's Development*, Australian National University, 1995, p. 17.

乡村的分离。城乡之间的对立是随着野蛮向文明的过渡、部落制度向国家的过渡、地域局限性向民族的过渡而开始的，它贯穿着文明的全部历史并一直延续到现在。"① 在马克思看来，"城乡分离"是历史发展、文明进步、民族融合的必然产物，虽然它可能会带来城乡间在一定时间内的不平衡乃至对立。中国城市的现代化发展是近代以来的事情，同样，在很长一段时间内中国城市的发达似乎没能有效促进乡村的繁荣。

1958年，大跃进的失败使城市开始面临人口饱和、食品供应困难、住房就业紧张等严峻考验。为了缓解城市压力，政府出台了《中华人民共和国户口登记条例》，此条例规定公民由农村迁往城市，必须持有城市劳动部门的录用证明，学校的录取证明，或城市户口登记机关准予迁入的证明，向常住地户口登记机关申请办理迁出手续。自此开始，中国进入人口迁徙的严控阶段，城乡分割的二元社会结构逐步形成和凝固化。"与户籍管理制度相联系的，还有住宅、粮食、教育、医疗、就业等项制度，非农业户所享有的国家给予的优厚待遇，是农业户口可望而不可即的。户籍管理呈现出浓重的社会控制色彩。"② 农业人口向城市迁徙成本越来越大，一方面，"农业户口"和"非农业户口"的分野，使得城乡之间竖起了无形的围墙，公民城乡身份分野日渐清晰。另一方面，大规模自城市向乡村的人口逆向迁移却在国家的有序组织下如火如荼地进行着——这便是知识青年上山下乡运动。

"'逆向'人口迁移是指人口迁移的流向与迁移规律的方向相反。迁移规律表明，人口是从不发达地区向发达地区、从农村向城市迁移的。"③ 人口迁移有"带动地区发展，影响劳动力的合理分布，有利文化交流和传播"④ 三方面社会效用。知青上山下乡运动，正是在这种心理预期下开展起来的，知青也由此进入城乡二元文化模式的夹缝中。

① 《马克思恩格斯选集》（第1卷），人民出版社2012年版，第184页。
② 张桂蓉：《人口社会学》，武汉大学出版社2009年版，第310页。
③ 佟新：《人口社会学》，北京大学出版社2010年版，第122页。
④ 同上书，第104页。

徐复观用“基层文化—高层文化”来概括乡村与城市的二元文化模式。[①] 乡土文化属于基层文化，注重生产生活经验的积累，强调文化的实用性、社会性、大众化，属经验范畴；而高层文化则大多需要通过一整套规范的教育体系习得，包括自然科学知识、人文社会科学知识等。知识青年的城乡经历，使他们得以游走于基层文化与高层文化之间接受双重浸染。相类似的，费孝通提出自然知识与规范知识的区别，前者对应基层文化，后者则对应高层文化。他认为，自然知识和规范知识分别包含着社会分化的意义，自然知识是农圃百工所赖以为生的知识，规范知识是劳心者治人的工具，统治别人的可以“食于人”，由生产者供养，所以自己可不必生产。[②] 按照费孝通的说法，拥有“规范知识”的知青本来很有可能走上劳心者之路，而上山下乡运动则延宕了甚至剥夺了这种机会。在乡村他们开始接受自然知识的洗礼，贫下中农成为他们学习的榜样。身份与位置的反转，使得规范知识和自然知识地位的高下重新被定义，也使得知青不得不重新对自己进行定位。[③] 原有的知识供给模式中断后，乡土也就自然成了更广阔的课堂。

综上，二元户籍制度确立的结果之一是城乡间断裂加深：“‘后乡土中国’是最深刻地被现代性所改变和摧毁的荒原。乡村的凋敝和城市的繁华是这个社会以断裂的方式建立的联系，因此它就不是一个外部的经历，它内在于城市之中，内在于我们的心灵，是我们自己的真实经历。从城市到乡村，在自我认同的追寻过程中，需要跨越的正是这样巨大的社会断裂。”[④] 城乡分化作为一个社会问题确有必要得到深刻反思和解决，但这种分化却使得城乡题材成为文学意义生产的肥沃土壤，它刺激身处城乡夹缝中的知青作家进行富有张力的文学探索。

---

① 徐复观：《中国人的生命精神：徐复观自述》，华东师范大学出版社 2004 年版，第 194—195 页。

② 费孝通：《乡土中国》，上海世纪出版集团 2007 年版，第 102 页。

③ 同上书，第 29 页。

④ 柳冬妩：《巨大的城市太小太小》，《读书》2010 年第 5 期。

三 知青作家创作的出发点

城乡文化的撞击和交融为中国文学带来了独特的生机与活力，知青作家创作的出发点也正在于有“城市—乡村”这个坐标系存在。朴忠焕认为，当今学术界有着包括民族认同、宗教认同、性别认同等各种各样不同的认同形式，“但是在中国，一种旧有形式的认同是不能被忽视的，这就是城乡认同。这不仅是因为中国从新石器时代开始就是一个农耕文明社会，同时也因为城乡分化是社会主义革命（1949）以及文化大革命时期（1966—1976）大规模上山下乡运动的关键原因。由于这些历史经验，城乡差异成为当代中国现代化话语和认同形成的重要载体”。[①] 城乡认同形成的基础是城乡差异。一方面，城乡差异成为知青作家创作的重要基础（既是一种思想基础，也是一种题材基础）；另一方面，知青作家的创作又是考察城乡差异的重要切入点——这不仅仅是因为知青作家具有得天独厚的“双栖人”的身份，也是因为知青文学兴盛的时代正是中国社会城乡关系迅速调整、城市化进程迅速加快的时代。城市的勃兴伴随着乡村的失落，现代文明遮蔽了古老传统，开放的心态冲击着禁锢的乡土……这决定了市民与农民间关系模式的微妙变化，市民对农民的倨傲与情感拮据，农民对市民的抵触和自甘疏远，日渐形成一种被默认的心理对抗局面。

雷蒙·威廉斯在《乡村与城市》中写道：“对于乡村，人们形成了这样的观念，认为那是一种自然的生活方式：宁静、纯洁、纯真的美德。对于城市，人们认为那是代表成就的中心：智力、交流、知识。强烈的负面联想也产生了：说起城市，则认为那是吵闹、俗气而又充满野心家的地方；说起乡村，就认为那是落后、愚昧且处处受到限制的地

① 朴忠焕：《乡村与都市：当代中国的现代性与城乡差异》，《中国农业大学学报》（社会科学版）2007 年第 2 期。

方。”[①] 威廉斯道破了乡村与城市各自的优势与瓶颈，城市与乡村皆不是一个完美栖居地，正是这些充满辩证性的要素的存在，才使知青作家笔下的城乡形象得以在对照中丰满，在撕裂中弥合。

① ［英］雷蒙·威廉斯：《乡村与城市》，韩子满、刘戈、徐姗姗译，商务印书馆2013年版，第1页。

第二章　知青作家笔下的乡土世界

第一节　知青作家乡土经验的差异性

知青作家的乡土经验绝不是铁板一块，他们笔下的乡土世界具有驳杂的色彩及丰富的内涵。从地域方位来看，知青足迹遍及祖国的东西南北、山川海岳，不同地理位置、自然风貌陶冶出知青作家不同的文化品格和审美趣味；从所有制模式来看，有的知青在公社大队插队落户，属于集体所有制，有的知青来到生产建设兵团、国有农场，属于全民所有制；此外，还有不少知青身在蒙古族、回族、傣族、黎族等少数民族聚居地区，不同于汉民族的自然风情与社会风俗在知青作家内心留下深刻的烙印。上述种种，造就了知青乡土经验的多层次性。知青作家围绕自身所处的个性化场域，建构了不同的乡土文学世界，有助于我们更深刻理解中国乡土世界内部的多元性。

一　南北东西中的对照

仲富兰将由地理环境所决定的中国地域文化分为四个类型：河谷型、草原型、山岳型、海洋型。① 的确，中国地理条件复杂多样：北方有茫茫草原，南方有江河湖泊，西部有崇山峻岭，东部有浩瀚大海……

---

① 仲富兰：《中国民俗文化学导论》，上海辞书出版社 2007 年版，第 99 页。

上山下乡过程中，知识青年的空间迁徙幅度很大，有人奔赴冰天雪地的北大荒，有人来到海南岛热带雨林；有人来到贫瘠闭塞的西部山区，有人来到传统农业历史悠久的中原地区，也有人来到区域环境相对优越的东部平原。东西南北中的祖国大地上都留下了知青的足迹，也催生了地域色彩鲜明的知青文学书写。

南北之对极关系以及南北地位角色之转化在中华文明史中留下了意味深长的想象空间。华夏文明发祥地位于陕西、河南一代，夏商周之后扩大到山东，春秋战国扩大到山西、河北。魏晋之前，北方中原地带是中国经济、政治、文化中心，而南方地区多为蛮夷之地。司马迁在《史记·货殖列传》中这样描述南方："江南卑湿，丈夫早夭……楚越之地，地广人稀，饭稻羹鱼，或火耕而水耨，果隋蠃蛤，不待贾而足，地势饶食，无饥馑之患，以故呰窳偷生，无积聚而多贫。是故江、淮以南，无冻饿之人，亦无千金之家。"[①] 班固在《汉书·地理志》中对南方的认识与司马迁一脉相承："江南地广，或火耕水耨，民食鱼稻，渔猎山伐为业……饮食还给，不忧冻饿，亦亡千金之家。"[②] 司马迁和班固所处时代的南方暑热潮湿，地广人稀，经济平平。经过魏晋南北朝时期直至宋代对江南地区的开发，以及西晋、唐朝、宋朝三次人口南迁，中国经济中心逐渐由黄河流域转移到长江流域。宋代以后，由于农业进步、政权迁移、社会稳定等因素，南方在各方面逐渐呈现出赶超北方的形势，形成《宋史》中所谓的"国家根本，仰给东南"局面。

南北方最直观的差异是自然气象条件。孟德拉斯认为："每块土地都有自己的个性，造成这种状况的原因除了土壤的特殊性，还有微观气候变化的影响。"[③] 孟德斯鸠更直接地说："气候的影响是一切影响中

---

① （汉）司马迁：《史记》，中华书局 2009 年版，第 754 页。

② （汉）班固：《汉书》，中华书局 2007 年版，第 520 页。

③ ［法］孟德拉斯：《农民的终结》，李培林译，社会科学文献出版社 2005 年版，第 51 页。

最强有力的影响。”[①] 中国北方地区多属大陆性气候，气候干燥、冬季漫长、多雪多风，宏阔的土地和寒冷的气候很可能于无形中锻造了作家的顽强意志和劲健文风，在作品中具体表现为主题宏大、风格硬朗、情感刚烈，等等。北方作家的“土地”意识似乎显得更为强烈和彻底。从中国现代文学史看，东北作家群是很能代表北方文学画卷的一个流派，端木蕻良《科尔沁旗草原》、萧红的《呼兰河传》、萧军《八月的乡村》等作品背景宏阔，显示了北方人民不屈不挠的革命意志。这一传统也延续到了知青文学中，如梁晓声、肖复兴、张抗抗等以北大荒为题材的作品，多具有磅礴的美学意蕴。“北大荒”最初是指黑龙江省北部尚未开发的原始荒原地区，是一个地域的历史名称。在20世纪50年代末，十万转业官兵来到这里，对荒原进行了大规模的开发，结合垦荒创业的火热斗争生活，创办了《北大荒文艺》杂志，创作了一大批独具特色的文艺作品。从这以后，“北大荒”一词开始与文艺联姻，逐渐成了一个具有鲜明地域性的美学符号。“粗犷豪放”是北大荒文学的总体基调。这一基调既与北大荒所特有的纵横交错的群山、广袤富饶的田野、寒风凛冽的气候相谐和，也与这一地区多层次人群所具有的那种粗犷、剽悍、豪迈、奔放、慷慨、重义的性格相一致。[②]

知青文学是北大荒文学谱系中的一个重要构成，北大荒浓郁的地域文化特征通过知青作家“陌生化”的书写凸显出来，北大荒精神被凝练为不畏艰险、迎难而上、勇于拓荒的创业精神。梁晓声的很多知青小说中都弥漫着一股“吞吐大荒”[③] 的北国气息。小说《这是一片神奇的土地》中对于“鬼沼”和“满盖荒原”的描写充满神秘的超现实主义色彩，对于“鬼沼”这一恶魔性意象的书写，意在彰显李小燕、王志

---

① ［法］孟德斯鸠：《论法的精神》（上），张雁深译，商务印书馆1963年版，第372页。

② 参见杨治经、杨诗粮、彭放《北大荒文学艺术》，北方文艺出版社1988年版。

③ （唐）司空图著，罗仲鼎、蔡乃中、吴宗海注：《二十四诗品》，浙江古籍出版社2013年版，第47页。

刚、梁姗姗等知识青年与恶劣环境顽强抗争的垦荒经历。梁晓声小说中的主人公，即使是像李小燕这样体格孱弱的女知青，也具有男性般的坚韧性格和不屈服于现实的巾帼气质。小说《年轮》讲述王小嵩、刘振兴、韩德宝、徐克、郝梅、张萌六位哈尔滨知青聚散离合的故事，故事背景宏阔，渲染出暴雪纷飞、狂风凛冽的北国气息，“狗皮帽”成为北大荒知青的标志性装扮，展现出他们在北大荒战天斗地的英雄气概。

作家的创作风格很大一部分取决于后天环境的造就。北大荒精神改造了很多来自南方的知青，来自杭州的张抗抗是其中的代表。经过黑土地的洗礼，张抗抗俨然变成一位个性鲜明的北方作家。在散文《虎啸》中，张抗抗将对北方精神的理解寄托在东北虎这种威猛霸气的北方动物身上。她说：“我的生肖属虎，所以我爱老虎。我曾在东北生活了十几年，所以我尤其热爱东北虎。”① 赞美东北虎，更重要的原因是她被老虎身体中蕴含的内在精神所感染：

> 老虎之美，具有一种无可替代的震慑性，看一眼就会被俘获，被征服。它雄健优美的体态与斑斓鲜艳的毛色、独处的尊严与高傲的神态、端庄的品相与丰富的个性，历经了大自然五百万年风霜的锤炼，才孕育演化而成，并如同雄奇的雪峰和美丽的冰川那般不可再生。②

风霜、雪峰、冰川等意象，烘托出极寒条件下东北虎桀骜不驯的高贵品性。对于东北虎的赞许，也间接表达了作者对于北方雄浑壮阔的精神气度的向往。

知青作家北方书写的另一个标志性人物是张承志。张承志以全方位的视野对于北方中国进行跟踪式的关注，这一征程的起点是他插队所在

① 张抗抗：《在时间的深处》，江苏文艺出版社 2007 年版，第 51 页。
② 同上。

的内蒙古草原。内蒙古、新疆和西北高原三大区域构成了张承志文学创作的“北方”地图。他高中毕业后去内蒙古乌珠穆沁草原插队，放牧4年。1981年他从中国社会科学院毕业后，来到西海固的贫瘠山地。在那里，潜入了农村的底层，触摸了中国的深沉。而后他又有意识地使自己的观察扩大到新疆和甘宁青黄土高原。[①] 在多地域的考察中，他对于中国北方精神特质的挖掘也更为有力，张承志坦言北方大陆对他的孕育和滋养：

> 我走遍了这片大陆的北方。我今天和今后仍要在这片大陆的北方奔走。我的双眼已被它的风沙尘土打得混浊，但我的双眼也已经能锐利地看见本质。辽阔又壮丽的景画使我目不暇接，此伏彼起的各种歌声源源地流来，滋润着我的心底。我总是感动不已，我又感到难言。一股巨大的无形的亲近强烈地吸引着我，使我一天天和同样巨大但有形的环境分离。为什么呢？我不知道。我只知道前方的贫瘠中闪烁着高贵，枯焦的黄土中埋藏着宝藏。[②]

如果说读者能从张承志的小说和随笔中感受到一股“天地与立”[③]的劲健文风，那么这种力量无疑来自北方景象和北方精神的熏陶。南帆在《寻找北方精神》一文中指出：“张承志无意眷顾江南秀色，他致力于在北方粗犷的山脉原野中寻找北方精神的灵魂。我们不止一次地发现，张承志总是尽心尽意地刻画草原、戈壁或焦黄的山坡，一直到这些朴实无华的景象呈现出强烈而逼人的力量为止。这一切显然从一个方面暗示着他对北方精神的理解。”[④] 那么，张承志对于北方精神的理解又

① 张承志：《草原》（封二作者自述），花城出版社2007年版。

② 张承志：《金牧场》，人民文学出版社2007年版，第71页。

③ （唐）司空图著，罗仲鼎、蔡乃中、吴宗海注：《二十四诗品》，浙江古籍出版社2013年版，第30页。

④ 南帆：《华丽的枷锁》，生活·读书·新知三联书店2010年版，第55页。

是具体通过哪些方面呈现出来的呢?

首先，北方精神体现为一种大河的奔腾之美。张承志善于对北方的自然地理景观进行细致描摹，来呈现北方精神中的阳刚之气，字里行间流露一种“硬汉”风格。《北方的河》中的主人公“他”是一位返城知青，不甘被平庸的城市生活所湮没，为报考地理专业研究生而奋发拼搏。小说借“他”之口，描绘了黄河、永定河、额尔齐斯河、黑龙江等多条北方河流，充满深情地表达了他对北方的河的感激之情：

> 我就要成熟了，他听见自己在用浪涛的语言说着，我就要成人了。我很快就要窥见北方的秘密。他感到自己正随着一泻而下的滚滚洪流向前挺进，他心里充满了神圣的豪情。我感谢你，北方的河，他说道，你用你粗放的水土把我哺养成人，你在不觉之间把勇敢和深沉、粗野和温柔、传统和文明同时注入了我的血液。你用你刚强的浪头剥着我昔日的躯壳，在你的世界里我一定将会变成一个真正的男子汉和战士。你让额尔齐斯为我开道，你让黄河托浮着我，你让黑龙江把我送向那辽阔的入海口，送向我人生的新的旅程。我感激你，北方的河。①

在主人公成长成熟的道路上，北方的河被比拟为蕴藏雄性秘密的神圣勇士。主人公坚韧不屈的雄浑精神，离不开北方环境潜移默化的影响，河流奔腾不息、激流勇进的猛汉姿态正是主人公自我超拔、奋斗不止的精神象征。

其次，北方精神体现为广阔草原的包容之美。张承志作品中反复出现草原以及由此衍生的草原母亲、骑手、骏马等形象及意象，他善于从“草原”系列形象及意象中挖掘北方精神的精髓。在长期的历史演变过程中，草原民族生成了如勇猛、奔放、奋进、冒险、创新等活性精神因

---

① 张承志：《北方的河》，《张承志作品精选》，长江文艺出版社 2006 年版，第 137 页。

素，对于草原的热爱，反映了作者对于活性精神因素、阳刚之力的崇拜，也从侧面反映出作家对于心灵自由驰骋的向往。

当然，在《黑骏马》等作品中，张承志也没有回避草原文化中的某些缺陷，他意识到原始粗粝的生存方式对于生命价值的消耗，意识到青春韶光被岁月磨损、女性的朝气与灵性被一成不变的庸碌生活侵吞的无奈现实。即便如此，他的内心仍然被老奶奶的宽厚仁慈和索米娅的坚强隐忍所打动。这些女性在缓慢进化的草原文化历史长河中不辍劳作、繁衍后代，是忍辱负重、百折不挠的草原“母亲”的真实写照，她们灵魂深处迸发出厚重的生命力，让人怜惜，更令人折服。

中国北方地域辽阔，梁晓声是北大荒知青的代表，张承志是北方草原知青的代表，晓剑、史铁生、朱晓平等人则生动书写了陕北农村。陕北地区是中国黄土高原的中心部分，包括陕西省的榆林市和延安市。以延安为首府的陕甘宁边区政府是中国共产党在土地革命战争时期创建的红色革命根据地，是党中央和中国工农红军长征的落脚点，这里诞生了毛泽东思想，孕育了彪炳史册的延安精神。

晓剑在谈到知青的“陕北情结”时说：“陕北的黄土高原是我的首选之地，延河、宝塔山、枣园的灯光、凤凰山的落日、窑洞和小米是我当时对革命一词领悟的延伸，也可以叫表层感悟，能到那里去，我认为自己就完成了解放全人类的启程仪式。”[①] 对于陕北的选择源于作家对革命圣地的向往和膜拜，新民主主义革命中各种意象、事件的累加夯实了知青对于陕北的革命想象。

当然，除去革命因素，陕北的魅力也在于那种脱胎于物质贫困、精神上却超越贫困的历史意蕴和人文情怀：“大西北乃北方的一部分。但这一具本区域，却足以使得历史感情更加具体化。”[②] 这里所谓的“具体化”是指西北地区由于长期农业生产生活所形成的深厚乡土文化积

---

① 晓剑：《遥想当年知青路》，《晓剑全集·散文随笔卷》，海南出版集团 2009 年版，第 34 页。

② 赵园：《地之子》，北京大学出版社 2007 年版，第 172 页。

淀，世世代代在这里生存的农民身上保留了丰富的中国传统文化因素——这里的农民是最原始、最纯粹意义上的农民。鲁迅、费孝通笔下的“地主—佃农”模式多体现于长三角、珠三角、四川等地区，而西北地区以自耕农为主体，阶级矛盾相对弱化，农民之间的物质条件差别也不大，这也使得表现陕北的乡土作品情感更加平和质朴。清平湾、桑塬等地是西北内陆农村的典型代表。史铁生在《我的遥远的清平湾》中还原了陕北敦厚淳朴的民风，写到了陕北农民对“我”的百般体恤照顾，尤其在结尾处，“我”因病回城之后依然被父老乡亲深深惦念，他们带着积攒已久而实际上已经失效的粮票来北京探望“我”，这一幕场景自然而生动地凸现出于平淡中见真情的陕北农民形象。“陕北老百姓对北京知青那种关怀爱护，是其他不少地方不能比拟的，因为他们把对中央红军那份感情、对毛主席那份感情拿来对待北京知青。”① 陕北独特的自然风貌、红色历史文化底蕴，陕北农民优秀的集体人格不但给知青以情感上的慰藉，也极富道德教化作用。延川“山花作家群”代表作家之一曹谷溪说：

> 陕北，不仅是一个地理概念，更重要的是一个文化概念。作为中华民族精神象征的黄河、长江和黄帝陵，非常奇妙地在陕北这块黄土地相聚。所以，在她赤裸裸的大山之中，弥漫着一种古老而神秘的文化色彩。海内外的华人都将这块土地视为自己的“精神家园”。不论是土著的陕北人，还是投身于这块土地的异乡人，只要他的心脏与这块土地同步震颤，这块土地就会给他智慧，给他胆略和勇气，不管是政治家、军事家还是文学艺术家，都可以获得巨大的成功。②

---

① 中央党校采访实录编辑室：《习近平的七年知青岁月》，中共中央党校出版社 2017 年版，第 118 页。

② 同上书，第 338 页。

北京知青作家李荣杰谈到陕北文化对知青的影响时说：

陕北是块神奇的沃土。连绵不绝的沟沟壑壑，广袤深厚的黄土地，世代与贫瘠、干旱等灾害的抗争，农耕文化与游牧文化的交汇融合，古代屯垦戍边的人口迁徙流动，铸就了陕北人民淳朴、宽厚、豁达、包容、坚韧、开放的品格。入乡随俗，耳闻目染，北京知青在这块凝聚着厚重历史文化、中国革命精神的黄土地上磨炼了自己，学会了踏实做事、端正做人，特别是吃苦耐劳和坚忍不拔。①

陕北精神潜移默化地渗透到知青的人格中，经受这种精神锤炼的知青对于中国传统文化会有更深邃、厚重的认识，面对生活和事业时会迸发更大的勇气、韧劲与智慧，陕北所赐予的精神财富使他们终身受益。

陕北还蕴藏着丰富的民间文化内涵，这也成为知青对于陕北乡土世界念念不忘的重要原因。李荣杰曾为朱学夫《陕北往事》一书作序言《陕北印象》，其中谈到陕北民间文化的感染力时说：

民间文化充满地域色彩。我爱这块黄土地，我爱这块土地上的人民，我也非常喜欢黄土地特有的文化。比如，爱听、也爱吼上两嗓子信天游，感到无比的舒展；再比如语言，陕北话独具魅力，爱用亘叠字来表达，如：红个艳艳、蓝个莹莹、白个生生、欢个溜溜、薄个闪闪……极富感染力。时至今日，我仍然偏爱这里的饮食习惯。②

史铁生笔下的破老汉就是一位“信天游”高手：

① 李荣杰：《陕北印象》，朱学夫《陕北往事》，北京出版社2011年版，“序二”第4页。

② 同上。

小时候就知道陕北民歌。到清平湾不久，干活歇下的时候我们就请老乡唱，大伙都说破老汉爱唱，也唱得好。“老汉的日子熬煎咧，人愁了才唱得好山歌。”确实，陕北的民歌多半都有一种忧伤的调子。但是，一唱起来，人就快活了。有时候赶着牛出村，破老汉憋细了嗓子唱《走西口》，“哥哥你走西口，小妹妹也难留，手拉着哥哥的手，送哥到大门口。走路你走大路，再不要走小路，大路上人马多，来回解忧愁……”场院的婆姨、女子们嘻嘻哈哈地冲我嚷，“让老汉儿唱个《光棍哭妻》嘛，老汉儿唱得可美!”破老汉只做没听见，调子一转，唱起了《女儿嫁》：“一更里叮当响，小哥哥进了我的绣房，娘问女孩儿什么响，西北风刮得门栓响嘛哎哟……”往下的歌词就不宜言传了。我和老汉赶着牛走出很远了，还听见婆姨、女子们在场院上骂。老汉冲我眨眨眼，撅一条柳条，赶着牛，唱一路。①

凭“信天游”这三个字，就可以想象到其传唱之心境：信马由缰、海阔天空、神游万仞、苍茫悠远……这是陕北农民表达心声最即兴、最自由的方式。“歌唱是一种精神的希冀与渴望，更是一种灵魂的安抚与表达。音乐承载了这样一种高尚的责任，她对我们无所求，只献出美好或深刻，而我们的耳朵和心灵，却需要她来保护甚至是抚慰。”② 歌唱作为一种最自然便捷的艺术生成形式，是人类本性外现、情感流露的方式，是艺术包孕的能量在普通个体身上的释放。有时歌唱内容甚至不那么重要，歌唱这一形式本身才是人们更为热衷的，通过放声歌唱传达内心深处的呢喃，追求一种精神层面的充盈和满足。如张抗抗所说：“唱

---

① 史铁生：《我的遥远的清平湾》，《老树海棠》，中国盲文出版社 2008 年版，第 9 页。

② 袁鼎生、龚丽娟：《生态批评的中国风范》，广西师范大学出版社 2009 年版，第 162 页。

歌是不用付出代价的。它是无私的天使，给你送来轻松和快乐的享受。"① 破老汉正是通过信天游这种方式将内心深处的"愁"宣泄抒发出来，以排解积聚在心底的抑郁情绪，使他能在百无聊赖的生活中获得继续前行的勇气。

塞北秋风烈马，江南春雨烟花。谈及南北方知青文学的对照，很容易令人联想到白桦树和橡胶树这两个典型意象。两种树木很形象地反映出南北文化品格的差异。白桦树高大笔直、具有冲破天地的英雄气概；它喜光耐寒，具有刚强坚韧的品格特征。白桦树是俄罗斯的国树，常常被比拟为革命者的生命。而橡胶树的树叶五彩缤纷，在国外常有童话树的美誉，它喜热怕寒，橡胶汁液如同母亲的乳汁源源不断。如果说白桦林具有刚性之美，那么橡胶树则具有柔性之美。"凡配用'美'字形容的事物，不属于老鹰古松的一类，就属于娇莺嫩柳的一类。"② 刚性与柔性的对照，恰恰可以形象地折射出南北方地域文化及群体性格的区别。

南北迥异的自然景致运化出截然不同的文化品格，相比较而言，南方作家笔下的乡土世界意象精巧，情感节制，文风剔透，带有轻灵飘逸的梦幻气质。中国现代文学史上的"京派"乡土作家，有不少出生于南方，废名、沈从文、汪曾祺等一脉都可归入此类。南方作家独特的笔致情思在知青文学中得到进一步彰显。比如，孔捷生、郭小东等作家笔下的海南充满原始神秘气息，而又不失轻灵跃动的异域色彩。晓剑、张曼菱等作家笔下的云南"充满着人性和神性交融的诗性之美"③，地理风光孕育地域文化品格，知青作家的审美趣味也受到潜移默化的影响。杨剑龙的长篇小说《金牛河》颇具《边城》意蕴，人物塑造与景物书写具有婉约精妍之美，尤其将江西山清水秀的风光表现得栩栩如生。

如果说《北方的河》是典型的表现北方地域文化特征的知青文学

① 张抗抗：《塔》，四川文艺出版社 1985 年版，第 40 页。
② 朱光潜：《文艺心理学》，复旦大学出版社 2011 年版，第 212 页。
③ 郭小东：《中国知青文学史稿》，北京十月文艺出版社 2012 年版，第 314 页。

作品，那么孔捷生的《南方的岸》则创造出一幅鲜明的以海南岛为代表的岭南文化画卷。岭南，即五岭[①]之南的地区，相当于现在广东、广西及海南全境。五岭山脉阻碍了岭南地区与中原地区的交通往来，使得岭南地区的经济文化发展状况远不及中原，古代被称为“蛮夷之地”，多为历朝官员贬谪流徙之所。

岭南地区地处热带，气候炎热潮湿，水系丰富，植被茂盛，大量动植物繁衍生息，很多少数民族在此聚居，保留了较为原始的生态系统和信仰体系，因此岭南文化又独具神秘诡谲的色彩。孔捷生1968年到广东高要农村插队落户，1970年转至海南岛长征农场。在海南岛五指山砍伐森林、垦殖橡胶的经历成为孔捷生文学创作的主要源泉。他笔下的“大林莽”最能代表岭南的自然生态特征：

> 又是阴湿林莽，漫天是虬蔓触丝的经纬，青色圆穹之上虚悬着另一层次的生命群落，足下遍地荆榛，新的胚种又在暗无天日的腐殖层里萌芽。幽谷险峻的岩壁苍苔斑驳，嶙峋山石被年复一年的雨季山洪冲得凹凸剥离，摇摆欲坠，呈示着野性的力度和物理上的势能。[②]

蒸湿郁热的大林莽呈现出植被错综缠绕、无尽繁衍的景象。海南自古就被看成荒蛮与神奇相交织的地域，“唐元和十年柳宗元被朝廷贬到柳州，曾经有诗‘城上高楼接大荒，海天愁思正茫茫’。海南岛，那更是‘百越文身地’，古来就被看成是远在文明之外的荒蛮地域。”[③] 海南岛中部山区雨季漫长、气候湿热、植物茂盛、地貌险奇，难免给人留下

---

① 五岭由越城岭、都庞岭、萌渚岭、骑田岭、大庾岭五座山组成，是长江流域与珠江流域的分水岭。

② 孔捷生：《南方的岸》，《大林莽》，花城出版社1985年版，第344—345页。

③ 李陀、苏炜：《新的可能性：想象力、浪漫主义、游戏性及其他——关于〈迷谷〉和〈米调〉的对话》，《当代作家评论》2005年第3期。

阴郁奇谲的印象。

苏炜对于海南知青生活的书写也深受岭南文化影响，作品带有一种与内陆乡土经验截然不同的超验色彩。他的长篇小说《迷谷》讲述了知青路北平因误撞“鬼婚”被迫进入海南深山老林、意外闯入“流散人”生活圈的奇特经历，塑造了主人公路北平以及流散人阿佩、八哥、阿秋等独特生动的人物形象。小说刻意避开了对当时政治氛围的书写，将作品中的人物抛向几乎与世隔绝的蛮荒之地。于是，路北平的思想和经历也挣脱了时代气候的羁縻，“上山下乡”变成了其个人深入虎穴、挑战极限的探险之旅。路北平被包裹在浓郁而神秘的风土人情之中，在这方荒诞不经的土地上，原始情境与原始欲望胶合为一体。流散人“一女多男”的男女关系（类似于原始母系氏族），以及同性之间的真挚情感，在小说中被看做健康与活力的象征。进而，凸显了以“知青”为代表的现代文明与以“流散人”为代表的原始文明之间的交锋与融合，营造出一个充满魔幻主义色彩的南方王国。

知青作家笔下的乡村既有南北之分，也有东西之别。人口地理学家胡焕庸曾经将虚拟的“黑河腾冲线”认定为划分中国东、西两部分的地理分界线。黑河腾冲线与从大兴安岭到喜马拉雅山脉东部的400毫米等降水量线基本重合，由此不难看出中国东、西部的一些基本地理特征。东部沿海地区广大、平原面积广阔，地狭人密，城镇较为集中，雨量较为充沛，以农业耕作为主；而西部内陆高原、山区、盆地面积较大，地广人稀，城乡较为分散，雨量相对较少，以牧业生产为主。很多知青被分配到条件较为艰苦的西部，知青作家对于西部中国乡村的书写也给人留下了深刻的印象。如陆天明对于新疆的书写、叶辛对于云南的书写、李锐对于四川的书写，等等，写出了西部的艰辛、西部的风情、西部的韵致。相比而言，东部地区的地理、科技、社会等各个要素均较为发达，中国最富裕的乡村多集中于东部沿海，西部乡村的封闭性和滞后性远比东部突出。

在东西南北的包围之中还有包括安徽、河南等在内的面积广大的中部地区。这些地区深受中原文化影响，农耕传统源远流长，具有相对单纯的“乡土”特征，农民安守本分、勤恳耐劳，对于土地的依赖感强烈。陈村、王安忆、王小鹰等作家的安徽乡村题材作品是这方面的代表。

当然，所谓东西南北只是以方位为坐标轴的粗略划片，而不是绝对的地区划分。例如，西部地区也有南北之别：陕北、甘肃等地区属于西北部；广西、云南等地区则属于西南部。那么，这两类地区除了拥有西部地区的共性之外，还分别具有北方与南方的特性，因此，在确定大致的文学版图的同时，还有待于对各个地方尤其是交叉地带的知青文学做细部的考量。

二 多民族经验的比照

彭武麟说：“人们关于家乡、民族民间历史知识与社会文化生活方式的总和，是一个文化人类学抑或知识人类学的命题，具有地域与族群之二重性及非主导性特征。”① 这一定义指明乡土文化的研究范畴，即乡土文化很难从地域文化和族群文化中剥离，它带有鲜明的地理学（地域）和人类学（族群）印记。

凯伊斯在《族群的适应和认同》中提出了族群（ethnic group）的概念：“指那些同属一个共同的大文化，有着相同的语言，但生活方式存在差异的人群。影响族群认同的决定性因素是群体间的社会差别，这些差别形成了某些基本的社会认同，由此引申出不同的归属感和文化认同感。”② 中国少数民族人民正是在中华文明的大背景下、在中华民族大家庭内部对于自身所属民族具有强烈的情感认同和文化认同的族群。中国自古就是一个多民族国家，尤其是元、清两代开拓疆域，为中国多民族国家的确立奠定了坚实基础。美国学者本尼迪克特·安德森将民族

① 彭武麟：《乡土知识与文化重建：关于近代中国文化变革与转型的历史考察》，滕星编《乡土知识与文化传承》，民族出版社2013年版，第249页。

② 参见佟新《人口社会学》，北京大学出版社2010年版，第108页。

称为“想象的共同体”。费孝通也认为：“稳定社会关系的力量，不是感情，而是了解。所谓了解，是指接受着同一的意义体系。同样的刺激会引起同样的反应。”① 也就是说，共同体成员鲜明的身份意识，巩固了对于共同文化渊源的想象，这就是某个民族建立和发展的基础。

与城市相比，村落是更容易保存和发扬少数民族文化的地方，一些少数民族聚居村落有交通闭塞、物资匮乏、游牧业发达、人口密度较低等特点。少数民族文化与乡土文化具有较强的可融合性，形成具有中国特色的乡土文化与民族风情相结合的典范。少数民族独特的自然景致、传统习俗、生活范式等激发了当地乡土文化中的活性因素。这种独特的乡土文化范式在知青作家笔下也得到了充分展现。

少数民族文化为那些在少数民族（尤其是边疆少数民族）地区上山下乡的知青作家提供了生动鲜活的创作资源。知青深入少数民族地区的过程，是以知青为代表的汉族文化和少数民族文化交流的过程。少数民族的自然风情和文化特征在知青作家笔下得到别样的描绘，叶辛笔下的云南勐海傣族地区，孔捷生笔下的海南黎族地区、张承志笔下的乌珠穆沁地区、余均笔下的锡林郭勒盟地区、陆天明笔下新疆维吾尔族地区等都给读者留下难以忘怀的印象。如余均的中篇纪实文学《回草原》② 将现实与记忆相结合，生动记述了他在内蒙古草原插队的经历。酣畅豪饮、放声歌唱体现出蒙古族人民的豪爽率直，策马扬鞭体现出蒙古族文化中的剽悍与野性，红狐成仙的传说体现出蒙古族文化的神秘幽远。在少数民族文化之中，常常潜伏着宗教文化的影子。余均在作品中通过记述“祭敖包”这种盛大的牧民集体祭祀活动，将草原文化、民族文化和宗教文化有机结合在一起，表现出了蒙古族人民对萨满教的虔诚。

在人际交往与社会治理方面，某些少数民族具有独特的经验模式，这在知青作家笔下也得到了反映。比如，在一些民族的社会规范中，

① 费孝通：《乡土中国》，上海人民出版社 2007 年版，第 29 页。
② 余均：《回草原》，《中国作家》2013 年第 14 期。

“情”“礼”占据十分重要的位置。梁漱溟认为礼而成俗，就是一个习惯。非养成一个习惯不可（养成一种大家相喻而共守的东西）。谁不合习惯，则大家皆以为他不对。等到养成习惯之后，则违反习惯是很不容易的。① 叶辛小说中的傣族村落便充满着情与礼的色彩。比如傣族情投意合的男女青年相互交换信物即可视为事实婚姻的确证，这种事实婚姻的缔结大抵基于两情相悦，并无繁文缛节；分别时折枝相送，几乎不会在财产、抚养权等问题上纠缠不清，少有情感因素之外的计算和权衡。《孽债》中，叶辛塑造了韦秋月、罗秀竹、依荷等生活在西双版纳的傣族女性形象，她们淳朴善良，大胆追求爱情；在知青返城、事实婚姻瓦解之后，她们不抱怨不诅咒，将对昔日恋人的感情深深地埋藏在心灵深处，正所谓发乎情而止乎礼。“礼是社会公认合式的行为规范。合于礼的就是说这些行为是做得对的，对是合式的意思。……礼是传统，是整个社会历史在维持这种秩序。礼治社会是并不能在变迁很快的时代中出现的，这是乡土社会的特色。”② 傣族女性的这种隐忍而豁达的“止于礼”的态度在依靠法律制约的婚姻关系中是很难想象的。

徐复观认为：“民族是由血缘、语言文字、共同利害等许多因素所逐渐形成的，但是在上述许多因素中，必须酝酿出共同的感情愿望，并产生共同的生活方式，某一集团才会以民族的成员出现于历史舞台之上。所以离开了民族，便无所谓传统；离开了传统，也无所谓民族。”③ 所谓某个民族的个性，并不仅仅是就表面的穿戴服饰、生活习俗而言，某一民族的特殊性更在于深层次上的世界观、价值观、人生观一致。共同或相似的观念可能是考量某一民族区别于其他民族的重要标识之一。

晓剑的长篇小说《世界》中，吴大路、李红等八个从北京来的知青落户于景颇族，景颇族聚居在云南省德宏傣族景颇族自治州各县的山

① 梁漱溟：《乡村建设理论》，上海人民出版社2011年版，第229页。

② 费孝通：《乡土中国》，上海人民出版社2007年版，第29页。

③ 徐复观：《中国人的生命精神：徐复观自述》，华东师范大学出版社2004年版，第192页。

区，分布于潞西、瑞丽、陇川、盈江、梁河等地。“景颇文化是一种游离于主流文化之外的边缘文化。他们代表了一种比较原生态的生存方式。”[①] 一些生活在偏远地区的少数民族居民可能未接受过完整的学校教育，但是依靠长期积累的生存经验与生活常识，依然能够安定、自足地生活，并繁衍生息、代代相传。以景颇族为例，族人秉承古老传统，崇尚自然精神，顺应自然规律，不轻易破坏自然的状貌。这种顺势而为的态度与知青们雄心勃勃“改造自然”的态度恰恰相反。景颇族青年与知青对于自然、爱情、生命的看法截然不同。景颇青年崇尚勇猛勃发的生命力，对于婚恋的态度大胆自由，炽烈追求爱情，毫不掩饰，这与叶辛《孽债》中对于傣寨男女青年的婚恋观颇为相似。科学、法律等在景颇族人们的世界里并不具有一种真理性的指导作用，他们往往带有一种野性的天真，凭着直觉和经验生活。面对突如其来的森林大火，族人毫不担心，因为根据多年积累的经验，他们判定大火不会蔓延至村庄。与此相对，知青则挺身而出，不顾村民劝告投身火海，最终不幸牺牲。知青为了显示改造村庄的雄心壮志，对贡嘎寨进行了全方位的规划，试图以人为手段将其从原始村落变成现代化乡村。但事实上他们改造自然的愿望最终还是以失败告终，因为景颇人世世代代就是在这样不着人工痕迹的原生态环境中居住，大自然也毫不吝啬地赋予他们一切生活必需品，知青的“进化论”思想在信奉自然律令的原住民眼中，无异于天方夜谭。以吴大路为代表的知青话语与以勒干为代表的少数民族原生态话语构成了叙事张力，话语方式的差异也折射出两者在“三观”方面的显著差异。

张曼菱的处女作小说《有一个美丽的地方》发表于《当代》1982年第3期，讲述女主人李纯在西南傣族村落里插队生活的经历，后被改编成电影《青春祭》。张曼菱1969年至1974年在云南省德宏傣族景颇

① 张亚：《“躁动与焦虑”的身份证明——浅谈晓剑的知青创作》，郭小东编《30知青作家批判书》，花城出版社2011年版，第108页。

自治州所属的盈江县傣寨插队，在小说女主人公李纯身上隐约可以看出作家自身的生活轨迹。初到傣寨，傣族迥异于汉族的风土人情使李纯感到既新奇又难以接近，她总是自觉或不自觉地把自己置于“共同体”之外。傣族人关于古老龙树的神秘传说以及对其图腾式的崇拜，都使得无神论者李纯感到一种不可思议的恐惧。傣寨仍保留着烤火、织布、狩猎等原始的生活方式，热情奔放、能歌善舞的傣族少男少女之间的相互吸引和挑逗，劳作一天后少女们如鱼儿一样在河里畅游……这些都让李纯感到既羡慕又胆怯，体会到一种隔膜的存在。但是，随着磨合与交往的深入，李纯感受到大爹、伢、依波等人对她的关怀和体谅，她渐渐适应了傣族的生活。她模仿依波等傣族少女的装扮，戴上耳环，穿上筒裙，载歌载舞，尽情释放青春能量。通过主客观因素共同作用，她终于融入曾经感到陌生的族群生活中，融入一个情感和精神的族群共同体中。

少数民族地区是一个民俗韵味得到特别彰显的文化空间。“风俗乃是过去所有回忆共同作用之结果，它缓慢形成于你想留意的成千上万年时光中。假如你想理解它，则必须了解这一源远流长的传统……”① 少数民族地区风俗内涵丰富、表现形式众多，如饮食风俗、婚嫁风俗、节日风俗、祭祀风俗、社交风俗、商业风俗等。中国少数民族分布广且文化差异大，因此各地风俗也具有鲜明的个性，充分体现中国作为一个多民族国家的文化多元性。少数民族风俗是族民在长期生产生活中积淀下的文化遗产，是其安身立命和社交活动中不成文的但广泛遵循的行为基础，是民族文化传统在日常生活中具体生动的体现。从历时角度来看，每一个民族的风俗都是其自身经历漫长历史演进凝练而成的；从共时角度来看，民族之间风俗的差异性和多元性体现出中华民族文化互动交融、共生共荣的景象。

少数民族的风俗给知青作家提供了独特的生活经验和丰富的创作素

① 陈季同：《中国人自画像》，李华川译，广西师范大学出版社2006年版，第2页。

材。比如孔捷生笔下的海南黎族风俗就给人留下深刻印象。传统舞蹈是黎族人民最为熟悉的艺术载体，根据演出场合不同，可分为宗教祭祀舞蹈、生活习俗舞蹈、娱乐喜庆舞蹈、生产劳动舞蹈和英勇斗争舞蹈五大类。宗教祭祀舞蹈反映了黎族传统社会的原始宗教信仰特征，具有浓厚的神秘色彩和远古巫风。生活习俗舞蹈是宗教祭祀舞蹈向娱乐喜庆舞蹈发展的一种过渡形式，朝着娱人多于娱神的方向发展。[①] 歌舞与祭祀、劳动、节庆等事件结合在一起，是黎族人民日常生活中不可或缺的组成部分。孔捷生下面的这段文字生动呈现出黎族人民庆祝传统民族节日“三月三”的场面，渲染出虔诚庄严而又不失喜悦奔放的民间节日气氛：

> 被好客的阿公灌了几大碗山兰米酒，他满脸酡红，嚼着槟榔，装着真品出了那不可言传的味道。盆中舞的鼕鼕木鼓，竹竿舞的奔放热烈，叫人心神飘荡。年轻的德佩妸（黎语：姑娘）在德帕曼（小伙子）的吆喝下翩跹起舞，一张张不再依从纹面陋习的脸庞被篝火映得通红，筒裙招展着美丽的图案，尖耸胸脯上的银饰丁丁作响……最给他心灵以强烈震撼的是祈拜祭祀时全寨男女老幼宏大的合唱轮唱。成丈长的大唢呐号角一般吹响，他周身波动的热血蓦地凝住了。苍凉沉实的沙嗓从篝火旁升起，领唱的竟是一位形体衰老的阿公！虔诚。庄严。神圣。跳跃的大火苗也仿佛凝固了，神祇从虚幻中冉冉升起。[②]

节庆活动是我们考察民族文化的一个侧面。黎族人民通过载歌载舞的艺术形式，营造浓厚热烈的节日气氛，进行隆重盛大的祭祀活动，“黎族还没有形成完整的宗教体系，却相信‘万物有灵’”[③]，经由“仪

① 《黎族简史》编写组：《黎族简史》，民族出版社 2009 年版，第 210 页。
② 孔捷生：《南方的岸》，《大林莽》，花城出版社 1985 年版，第 281 页。
③ 《黎族简史》编写组：《黎族简史》，民族出版社 2009 年版，第 217 页。

式”所表现出的泛神信仰充满原始部落气息，这是有异于以汉族为传承主体的儒家文化的一个方面。黎族也流行祖先崇拜和自然崇拜，以祖先崇拜为主。[①] 祭祀民俗是祖先崇拜传统的具体体现，在这一点上黎族文化又与儒家文化存在趋同性，“祭祀包括祭祖和祭神，是自然崇拜和祖先崇拜的表现”[②]。这种敬奉祖先与神祇的原始宗教活动是“礼制”产生的基础，由于早期人类无法理解各种自然现象，便借助于超自然的力量，来解释现实中的种种困惑，从而形成早期的原始宗教信仰，进而又发展为以礼制为中心的儒家思想。中国悠久而深厚的祖先崇拜传统，使人民对于亲族关系尤为倚重，从而奠定了中华民族以血缘关系为基础的亲族制。从认识工具角度看，黎族将“巫术”看作解释世界万象、参透人生奥秘的重要手段。“巫术就是能做出自然所做不到之事的秘密，就是不可能之事。巫术（magie）一词来自迦勒底语的术士（mag，madgim，mages），术士比其他人见识多，他们探索晴雨的原因，不久便被视为能够呼风唤雨。他们是天文学者，其中最无知又最大胆的人就成了占星术士。”[③] 可见，最初的巫术是一门观测天象的科学，而随着人为因素的渗透，才逐渐被赋予超现实主义色彩。黎族人的群体生活被笼罩在这种超现实主义氛围中，并以此为常态，他们习以为常的信仰方式在汉族知青眼里却是神秘莫测甚至匪夷所思的，正是这种别样的陌生视角生成了知青文学作品中的“错位美学”。

边疆是中国少数民族文化最为突出、最为发达的地区，如上文提到的内蒙古、新疆、云南、海南等。因此，中国具有特色的民族文化往往与边疆文化交相呼应。边疆地区地域辽阔、人员稀少、地貌特征独特，远离中原文化，很容易滋生人类对于超验世界的文化想象。孔捷生、苏炜的作品不约而同地将海南黎族文化表现得神秘幽远。马原早期先锋小说中隐晦的知青经验，也被放置于充满神秘旷达气息的西藏来进行演

① 《黎族简史》编写组：《黎族简史》，民族出版社2009年版，第217页。

② 潘守皎：《中国传统文化源流》，中国书籍出版社2007年版，第14页。

③ ［法］伏尔泰：《风俗论》（上），梁守锵译，商务印书馆1994年版，第124页。

绎。知青文学因为注入了这些超验元素，而显示出特异的美学价值和多元性的解读可能。

对于少数民族的书写，对于边疆经历的记述，使得一些知青作家跳出既定的乡土经验表达方式，也弱化了乡土书写的意识形态性，如阶级对立、路线斗争等。无疑，知青作家的少数民族、边疆生活经历为知青文学创作增添了奇异色彩。

三　插队与团场的差异

这里的团场知青主要包括在生产建设兵团或国有林场、农场、牧场、草场等单位当农业工人的知青。插队知青身份偏重于“农”，团场知青身份则偏重于“兵”和“工”。

团场知青中，兵团知青更具代表性意义。为了安置大批知识青年并保障国家边疆安全，中央成立了黑龙江生产建设兵团、内蒙古生产建设兵团、新疆生产建设兵团、云南生产建设兵团等 12 个具有军队性质的农业生产建设兵团和西藏、江西、广西 3 个农垦师，构成国家生产建设兵团序列，其中既有沿着国境线环形分布的省份，也有位于内陆地区土地面积较大的省份。

兵团知青和插队知青之区别很明显：“前者进入了全民所有制的体系，身份为国家职工，且披挂着准军事化的光荣；后者进入了集体所有制的体系，身份为新型农民，且明确为接受再教育的对象。前者吃食堂、住宿舍、拿工资、有探亲假，即集体劳动、集体生活，处于集体管理的模式之中；后者或独立落户，或寄居农民家中，挣工分、盼分红，即自已安排出工，自己为自己劳动，处于个体生存的状态之中。”① 可见，兵团知青强调集体性和纪律性，插队知青则更具个体性和灵活性。这种分野不但体现在行为方式上，也体现在心理状态上：“出身于兵团

① 金大陆：《世运与命运——老三届人的生存与发展》，上海社会科学院出版社 2010 年版，第 3 页。

的知青作者更关心知青作为群体、‘代’（及复数的‘兵团战士’）的存在方式及其经验，而曾经插队的知青作者则表现出对乡民世界的热切关注。”①

在不同历史时期，不同兵团的知青也扮演了不一样的角色。如“知青大返城”的号角最先在云南生产建设兵团吹响，而黑龙江生产建设兵团的“老三届”知青则最先发起了“纪念知识青年上山下乡运动三十周年”的活动。金大陆认为：“黑龙江兵团的老三届知青直接处于‘反修’前哨，征召时就从‘优’录取，不仅批准了一批成分好的、能力强的（包括重点中学的高中生），还吸引了一批激进的理想主义者，尤其珍宝岛事件发生后，整个兵团更强调了准军事化的组织管理。云南虽然也地处边防，却没有军事冲突的紧张，且山野偏僻，交通闭塞，远离中心城市（从西双版纳到昆明需 3 天，从昆明回北京、上海再需 3 天）。由此云南兵团的知青最先吹起回城的哨子。”② 由此可见，由于地理位置、政治地位之别，不同兵团知青的自我认知和心理期许也截然不同。

团场知青虽然数量较少，但团场知青作家笔下依然诞生了不少具有影响力的文学作品。兵团文学创作在“十七年”“文革”期间代表作大多为诗歌、歌词等较为简洁的短章和一些集体创作作品，传递出浓厚的集体主义、英雄主义气息。兵团知青的政治身份特殊，更具革命热情，诗歌和歌词创作往往直抒胸臆，侧重抒情而非叙事。贺敬之的长诗《西去列车的窗口》1963 年 12 月 14 日作于新疆阿克苏，描写了上海知青搭乘火车奔赴新疆生产建设兵团途中的所见所闻、所思所想：

呵，在这样的路上，这样的时候，
在这一节车厢，这一个窗口——

① 赵园：《地之子》，北京大学出版社 2007 年版，第 233 页。

② 金大陆：《世运与命运——老三届人的生存与发展》，上海社会科学院出版社 2010 年版，第 3 页。

你可曾看见：那些年轻人闪亮的眼睛，
在遥望六盘山高耸的峰头？

你可曾想见：那些年轻人火热的胸口，
在渴念人生路上第一个战斗？

你可曾听到呵，在车厢里：
仿佛响起井冈山拂晓攻击的怒吼？

你可曾望到呵，灯光下：
好像举起南泥湾披荆斩棘的镢头？

呵，大西北这个平静的夏夜，
呵，西去列车这不平静的窗口！

这确为一首激情四溢、指向未来的诗篇，六盘山、井冈山、南泥湾等饱含革命历史典故的自然景观意象承载了知青建设边疆、保家卫国的雄心壮志。值得注意的是，知青文学中因主人公往返城乡的客观需要，频频出现“火车”书写，如《这是四点零八分的北京》《本次列车终点》《哦，香雪》等。知青文学语境中的火车展现其对城乡二重世界亦勾连亦分化的功能，凸显了内陆与边疆、当下与未来、逃离与回归、前现代与现代之间的张力。火车意象既凝聚了知青的思乡之情，又寄托了知青的远大抱负；既渲染了游子孤悬异乡的离情别绪，也隐喻了农民与市民、乡土生活与城市生活间的隔膜。①

与《西去列车的窗口》情感基调一致的是在兵团知青中间广为流

① 参见李彦姝《“往来交通”的文学功能及美学意蕴——新时期以来文学语境中的交通工具》，《文艺研究》2016 年第 10 期。

传的《兵团战士之歌》（王德全作曲、高思作词）。这首歌后来更名为《兵团战士忠于毛主席》，最后改成《兵团战士胸有朝阳》：

兵团战士胸有朝阳，胸有朝阳。
屯垦戍边披荆斩棘，战斗在边疆。
毛泽东思想哺育我们茁壮成长。
祖国大地山山水水充满了阳光。
三大革命练红心，迎风冒雪志如钢。
坚决响应毛主席的伟大号召，誓把北疆变粮仓。
热爱边疆、扎根边疆、建设边疆、保卫边疆，
红心向太阳。
兵团战士胸有朝阳，胸有朝阳。
屯垦戍边耕耘大地，紧握钢枪。
广阔的天地战旗飞舞稻菽千重浪。
提高警惕常备不懈，日夜练兵忙。
备战备荒广积粮，千里边防坚如钢。
为了当好革命事业接班人，誓把青春献给党。
热爱边疆、扎根边疆、建设边疆、保卫边疆，
红心向太阳。

《西去列车的窗口》与《兵团战士胸有朝阳》是兵团文学中宏大主题诗歌（歌词）的代表作，反映出兵团战士坚定的信仰和炽烈的革命理想。“‘兵团战士’的称谓背后，就有托庇于群体的自我肯定的要求，有对于集团的归属感，有借‘群体’大生命扩张个体生命的愿望。”① 战士们将“保卫边疆”作为“保卫祖国”的代名词，赋予“边疆”一词浓厚的政治寓意。闪亮、火热、红心、朝阳等“暖”性意象，表现

① 赵园：《地之子》，北京大学出版社 2007 年版，第 233 页。

了知青报效祖国的赤诚情怀；战斗、怒吼、镢头、钢枪等“刚”性意象，则渲染出兵团知青坚不可摧的革命斗志与势不可挡的革命情怀。

陆天明、梁晓声等是兵团知青作家的代表。陆天明的小说《啊，野麻花》设置了层层悬念，剥洋葱式地一步步展现上海知青施国良的人生经历。施国良1966年来到塔南，经过多年打拼，创建了集体所有制企业塔拉肯特联营公司，带领一千多名知青，经营纺织、制茶、制药、养蜂等与“罗布麻”相关的业务。顾尚年担任白河子农垦总局的副局长，主管工交、财贸，他支持施国良大胆创业。十年的岁月中，施国良从一个冲动、爱闹事的毛头小伙变成了一位稳重深沉的企业家：“沉着得像塔河渡口的一根老船桩。不说别的，他脖子里的那根破围巾，就不是垦区成千上万个上海知青脖子上常有的那种米黄、银灰、天蓝、深棕的红叶牌围巾。他那一口纯熟的带甘肃土味的本省官话，也使人无从挑剔，去怀疑他的‘土著身份’。”[①] 在这一转变过程中，他渐渐苍老并不幸残疾，越来越不像一个上海人，但仍“不合时宜”地保留着都市的生活品味：桂花白糖年糕、吊兰、木雕、奶茶、建筑书籍等。施国良的创业历程异常艰辛，为了集体事业成功，他还采取了非正规手段，包括为创收而种植罂粟（卖给医药公司）、为推销产品而行贿等。这些行为使上级对施国良展开调查，他本可以留在上海躲过此劫，却在经过艰苦思想斗争之后，毅然选择回到白河子，承担自己的过失。我们在施国良身上看到了知青于逆境之中勇于拼搏、敢于担当的顽强意志与君子风范，这种意志与风范很大程度上正来自兵团生活的磨砺。施国良以及那些在白河子奋斗的知青，正是文中“成千上万开在沙窝、碱地、荒原上的野麻花”[②] 的折射。他们平凡卑微，却坚忍执着，从不向生活低头，令人慨叹，令人悲悯，更令人敬重。

兵团文学中也有不少展现人性美好的作品。梁晓声是最具兵团战士

① 陆天明：《啊，野麻花》，北京十月文艺出版社1984年版，第195页。

② 同上书，第285页。

气质的“老三届”知青作家之一。“梁晓声的特别在意‘兵团’这一组织形式对于他的经验的极端重要性。”① 他的兵团文学与军旅文学有一定程度的交叉，《鹿心血》讲述了中俄国境线上兵团知青守卫乌苏里江哨所的故事，但是作者在冰冷的江面上描绘了一幅穿越国界的人间至爱图景。《非礼节性的“访问”》讲述了年轻的电影放映员不慎迷失方向、误闯入俄罗斯境内而后又在俄军人的帮助下平安归国的冒险经历，作品在渲染国境线险峻的地理条件和紧张严苛的政治氛围之余，突出人物经历的戏剧性、传奇性，烘托了人性之美。

除了诗歌、歌词、小说、报告文学等，书信（尤其是家书）作为一种非常规文学体裁，也较为真实地记录知青的个人经历。众多信札集结则成为还原历史进程的重要参考依据。上海知青作家陆融的《一个上海知青的223封家书》以书信集的形式讲述了自己在云南生产建设兵团工作生活的全过程，收录了1970年5月至1979年1月在云南生产建设兵团期间写就的223封家书，书信根据作者心理情绪变化可以划分为五个阶段。1970年5月25日至1972年4月8日是“兴奋期”。这是作者兵团生活的肇始阶段，陌生而新鲜的生活环境使他感到耳目一新。在这一时期的信件中作者对于异乡见闻充满好奇，多记述与上海截然不同的日常劳作、吃穿住行、生活习俗等，内容平易且贴近生活。1972年7月12日至1973年12月18日是他的“沉寂期”。初来乍到的新鲜感逐渐消失，异乡人的孤独感逐渐暴露，并由此引发了对于家乡的思念：

> 上海——这个举世闻名的大城市，繁华的市容，宽广的柏油马路，雪亮的霓虹灯等等，对于每一个曾经生活在这块土地上的人，无不深深地爱上了她……虽然探亲已超假，可并没有满足我对故乡生活的无穷乐趣，直到火车徐徐开动，我还有一种难以言喻的情

① 赵园：《地之子》，北京大学出版社2008年版，第292页。

感，那时是多么想再停留几天，哪怕是几个小时也好……①

作者这一时期从连队进入团部机关工作，开始从事较为轻松的行政工作，“要么看看书、报纸，感到无聊得很，机关就是这么一个样”②。没有如愿进入大学学习，亦是作者深感颓废的一个因素。1974 年 2 月 25 日至 1976 年 4 月 19 日是他的“适应期”。这一时期，书信中多次提到团队的政治学习、会议的内容，如“批林批孔”“反击右倾翻案风”“农业学大寨”等，从侧面反映出当时的社会政治风潮。此时，作者已经渐渐适应了机关工作，家书从汇报日常生活渐渐转变为汇报思想状况。1976 年 8 月 3 日至 1978 年 2 月 22 日是他的“焦虑期”。这期间作者的身体状态欠佳，病痛侵袭、情绪焦虑。而随着作者年龄增长和生活阅历增多，所关注的问题也更为切近和现实。信件多涉及自己正在经历的恋情，告知家人准备成家的想法，并为结婚做种种准备。1978 年 5 月 13 日至 1979 年 1 月 31 日是他的“挣扎期”。云南知青率先举起了要求返城的大旗，这期间作者产生了迫切的回城愿望。在 1978 年 10 月 23 日的书信中，他写道：“当然，现在谁也不能保证自己能够离开这里，我恳求爸爸妈妈想尽一切办法。我也在注意影响的前提下，尽自己最大努力。8 年多来，为了不使爸爸妈妈为远离自己的亲骨肉担忧、操心，我情愿自己违背自己的心情尽可能地让爸爸妈妈对我放心。”③ 通过对《一个上海知青的 223 封家书》的分析，我们不难看到兵团知青百转千回的心路历程以及他们对兵团生活的印象转变。

地域文化因素、民族文化因素以及制度文化因素是我们考察知青文学的几个切入点，在南方与北方、东部与西部、汉族与少数民族、内地乡村与边疆团场这样的观察视角中，我们不难发现很多知青文学作品包含了上述不止一种要素，从而呈现出“复合型”特征。比如，张承志

① 陆融：《一个上海知青的 223 封家书》，上海社会科学院出版社 2009 年版，第 167 页。
② 同上书，第 194 页。
③ 同上书，第 434 页。

作品既展现了游牧民族不同于汉族的风土人情，也传达了北方不同于南方的独特魅力；陆天明、老鬼等作家的兵团书写中，也掺杂了不少对于少数民族的书写。

第二节　知青文学中乡土世界的多义性

经由上文，我们大致把握了影响知青文学创作的空间性、民族性、制度性因素。下面，从作家的个人经历、理想志趣、主观感受等出发，进一步来考察知青作家笔下“乡土”世界所显示出的多义性。由于每一个创作主体都拥有自己独一无二的乡土体验、志趣喜好，以及观察感知世界的方法，因而他们文学创作的价值观念形成差异，各不相同。知青作家有不同的文学价值观念，在看待乡村生活时就会采用不同的视角，进而文学作品的主题、素材、基调等就截然不同。如果截取其中的几种视角来展开的话，那么乡村在知青作家的笔下可以是砥砺身心的艰苦天地、革命事业的红色土壤、诗魔并存的生态王国、寓意多元的动物世界等。

一　砥砺身心的艰苦天地

1979 年起，知青文学作品开始增多，且与此前的知青作品有了明显区别，革命浪漫主义色彩悄然隐退，视角也不再局限于阶级斗争等题材，而是开始较多地对知青下乡经历进行整体性的梳理和反思，其中对于知青生活的艰辛与磨砺也多有书写。这时期影响较大的作品有竹林的《生活的路》、叶辛的《蹉跎岁月》、孔捷生的《在小河那边》等。

乡村在地理环境、收入水平、生活质量、社会保障、教育医疗等方面都存在一定瓶颈。乡土生活的艰辛既是针对外来者知青而言，也是针对祖祖辈辈生活于此的农民而言。农民习以为常的艰辛在知青身上被无形地放大了数倍。知青作家笔下艰辛的乡土生活主要体现在劳其筋骨、饿其体肤、苦其心志等几个方面。

首先，突如其来的体力劳动给知青造成一定考验。田间劳作使城市青年从脑力劳动者变成了体力劳动者，这一转变无疑挑战了他们的身体极限及意志品质。史铁生以平实的笔调还原了他插队时日常劳作的情形：

> 越是穷地方，农活也越重。春天播种；夏天收麦；秋天玉米、高粱、谷子都熟了，更忙；冬天打坝、修梯田，总不得闲。单说春种吧，往山上送粪全靠人挑。一担粪六、七十斤，一早上就得送四、五趟；挣两个工分，合六分钱。在北京，才够买两根冰棍儿的。那地方当然没有冰棍儿，在山上干活渴急了，什么水都喝。……①

这段话让人联想到“锄禾日当午，汗滴禾下土”的艰辛。现代化农业耕作制度缺失、农业基础设施薄弱、农业科技化水平落后等，使得人力在田间劳作中仍发挥着主要作用。农民面朝黄土背朝天，知青也逃不过这种考验。董之林曾指出知青劳作方式的落后性：“《今夜有暴风雪》中那场‘小镰刀战胜机械化’的农场收割使人看到，大批知识青年的汗水在廉价地流淌。70 年代的生产建设兵团在‘实现思想革命化’的口号下，采取的竟是非常落后的生产方式。”② 韩少功写到劳动对象对于劳动工具的消耗以及对于劳动者身体的磨砺：“那些大大小小的顽石，盘根错节的树蔸，就能把耙钉和锄口每天磨溶好几份，震得我们这些少男少女手心血肉模糊。”③ 赵丽宏在散文《劳其筋骨》中也逼真地再现了劳作的艰难：“把那两桶大粪倒入粪池，肩膀上突然没了分量，轻松欲飞。有谁想知道达目的的欢心，来挑他一担大粪便会有最深切的

---

① 史铁生：《我的遥远的清平湾》，《老树海棠》，中国盲文出版社 2008 年版，第 5 页。
② 董之林：《走出历史的雾霭》，陕西人民教育出版社 1991 年版，第 81 页。
③ 韩少功：《西望茅草地》，新华出版社 2010 年版，第 51 页。

体会。肩膀上皮已经被磨破，血肉模糊地和衬衣粘在一起。”①

叶辛《往日的情书》以书信的形式，记录了自1969年到1973年他与妻子王淑君插队时发生的点点滴滴，前半部分是叶辛与妻子的通信集，后半部分是叶辛记录插队生活的回忆性散文。与叶辛的小说相较，这些书信的意义在于原生态地勾勒出作者本人所经历的非虚构性的艰辛。他们常常要忙到三更半夜，因为整天的劳动而腰酸背痛。叶辛一度在困顿中对人生的意义产生怀疑：“我天天想到死，心里是痛苦的，但人决不能消沉、悲伤下去，这是一定的。”② 最终，他没有屈服于命运的捉弄，纤弱的身心在逆境中逐渐强大起来，最终成长为不畏艰难、富有韧性的一代新人。

其次，“饿其体肤”是知青们所要面临的第二重考验。在某种意义上，“劳其筋骨”与“饿其体肤”是一种因果关系：剧烈的饥饿感往往是由高强度的体力消耗所致。极度饥饿有时比身体劳顿更加难以忍受，所谓的理想主义、人道主义在“填饱肚子”这一生存难题尚未得到解决时，总是显得苍白无力。南帆说：

> 真正的乡村横亘在面前的时候，一件简单至极的事情日复一日地蛀空了理想：赶快找些可吃的填进肚子，阻止胃的可怕蠕动。我对于自己的饭量剧增无比惊异。从田里收工回来，迫不及待地奔到灶台的蒸笼里取出两个饭盒开始狼吞虎咽。两个饭盒大约炖了一斤的米饭，风卷残云般地进了肚子，咂咂嘴仍然觉得意犹未尽。③

饥饿是困顿生活赋予人类消化器官的试探，是对人类生存极限的挑战。农民首先要直面这种挑战：“银行柜台上数钞票的出纳并不是最有

---

① 赵丽宏：《遗忘的琐屑》，上海文艺出版社2010年版，第181—182页。
② 叶辛：《往日的情书》，百花文艺出版社2008年版，第178页。
③ 南帆：《饥饿惯性》，《收获》2012年第2期。

钱的人，水田里种粮的农民也不是吃得最饱的人。”[1] 广阔的乡土源源不断地为国家供应粮食，但是处于“饥饿”状态的大多是与粮食生产关系最密切的农民。饥饿对于“类农民”——知青来说同样成为一个问题。

文学作品中的饥饿事件并非全然是灰暗色调，有时也蕴含着喜剧感。偷鸡摸狗的奇闻轶事常成为知青应对饥饿的谐趣之举，有的知青作家对于饥饿的书写在不经意间具有了悲喜交加的荒诞色彩。

马原小说《上下都很平坦》中，姚亮、陆高、长脖、二狗、江梅、小秀等知青来到陌生的农村，面对着双重“饥饿”考验——一方面忍受着缺衣少食的痛苦，另一方面压抑着青春期少年对于两性关系的饥渴和冲动。但他们没有消沉，而是常常使出偷鸡摸狗、杀鹅套狗钓蛤蟆的伎俩。在小说的自序中，马原写道：

> 人在贫穷困窘时，饥饿常常在官能感受中突出得到垂青。我的故事中人几乎个个都是饿死鬼，为了嘴和肚子，他们上演了生死话剧。……那都是饥饿年代里的喜剧，是饥饿的美学，也是大爽。[2]

马原并未刻意渲染特殊时代的社会政治氛围，也并未着力描写知青生活的坎坷艰辛，而是以调侃笔调书写知青的日常生活，“再现那个时空里知青生存的原生态中的低级性和野蛮性”[3]。在谈到悲剧的喜感时，朱光潜说：“在个体生命的无常中显出永恒生命的不朽，这是悲剧的最大的使命，也是悲剧使人快意的原因。”[4] 洪子诚则认为以嘲讽、调侃的“喜剧”方式来处理“悲剧事件”，也流露了浓重的宿命的悲哀。[5]

① 冉帆：《饥饿惯性》，《收获》2012 年第 2 期。

② 马原：《上下都很平坦》，北岳文艺出版社 2001 年版，第 1 页。

③ 胡晓青：《知青的喜剧——读马原的〈上下都很平坦〉》，《新闻出版交流》2002 年第 4 期。

④ 朱光潜：《文艺心理学》，复旦大学出版社 2011 年版，第 240 页。

⑤ 洪子诚：《中国当代文学史》，北京大学出版社 2007 年版，第 272 页。

知青那种在悲哀的宿命、生存的难题面前永不低头的信念、永不颓废的意志正是对所谓“永恒生命之不朽”之诠释。或许在青年人眼中，艰辛、愁苦与饥饿是无可畏惧的，“寻觅野物”甚至成为一种满足好奇心的猎奇之举：

> 没有肉吃，蔬菜里又没有油水，干活没力气，生存的需要就让大家打起了其他生物的主意，蛇肉是最常吃的，因为当时生态破坏得还不厉害，几乎每天出工都能遇到蛇，最大的上百斤，小的也有几斤，再小的就不要了，抓回来，扔锅里煮烂，撒点酱油或盐就是一顿美味。插队6年，还吃到的动物有野猪、穿山甲、竹鼠、野猫、猴子、野蜂、马鹿、麂子、狗熊、老虎等，有一次，西双版纳的知青来我们这里培训，居然还带来了被熏干的大象肉……①

阿城的《棋王》对于知青捕猎、食用野味也有类似的描写：

> 下雨时节，大家都慌忙上山去挖笋，又到沟里捉田鸡，无奈没有油，常常吃得胃酸。山上总要放火，野兽们都惊走了，极难打到。即使打到，野物们走惯了，没膘，熬不得油。尺把长的老鼠也捉来吃……②
>
> 蛇肉到了时间，端进屋里，掀开锅，一大团蒸气冒出来，大家并不缩头，慢慢看清了，都叫一声好。两大条蛇肉亮晶晶地盘在碗里，粉粉地冒鲜气。我“嗖”地一下将碗端出来，吹吹手指，说：“开始准备胃液吧！”王一生也挤过来看，问：“整着怎么吃？”我说：“蛇肉碰不得铁，碰铁就腥，所以不切，用筷子撕着蘸

---

① 晓剑：《当时知青吃什么》，《晓剑文集·散文随笔卷》，海南出版集团2010年版，第50—51页。

② 阿城：《棋王　树王　孩子王》，人民文学出版社2013年版，第18页。

料吃。”①

知青捕猎、食用野生动物有悖于保护野生动物的生态理念，这种行为固然不能被提倡和褒奖，但在特殊情境中却拥有某种“合理性”，彰显了恶劣生存条件下人类自身的强大生存能力和适应能力。谈及食用野味的感受时，张抗抗说：

真正的野味之味并不是来自野物，而是来自那野地里的情致。它不是装饰和点缀，而是艰难生活中饥渴的需要和短暂的快乐；它是雪中送炭而非锦上添花。②

知青作家在表达饥饿感受时，还通常能运用各种修辞手法，将味觉、听觉、嗅觉等放大数倍，产生出一种“极致主义”的震惊效果。韩少功在小说《日夜书》中对于饥饿感觉的呈现给读者留下深刻印象：

一管挤空了的牙膏皮，肚皮紧贴背脊，喉管里早已伸出手来。男人们吃饭简直不是吃，差不多是搬掉脑袋，把饭菜往里面哗啦一倒，再把脑袋装上，互相看一下，什么也没发生。……人们的鼻子比狗还灵，空中的任何一丝气味，哪怕是数里路以外顺风飘来的一点猪油花子香，也能嗖嗖嗖地被准确捕获，激发大家的震惊和嫉妒。③

赵丽宏散文《氿畔》中对于饥饿的书写也有异曲同工的效果：

干活的时候，饥饿像个无形的魔鬼似的，不知不觉地便附到我

① 阿城：《棋王　树王　孩子王》，人民文学出版社2013年版，第29页。
② 张抗抗：《张抗抗自述人生》，时代文艺出版社2010年版，第202页。
③ 韩少功：《日夜书》，《收获》2013年第2期。

> 的身上来了。它先是在胃里游荡，并且不时发出咕噜咕噜的叫声，然后又慢慢地向全身蔓延，渗入肌肤，流进骨髓，丝毫不漏地缠住了每一根神经。①

韩少功和赵丽宏准确拿捏了人体饥饿时的亏空与绝望："牙膏"的比喻形象有趣，具有调侃的意味，"搬掉脑袋"这一夸张修辞极具画面感，令人忍俊不禁，对于嗅觉的精致描述凸显出知青饥饿的程度。至于"魔鬼附身"更是将饥饿感推向无以复加的地步。

最后，是苦其心志。上山下乡固然可以磨炼知青的筋骨和意志，但也给知青的心理和精神增添了很多压力，比起劳动的艰辛和物质的匮乏，知青的精神生活可能会面临更多的困境，不少知青小说都以此为关注的焦点。

"伤痕小说"在"文革"之后最先兴起，董之林认为伤痕小说的意义在于将"颂歌变成忏悔，低沉代替高亢"，一改以前形成的"广大知识青年与工农相结合"的创作传统，成为另一个断代史的开端。② 卢新华的《伤痕》发表于1978年，是新时期最早对极"左"路线给知青造成的苦难进行控诉的小说之一。主人公王晓华是"六九届"知青，她因希望与被打成"叛徒"的母亲划清界限而来到辽宁沿海乡村插队下乡，乡村成为她生活及精神上的避难之所。但是，母亲的成分问题成为她的"先天不足"，她的插队生活充满曲折，内心孤独寂寞，政治前途黯淡，情感遭受挫败。《伤痕》以王晓华为例写出了极"左"路线对于知青的戕害，这不只是某一个人、某一个家庭的悲剧，更是一个时代的集体悲剧。

一些知青文学中的女知青常被抹上一层殉道者的悲壮色彩——有一种身体和精神的创伤为女性所独有。她们中间既有主动献身者，也有被

① 赵丽宏：《遗忘的琐屑》，上海文艺出版社2010年版，第122页。

② 董之林：《走出历史的雾霭》，陕西人民教育出版社1991年版，第35页。

动受辱者。严歌苓小说《天浴》①中的女主人公文秀被选中跟随藏民老金学习牧马，少女般的纯洁无瑕使她成为心怀不轨者觊觎的对象。当面对强权威慑时，为了获得返城名额，她献出了宝贵贞操，老金的善良隐忍与场部官僚的横行霸道形成了鲜明反差，老金如同《巴黎圣母院》中的卡西莫多，虽然身体残缺，仁爱之心却比常人更加博大。虽然老金成为文秀的精神支柱，但最后文秀还是因不堪重辱而结束了自己的生命。

陆天明的小说无论是情感风格，还是所塑造的主人公形象，都带有几分沉郁的气息，这种气息总能触动人内心深处最敏感的神经。他的长篇小说处女作《桑那高地的太阳》发表于《当代》1986 年第 4 期，小说以谢平在桑那高地 14 年的人生境遇为主线，书写了众多上海知青不畏艰难、经历磨难最终脱胎换骨的人生历程。谢平作为四千多名上海青年的代表，作为一名要求进步的入党积极分子从繁华的上海远赴贫瘠、荒凉的西北边陲羊马河农场支边，然而大西北并非想象中的世外桃源，严寒、酷暑、贫穷侵蚀着他的身体，与此同时，正直和固执的他与农场领导之间产生隔阂。政委的专横跋扈和组织股中心助理员陈满昌的工于心计，都使谢平产生反感。他被认为不适合在总场搞政治工作，所以经常被派出去下连蹲点。后来，血气方刚的谢平又与政委发生口角，被送到全场最偏僻的骆驼圈分场。从知青先进代表变为连党籍都难保的“落后分子”，谢平最终被彻底改造成了另一个人，从个性张扬的青年变成了没有棱角的中年人。

老鬼对于兵团生活的书写游走于纪实与虚构之间，《血色黄昏》讲述了主人公林胡在内蒙古生产建设兵团八年的生活经历。林胡本是北京的中学生，起初怀着革命豪情写下“血书”，与同学自发来到内蒙古生产建设兵团。林胡一方面胸怀理想刚正不阿、疾恶如仇，另一方面性格偏执、暴戾好斗。一次偶然机会，他与当地军人发生摩擦并引起争斗，

① 严歌苓：《天浴》，陕西师范大学出版 2008 年版。

开始了劳改生活。林胡的命运遭遇与《桑那高地的太阳》中谢平的经历有几分相似。在展现兵团知青命运方面，老鬼的笔致更大胆直露，一腔悲愤之情呼之欲出，而陆天明则更侧重于传递知青难以把控自身命运的无奈之情。

知青小说中主人公的遭遇未必是作家本人遭遇的复写，其中会有文学虚构的成分，但作家本人在上山下乡过程中经历磨难也是毋庸置疑的事实。从“文章憎命达”的角度看，苦难经历成就了知青作家，成为作家阅历中不可磨灭的一部分。知青在乡村经受了各种形式的考验，在精神挫折面前，文学创作为知青打通了一条澄明心路，经由写作这条途径他们将生命意义提升到一个新境界，赵丽宏说：

> 我最初的写作，其实是在乡村“插队落户”时的日记。在一间狭窄的茅屋中，在一盏飘忽幽暗的油灯下，一颗年轻的心抒写着对自然的迷恋，对人生的憧憬。那时的写作，不为发表，没有想过要把自己写成一个作家，只是感觉文字和我有缘，写作驱赶了我的孤独，使我的精神世界变得充实，使我在困苦的环境中思考人生的意义。①

那么，接下来的问题是，知青作家如何面对已经成为往事的苦难？在书写苦难之余，他们的心灵深处能否升华出超越苦难的东西？纵使知青生活中有辛劳、饥饿、孤独等体验，但是，劳动的艰苦中也不乏收获的喜悦，种种精神上的磨难更是锤炼了知青们坚忍不拔的意志品质，使他们获得了对付人生困境的方法。张承志对此有着较为辩证的认识：

> 尽管草原时时使我们感到痛楚，尽管正是因为它，我们才觉得自己的青春去而不返，而且残缺不全，但我们仍旧沉浸在一种独属

① 赵丽宏：《遗忘的琐屑》，上海文艺出版社 2010 年版，第 1—2 页。

自己的永恒体会中。在这种美好的体会中，我们惊异地发觉自己已经获得了一种庄严的蜕变，我们自己已经成为一种新奇的新人。①

所谓“美好的体会”正是建立在对于苦难的感知和超越的基础上，青春中杂糅着荆棘、波澜和褶皱，赋予生命更强韧的质地。张承志用辩证的眼光看待乡村生活中的苦难，阐明了艰苦磨砺与一代新人之蜕变间的关系，将这种磨砺视为精神成长与思想蜕变的催化剂。

挫折与新生往往被包孕在同一个母体之中。例如梁晓声对于北大荒“鬼沼”的描摹，令人感到畏惧的鬼沼其实从某种程度上说也是一方精神“净土”：“《这是一片神奇的土地》中，作者将一支知青小分队置于荒无人迹的‘鬼沼’，就人的精神世界而言，那里是避开当时社会上政治斗争的一片净土，李晓燕和她的战友们可以在这里尽情地展开理想的翅膀。”② 在这里，艰苦卓绝的自然环境帮助知青摆脱了政治斗争的烦恼。知青作家在书写乡村苦难的时候，有时不免带有埋怨或悲愤之情：“心情低落的时刻，悲愤是一种对付生活的手段，也是一种隐蔽的自恋。”③ 但是，在时过境迁以后仍然心怀怨怼、不肯释怀的知青毕竟不是全部，逆境中的锤炼与成长是一笔弥足珍贵的精神财富。梁晓声说：“对于我们这代人，知青生活有积极的影响，就是吃苦耐劳。对我来说，我现在觉得，什么事也没有可怕的，我不怕任何事情。”④ 贺绍俊说：“无论我们曾有过怎样触目惊心的创伤，怎样被打乱了生活的步伐和秩序，怎样不得不时至今日还感叹青春；我们仍然认为，我们是得天独厚的一代，我们是幸福的人。在逆境里，在劳动中，在穷乡僻壤和社会底层，在痛苦、思索、比较和扬弃的过程中，在历史推移的启示里，

① 张承志：《金牧场》，作家出版社 1987 年版，第 27 页。

② 董之林：《走出历史的雾霭》，陕西人民教育出版社 1991 年版，第 80 页。

③ 南帆：《历史的盲肠》，《收获》2012 年第 1 期。

④ 马原等：《重返黄金时代——八十年代大家访谈录 》，吉林出版集团 2016 年版，第 102 页。

我们也找到过真知灼见；找到过至今感动着、甚至温暖着自己的东西。”①

二　革命事业的红色土壤

“乡村不仅是传统人文文化的藏身之地，还更是现代中国革命和斗争胜利者的‘正史’的‘根据地’。”② 乡村在20世纪中国新民主主义革命、社会主义革命中是一个革命氛围浓厚的文化空间。同为无产阶级政党，苏联布尔什维克政党依靠调动城市无产阶级的积极性来取得革命胜利，而中国共产党则凭借广大农民的力量发展壮大起来，乡村成为中国共产党领导革命的重要根据地，贫下中农翻身做主人的理想使很多农民投身革命队伍，成为具有反抗精神的人群。

毛泽东多次在他的革命论著中强调农民阶级在中国革命中的决定性力量。毛泽东在《湖南农民运动考察报告》（1927年3月）一文中揭示出农村革命的实质：“农村革命是农民阶级推翻封建地主阶级的权力的革命。农民若不用极大的力量，决不能推翻几千年根深蒂固的地主权力。农村中须有一个大的革命热潮，才能鼓动成千成万的群众，形成一个大的力量。”③ 他还进一步论述中国革命与中国农民的密切关系：“没有贫农阶级（照士绅的话说，没有‘痞子’），绝不能造成现时乡村的革命状态，绝不能打倒土豪劣绅，完成民主革命。……没有贫农，便没有革命。若否认他们，便是否认革命。若打击他们，便是打击革命。”④毋庸置疑，中国共产党领导的新民主主义革命和社会主义革命确立了政党与乡村、农民的亲缘关系，“革命性”是由乡村落后的经济条件和农民困苦的生活状况激发出来的，很大程度上呼应了社会革命形势的发展

---

① 贺绍俊：《作家族群》，昆仑出版社2008年版，第26页。

② 施战军：《论中国式的乡村小说的生成》，《南方文坛》2010年第4期。

③ 毛泽东：《湖南农民运动考察报告》，《毛泽东选集》（第1卷），人民出版社1991年版，第37页。

④ 同上。

需要。乡村与农民在20世纪中国文学的革命历史叙事尤其是“红色经典”叙事中扮演着重要角色。知青、乡土与革命的关系，也是我们考察知青文学的一个重要方面。

知青下乡以后，革命意志得到锤炼。“文学史表明，文学的乡村始终象征了民族国家的历史转折。与‘农村包围城市’的革命策略相互呼应，许多作家心目中的乡村毋宁是每一个革命历史阶段的地标。”①乡土为革命精神发生、发展提供了土壤，革命思想及其实践以燎原之势蔓延，乡土逐渐由革命策源地变为革命熔炉。知青接受贫下中农再教育，也从侧面表明其磨炼革命意志的态度。是否参与上山下乡运动，是否在乡村进行自我改造，成为衡量青年是否在思想上要求进步的重要标尺，知青作家对于知青、乡土与革命关系的书写主要有以下几种表现形式。

首先，渲染路线纷争和阶级斗争，以突出革命形势的严峻和革命道路的曲折。

描写乡村中的路线纷争和阶级斗争是早期知青文学（主要包括出生于20世纪40年代末期以前的作家以及部分“老三届”作家在“文革”时期的创作）最热衷的题材之一。20世纪70年代，上海人民出版社有计划地出版了“知识青年上山下乡丛书”，主要以长篇小说为主。出版这套丛书的目的在于“为了及时地用文学形式反映这个在无产阶级文化大革命中出现的新生事物，艺术地再现我国青年一代在广阔天地里经风雨、见世面的斗争生活和锻炼成长的历程，鼓舞他们更好地前进”②。从中我们不难读出两条信息。第一，丛书是特定历史时期的衍生物，因此内容必定受到时代气候的主宰；第二，丛书带有理想主义色彩和宏大叙事的特征，目的是迎合革命形势发展的需要。这套丛书最大的特点是充斥了对乡村中阶级斗争状况的书写。从左翼乡土文学到延安

① 南帆：《八十年代：话语场域与叙事的转换》，林建法编《中国文学批评年选（2011年）》，江苏文艺出版社2012年版，第158页。

② 郭先红：《征途》（编后），上海人民出版社1973年版。

文学、再到十七年文学，阶级斗争一直是中国现当代作家观察乡土世界整体氛围与人物关系的重要切入点，早期知青文学也延续了这一传统。“革命的核心价值观是斗争。社会渗透着阶级斗争，它们既是剥削的结果，也是社会进步的条件。要求公民积极而自愿地参加斗争，加强其特性，并公开向那些以自己的地位或行为来阻挡社会主义道路的人发出挑战。”① 小说中农民必须依靠反抗对立阶级来征得生存权利、改善生存质量；知青也必须依靠投入阶级斗争来表现出忠诚于党和国家的立场，以证明自己坚定的革命理想。

南帆指出：“阶级的存在是历史运动的根本原因，阶级的搏斗推动社会历史的发展，这是许多无产阶级革命家的共识。然而，典型、共性与阶级性的连锁关系迅速地进入一个死胡同。如果阶级性决定了典型的终极指向，那么，一个阶级只有一个典型必将是一个逻辑的结局。”② 在知青作家塑造人物形象的时候，往往为了凸显其阶级属性，而忽略了对于人物丰富性、立体性的描摹。早期知青文学中的典型人物形象塑造（不论是正面人物还是反面人物）大多存在这一问题，这种非此即彼的思维方式导致的直接后果是，人物形象内在的生动性被某种抽象人格所遮蔽或抽空，这在很大程度上削弱了作品的艺术表现力。例如，郭先红的长篇小说《征途》讲述了钟卫华等知青如何接受贫下中农再教育的经历，在这一过程中，正面人物大队党支部书记李德江与张山、于春保等对立人物进行了激烈的路线斗争。作者着力塑造先进农村基层干部形象，但这些人物的鲜活个性在小说中并未得到充分展现，小说中知青自身的主体性和能动性也被阶级斗争主题所淹没。

张抗抗的小说《分界线》是“文革”末期“老三届”作家的代表作。小说中知青耿常炯在乡村中大有作为、独领风骚，显示出与其年龄和身份不相符的超常胆识与智慧，作家对这个“完美”人物的塑造掺

① ［美］詹姆斯·C. 汤森、布兰特利·沃马克：《中国政治》，顾速、董方译，江苏人民出版社 2003 年版，第 134 页。

② 南帆：《五种形象》，复旦大学出版社 2007 年版，第 7 页。

杂了臆想与夸张的成分。张抗抗在创作谈中指出：

> 在当时，尤其是在上海，“三突出”理论占有至高无上的地位，任何人都不可能违反它，超越它，我也绝不例外。我正在学习如何掌握革命现实主义和革命浪漫主义相结合的创作方法，我必须用全新的思维，来把握我的小说人物。那并非完全是违心的，而是半信半疑又亦步亦趋的。①

这段话反映了张抗抗在特定时代明确的创作立场和观念，也透露出时代主潮对于作家个体创作行为的严格规训，主题先行的写作有时也是作家不得已而为之的选择。于是，在历史浪尖上生存和写作的个体有时不得不俯身低头将自我意识适度隐藏，作家的主观感受和他们最后写就的文本往往呈现出分裂甚至相悖的状态。

到了新时期以后，叶辛等知青作家的小说涉及乡村中的路线斗争，更加关注知青的表现和命运。小说《我们这一代年轻人》主要描写了韩家寨大队姚银章与韩德光的路线斗争，以及路线斗争对于知青命运的影响。知青陈家勤和程旭在路线斗争中的表现截然相反。陈家勤城府极深，对上级俯首听命，察言观色，投其所好，为了获得权力用尽浑身解数，企图在路线斗争中投机以捞取政治资本。与陈家勤形成鲜明对比，程旭内向，不善交际：“他的神态是沉着、镇静的；他脸上的表情是坚毅，甚至严峻的。……这个青年人是用他深邃的目光，陷入沉思般神情的脸和他的镇定安详来表明自己的力量。”② 程旭有意避开政治斗争的旋涡，远离权力的诱惑，彰显了自己坚定的道德人格。

其次，知青作家善于塑造具有英雄主义气概的主人公形象，以突出知青乐观向上、不屈不挠的革命精神。

---

① 张抗抗：《大荒冰河》，吉林人民出版社 1998 年版，第 266 页。

② 叶辛：《我们这一代年轻人》，《叶辛文集》（第 1 卷），江苏文艺出版社 1996 年版，第 252 页。

晓剑的创作多歌颂无悔青春，并塑造了一系列英雄形象。《世界》《长河》《青春梦幻曲》等作品通过对充满理想主义色彩的知青领袖的赞美来达到“为这一代人唱赞歌”的写作目的。[①] 小说《世界》讲述了以吴大路为代表的知青在上山下乡过程中的心路起伏历程。他们起初满怀雄心壮志，继而革命热情消退，最后对自我进行深刻反思。

对于知青英雄形象的想象及书写，不同时期的作家有着不同的侧重。早期知青文学（尤其是知青的上一辈作家的创作）由于缺乏亲身经历，因此作品往往缺少生活质感与情感投入，有不少都成为图解政治、宣传说教的工具。这些作品在刻画英雄人物、宣扬英雄主义的时候，经常直接以主人公的名字作为题目，凸显知青大无畏的形象。很多作品中的主人公为女性，如《洪雁》《云燕》等，此类作品往往突出巾帼英雄“敢教日月换新天”的阳刚之气，有意模糊女性的性别特征。

洪子诚认为包括知青小说在内的“文革”时期的长篇小说从情节构思、人物设置到叙事方式，都表现了“规格化”倾向。洪子诚将规格化的人物形象分为三种类型：一是主要、次要英雄人物；二是英雄人物的阶级对立面，即反面人物；三是正反面人物中间的各种问题人物。情节的规格化则体现为分属不同阶级阵营的人物，环绕设定的中心事件（某一生产建设任务，或意识形态的、政治权力较量的事件）展开冲突。常见的结局是“主要英雄人物”在“群众”的支持下，教育、争取“问题人物”，最后战胜、孤立敌对势力。[②] 洪子诚的概括符合“文革”时期知青小说的基本面貌。

知青的前辈作家和早期知青作家大多对于知青中涌现的英雄人物进行热情赞颂。而随着时间推移，这种思路受到了不少作家的质疑和反拨。比如，王松的中篇小说《事迹》[③] 讲述了“文革”时期某些“英雄人物”被建构的具体过程及其内在逻辑。小说主人公“我”与高林

---

① 郭小东：《30 知青作家批判书》，花城出版社 2011 年版，第 105 页。

② 洪子诚：《中国当代文学史》，北京大学出版社 1999 年版，第 209—210 页。

③ 王松：《事迹》，《花城》2009 年第 4 期。

同是知青，却在性格志趣方面形成了鲜明的对比："我"是清心寡欲、追求个性自由的逍遥派，而高林则热衷荣誉并日夜梦想着成为举世瞩目的英雄人物。高林尽管多次舍身保护集体财物，但是组织上只将是否流血负伤作为评价英雄的硬性标准，因此他始终没有成为令人敬仰的英雄。而"我"则因为在发现地主偷粮时意外受伤而被推举为"为保护集体财产与阶级敌人做斗争的楷模"，"英雄事迹"也被一次次渲染放大。长期忍受"英雄梦"折磨的高林最后不惜引火烧身，点燃粮仓，以生命为代价换回了英雄的称谓。值得关注的是这部小说中对于"英雄"判定标准的反思，作家书写某些知青畸形的英雄心态，发出了"高大全"英雄赞歌之外的另一种声音。

三　诗魔并存的生态王国

乡村不仅是农民耕耘劳作的场所，也是上苍用鬼斧神工打造的自然生态王国，乡土世界作为这一王国的重要载体，蕴藏着瑰丽怡人或奇异诡谲的自然现象、风景。其中，"诗性"与"魔性"是自然界与生俱来的双重属性。

当知青用敏锐的目光和细腻的心思打量乡土世界的时候，常常会不由自主地赞叹大自然的无穷生命力与创造力。知青作家在较为艰苦的乡村生活中发现自然、书写自然，是浪漫主义对现实主义的逾越，在荒芜之地寻觅葱郁乐土的一次精神考古。大自然在知青作家笔下具有诗魔共存的复杂气质，诗性书写多反映了作家"越名教而任自然"的生存态度及审美心理，体现了对浓烈意识形态氛围的规避和对天人合一的生命气象的讴歌；魔性书写常常赋予作品神秘超验的美学风格，或烘托知青不畏艰险的坚韧品格以及紧张焦灼的社会政治环境等。

如果说以土地为生的农夫不可能对田野持非功利的审美态度的话，那么，对于知青作家这样一群闯入乡土世界的外来者而言，则更有可能从大地中读出超越功利的审美内容，诞生对于"自然""生态"的诗学想象。

“北大荒”在知青文学中是高频词，让人联想到贫瘠、荒芜、艰苦卓绝，但是在不少“老三届”笔下，北大荒又是一个充满“诗性”的童话王国。肖复兴的小说《北大荒奇遇》以纯挚的情感和简洁的笔调描绘了北大荒春天的怡人景致：

> 那是北大荒的春天。七星河的水真清啊，能见得到水底的石子和水草，一条一条的白鲢鱼、鲫瓜子、红尾巴的小鲤鱼……游来游去，像是在水晶宫中翩翩起舞哩。弯弯曲曲的河水像一条绿色的绸带，轻曼地飘曳在一片坦荡无垠的沃野上，它缓缓地流着，流着，突然，一个急打弯，拐一个直角，像位老人深深地躬下腰在鞠躬，要向前面什么神圣的地方顶礼膜拜。①

沉睡了一个严冬的北大荒到了春季便恢复了河水清冷、锦鳞游泳的盎然生机。“北大荒”三个字的沉郁之感一扫而空，灵动葱郁的生命气象跃然纸上。大自然变化万千，四季性情殊异，各领风骚，正所谓万物静观皆自得，四时佳兴与人同，盛夏北大荒呈现出油画般的丰富色彩和繁复意象：

> 北大荒的草甸子夏日的野花真的是应有尽有：粉红的刺儿莓、白色的野罂粟、深蓝的马莲、紫色的铃铛花、金黄的野菊花……如果运气好，偶尔还会在草甸子的深处，发现一丛粉红或是紫红色的芍药花，碗口大的花骨朵，迎风领首，雍容华贵。还有许多叫不上名字的小花，让人眼花缭乱，五彩缤纷地开成一片，好像是花仙子日日不散的盛会。②

---

① 肖复兴：《北大荒奇遇》，十月文艺出版社 1985 年版，第 60 页。
② 张抗抗：《最美的是北大荒》，《大荒冰河》，吉林人民出版社 1998 年版，第 157 页。

张抗抗的这段文字让我们领略到北大荒满园春色关不住的欢畅图景，怒放的“野花”诠释着喷薄而出的生命力以及不拘一格、顽强生长的自由意志，彰显了大自然运化滋养万物的能力。作家们对北大荒自然景象的书写充满诗情画意，这方土地虽然曾让知青吃过苦头，但是他们并没有放弃对于美好事物的欣赏，文学语言沉淀了生活中的绊脚碎石，清涤出心灵的荡漾碧波。

上述作品中包含了诗性的基本要素。首先是意象。北大荒就像一幅工笔长卷，繁多的意象聚集其中，各种动植物交相呼应，或恬静或跃动，构成了庞大、完整的自然生态体系。进而，意象的拢集加之作家主观情感的介入，运化出别致的意境。河水的漫流、野花的芬芳饱含韵致，传递出作家的积极心态，透露出对生命的彻悟和眷恋，营造出清晰活泼、庄重和畅的境界。克罗齐论述艺术与自然的关系时说：“只有对于用艺术家的眼光去观照自然的人，自然才显得美。没有想象的帮助，就没有哪一部分自然是美的。”① 人类欣赏自然万物并将其转化为审美对象时，不可避免带有一定的主观色彩，纯粹的“无我之物”是不存在的。“世间并没有天生自在、俯拾即是的美，凡是美都要经过心灵的创造。”② 换句话说，美的意境的生成离不开人的主观想象。韩少功小说《蓝盖子》中描述一位陷入热恋的少年眼中的茅草地：“夜晚，巨大的圆月冒出了茅草地，一片宁静随着银雾般的月光洒在大地上。隐隐约约的甘溪像一抹水银，发出蓝宝石的光芒，像童话中的生命之湖，像一个紫色的梦境。天地间一片无边的，神秘的，柔软的蓝，好像有支蓝色的歌在天边飘，融入草丛，飘向星空。”③ 静谧朦胧夹杂着恬淡的忧愁，此番意境大抵源于“移情”，若不是被甜蜜恋情俘获，主人公眼中的茅草地可能就不会呈现出如痴如醉之美态。意境的营造很大程度上取决于人的心境，正所谓“人化自然”，周围一切的自然景象其实都不同程度

① ［意］克罗齐：《美学原理》，朱光潜译，上海人民出版社 2007 年版，第 134 页。
② 朱光潜：《文艺心理学》，复旦大学出版社 2011 年版，第 140 页。
③ 韩少功：《蓝盖子》，春风文艺出版社 2002 年版，第 34 页。

地被涂上想象的色彩，作家笔下的自然实则为“有我之境”。

对自然景象的摹写和称颂是生态美学的应有之义，与此同时，生态美学还拥有更为深厚的道德意义和情感意义。四季轮回，衰杀生长，对于原生态自然风光的凝视与呈现，不仅还原了自然所固有的诗性，也从侧面彰显出知青作家返璞归真的审美趣味及质朴隽永的生命追求。利奥波德提出“大地伦理学”，其宗旨是“要扩展（道德）共同体的界限，使之包括土壤、水、植物和动物，或由它们组成的整体——大地，并把人的角色从大地共同体的征服者变成大地共同体的普通成员与普通公民。这意味着，人不仅要尊重共同体中的其他伙伴，而且要尊重共同体本身”①。道德情感是大地伦理的一个重要基础，土地常被比拟成“母亲”，大地（可看作是自然的统称）与人类的关系好比母子。“不能想象，在没有对大地的热爱、尊重和敬佩，以及高度评价它的情况下，能够有一种对大地的伦理关系。”② 以罗尔斯顿为代表的自然价值论者把人们对大自然负有的道德义务建立在大自然所具有的客观价值的基础之上。③ 自然对于人类的无私给予和人类对自然的深情回报是两者关系的基本范式，是两者和谐共处、共同发展的基本要求。

肖复兴的小说《北大荒奇遇》的主人公沙景昌是一位兢兢业业守卫自然生态的老者，他热爱自然、敬畏自然，反对砍伐林木的行径，甚至以献出生命为代价，换来生机盎然、充满梦幻色彩的自然王国。七星林的茂密葱郁与沙景昌善良执着的性格交相呼应，人与自然相依为命、不离不弃，展现出人类超越功利性的生命诉求。

杨剑龙曾谈到写作长篇小说《金牛河》（又名《汤汤金牛河》）时的心境：“在写作中，我以满腔的激情写着，过去的岁月、过去的人物、那清秀的山川、那汤汤的河流，都在我的眼前涌动，过去的生活如

---

① 林红梅：《生态伦理学概论》，中央编译出版社 2008 年版，第 144—145 页。

② 同上书，第 146 页。

③ 参见林红梅《生态伦理学概论》，中央编译出版社 2008 年版，第 45 页。

潮水一般冲击着我的心灵，过去的岁月似清风一般荡涤着我的心境。”①《金牛河》的可贵之处在于，它将自然风景与个人情感融为一体，将知青生活的苦乐悲欣，置于和《边城》相类似的意境中去表达，不仅勾画出江西水乡奇险俊秀、世外桃源般的自然风光，也呈现了知青小宋与当地山民之间的深切情意。与《边城》一样，“水”是《金牛河》的命脉，乡民一切的生产生活都离不开金牛河水的滋养。小说核心情节之一是“放竹排”，在这种带有极限运动意味的劳作中，人类的生存状态与自然景物浑然一体，难以剥离，正如罗尔斯顿所说：“完整的环境伦理学是自然价值与人类德性的统一，伦理学要把自然哲学和生存哲学结合起来。”②

在《金牛河》中，作者对于大自然怀有一种既亲近又敬畏的感情，体现了“自然哲学”与“生存哲学”的统一。在湍急的河流中，撑排工之间结成了患难与共、不可分割的情义，人对于大自然的征服，蕴藏在人与大自然的和谐共生中。当然，除了呈现大自然以及人性人情的美好之外，小说中也向读者展示了特定历史时代的紧张空气，但是“惊天动地的‘文革’只是具体故事背后的大环境，它对小环境有着潜移默化的影响，但是并没有突兀地走到前台，来概念化地宣讲什么”③。这就使得小说滤去了回忆中晦暗的部分，相对完整地保持了其特有的抒情风格和审美品质。

自然对人类的生存状况起到制约、调节、改善等作用，尤其在心理调节方面，大自然对于积极心态、向善心理的养成发挥了重要作用。赵丽宏在散文《远山远水》中告诉读者，他的意志没有继续消沉下去的原因在于适时地发现了大自然亲切奇妙的火光。乡下的湖光山色、草木

---

①　杨剑龙：《生活的积淀与创作的激情——关于〈汤汤金牛河〉的创作》，《文艺争鸣》2008 年第 4 期。

②　［美］霍尔姆斯·罗尔斯顿：《环境伦理学》，杨通进译，中国社会科学出版社 2000 年版，第 448 页。

③　李平：《读杨剑龙的长篇小说〈金牛河〉》，《文汇报》2009 年 7 月 19 日。

鱼虫，无不充满自然的神力，他不无感慨地说："人在孤寂的时候，大自然就真正变得亲近了。"[①] 他以一颗萱草忘忧的未泯童心面对大自然的万事万物，正是因为与自然的亲近，才使得他能够在种水稻、采摘棉花这些烦琐的劳动中读出趣味和诗意，使得劳作的艰辛被收获的喜悦所替代。《我和水稻》一文中扬谷的动作被描述得充满美感："从远处看，那些女人们高高地站在凳子上，站在风中，像一尊尊姿态优美的雕塑。"[②]《我和棉花》一文中将收获时节的棉田联想成一块巨大的巧克力奶油蛋糕。褐色枝干像巧克力，白色棉桃像奶油。农民采棉花的行为被描写得颇具喜感："男女老少排着队，挺着白花花的大肚子，脚步蹒跚地在狭窄的田埂上排队行走，样子非常滑稽，使我联想起南极的企鹅，挺着雪白的胸脯，在冰川上蹒跚。"[③] 作者以诙谐幽默的心态稀释了筋骨之苦，创造了童话之美，人类与自然关系的最高境界或许就是彼此欣赏、接纳、融合。

生态美学既然折射了人与自然对立统一的关系，那么知青文学中对于生态的赞美，无形中也是对于人性的赞美。史铁生对于清平湾怀有的真挚情感，他写山林间的美妙风景，很大程度上便是出于对农民质朴情感和善良内心的认同和欣赏：

> 野鸽子从悬崖上的洞里钻出来，"扑棱棱"飞上天；野鸡"咕咕嘎嘎"地叫，时而出现在崖顶上，时而又钻进了草丛……我很奇怪，生活那么苦，竟然没人逮食这些小动物。也许是因为没有枪，也许是因为这些鸟太小也太少，不过多半还是因为别的。譬如：春天燕子飞来时，家家都把窗户打开，希望燕子到窑里来做窝；很多家窑里都住着一窝燕儿，没人伤害它们。谁要是说燕子的肉也能吃，老乡们就会露出惊讶的神色，瞪你一眼："咦！燕儿

① 赵丽宏：《遗忘的琐屑》，《赵丽宏文集》，上海文艺出版社 2010 年版，第 133 页。

② 同上书，第 172 页。

③ 同上书，第 178 页。

嘛！”仿佛那无异于亵渎了神灵。①

史铁生的这段描写透露出两层意思。首先，乡村拥有俯拾即是的自然风光和生灵万物，大自然毫无保留地绽放着她的迷人风姿。作者写到了视觉、听觉、味觉等诸多新奇而复杂的感觉，其中，乡村中的“声音”具有鲜明的可辨识性，流水潺潺、鸡犬相闻、鸟鸣山幽……乡村的宁静与自足正是被这些声音衬托出来的。人们生活在乡村，感官变得异常敏锐，甚至能清晰辨识自己的呼吸与心跳；而到了城市，人们被包裹在车声、市声、机器声等现代化的声响当中，感觉渐趋麻木，对于喧闹的市井生活习以为常。其次，作者也暗示大自然的怡然自得是人们悉心保护、照料的结果。老乡们对于不论高大还是卑微的生命皆充满质朴的悲悯情怀，没有他们柔软慈悲的心灵，便没有自然界的绚烂风景。因此，知青作家自然生态书写中所渲染的明丽色彩，并不只是出于对自然本身的折服，还是出于对人类淳朴道德的褒扬，意在勾勒一种天人合一的和谐境界。

知青作家透过陌生化目光所观察、感受到的乡村，已经在当下受到了空前挑战。诗性自然日渐消弭，田野的翠绿被砖瓦的灰黑替代。张炜“融入野地”的理想意在呼唤人类对于自然的爱戴与敬畏，折射出对人与自然完美融合的热切期盼：“尊重自然，接受自然对我们的教化，跟大自然和谐相处，那样人才能有智慧，才能有长远的眼光，才能不自私、不得现代病、不被异化。”② 融入野地，便是融入人类生命的本源，追求无拘无束的身心自由。对于自然生态的尊重，映射出人类对于社会生态、精神生态的高度关注，对于精神主体成长及生命价值完整性的不懈追求。

山水有灵，风雨明晦，川原海岳，各有妙境，知青作家在大自然中

---

① 史铁生：《我的遥远的清平湾》，程光炜编《中国当代文学经典阅读》，北京大学出版社 2012 年版，第 201 页。

② 张炜：《写作和行走的心情（上）——文学随谈录》，《书城》2012 年第 4 期。

安身立命，明心见性，消散愁思，完成灵魂散步，渴慕林泉之心得以满足。诗性自然抒写由呈现直观感受、经验素材到寻觅心灵归宿、建构精神憩园，经历了从描写自然生态到追寻精神生态的跃升。高侠认为，知青小说中“自然抒写”的激情浪漫，应该是作为特定时代的“人”的主体生命规避历史整体荒谬感而寻求成长确证的一种审美反应，那些主观色彩浓厚的自然风物在拉开一定的时空距离后，逐渐成为一代人不断折损消减于现实庸碌中的人文理想的寄放场域，并演化释放出更丰富的审美意味。[①] 显然，当我们欣赏和描绘“自然”的时候，自然浸染了人类主观色彩，知青作家精心打造的诗性自然王国，蕴藏着他们在特定时代对于浪漫主义、自由精神、人文理想的主体性诉求，具有与时代总体氛围相抗衡的诗性品格。

任何事物都有两面性，自然也不例外。一方面，自然的“诗性”让人感到亲切祥和，给人以感官享受，寄寓了人类的不竭希望和充沛想象。另一方面，自然也会释放出某些负能量，所谓“魔性”，既有骇人、恐怖的贬义色彩，也有魔力、魔幻的中性意味，这两方面的含义时而分离、时而交融。

自然以其难以预测、难以掌控的蛮荒之力，带给人们神秘乃至战栗的感受。马克思认为：“自然界起初是作为一种完全异己的，有无限威力的和不可制服的力量与人们对立的，人们同它的关系完全像动物同它的关系一样，人们就像牲畜一样服从。”[②] 所谓天地不仁，以万物为刍狗，自然不仅可以为人所欣赏，成为人类温顺的宠物；也可以爆发出强大的“异己力量”，掌控和主宰人类命运。

孔捷生的两部长篇小说《南方的岸》和《大林莽》主题上各有偏重，但是对于海南岛自然景观的刻画都流露出自然令人“惊颤”的一面：

---

① 高侠：《论新时期小说“自然抒写”的流变》，《河南社会科学》2013 年第 2 期。

② 《马克思恩格斯选集》（第 1 卷），人民出版社 1972 年版，第 35 页。

百年朽林腐叶在发酵，散布着恶浊的瘴气；催人作呕的头晕花飞扬着花粉；臭水坑咕嘟咕嘟着沼气泡。巨蟒似的绞杀植物交织悬吊林冠之间，树上有藤、藤上有树，恍如笼罩万物的巨网。①

死蛇活鳝一样的乱藤，没一条不带勾卡刺的，她那一身，都成烂布条了。毒蚊仔像顶大帽子，发疯地在头上打转，只往人的耳孔鼻孔里钻。②

文字中弥漫着阴郁的噩梦氛围，在非人的环境里，上苍君临万物、暴虐生灵，自然释放的异己力量挤压着人类，使其深陷囹圄难以自拔。更有甚者，风、水、雷、电……这些常见的自然现象转化为凶险的灾害，毫不留情地威胁乃至侵吞人类的生命：

我们且战且退，被火流逼到了坡顶……一切都完了。野火突破了薄弱的防线，以不可遏止之势向原始森林卷去……我膝盖瘫软，跪了下来，骇然地看着火团把森林边缘的小树吞噬，青青的寄生藤即刻化为火蛇，耷拉下来……我扑倒在滚烫的砾石上，绝望地呻吟起来……思维倏地飞逝。

大片火海在呼啸翻腾，葱茏的热带雨林消亡了，剩下一株株形状狰狞的焦黑躯干……两滴水珠跌落在麻木的脊背上。我一哆嗦，费力地撑起上身……眼前依然是墨绿的海。幻觉？我试图站起来，却又沉重地跌倒……③

水火无情，自然以狰狞的面目站到了人类的对立面，释放着巨大负能量，挑战人类的意志品格与生命极限。适者生存，自然界的波澜诡谲

① 孔捷生：《大林莽》，花城出版社1985年版，第273页。
② 同上书，第343页。
③ 同上书，第140页。

固然令人畏惧，但又从侧面反衬出人类强大的求生意识和极限状态下的生存能力，人类只有充分发挥内在潜能和自然搏斗，在逆境中崛起，才能成为真正的强者。

南方作家的生态书写自有一番奇诡的魔幻气质，北方作家笔下的自然景象亦不乏威慑力量。梁晓声笔下的“鬼沼”如它名字所昭示的那样，平静表面之下充满死亡气息：

> 那是一片死寂的无边的大泽，积年累月浮盖着枯枝、败叶、有毒的藻类。暗褐色的凝滞的水面，呈现着虚伪的平静。水面下淤泥的深渊，沤烂了熊的骨骸、猎人的枪、垦荒队的拖拉机……它在百里之内散发着死亡的气息。人们叫它“鬼沼”。[①]

枯败的景象令人望而却步，感到畏惧，但“就人的精神世界而言，那里是避开当时社会上政治斗争的一片净土”[②]。“鬼沼”所指涉的满盖荒原正是一方亟待开垦的沃土，它激发了知青改天换地、大有作为的理想主义情怀。艰苦的自然条件让知青迂回地逃避了政治斗争，投入到改造北大荒的事业中去。

魔性自然锤炼硬汉品格，彰显阳刚气质。张承志善于勾勒北方的自然地理景观，《黄泥小屋》对于大西北近乎恶劣的地理环境进行了描摹，以此来呈现北方劲风骛驰的阳刚之气：

> 四下里只有狂暴的飓风在掠劫着飞奔，只有一阵模糊一阵清晰的那绵绵茫茫的黄山头。那黄山头起伏不断，一伏一荡，在这旅人的四面包围着，驾着狂风剧烈摇晃，像是一派黄浊的、突然间活了

① 梁晓声：《这是一片神奇的土地》，《1982年全国优秀短篇小说评选获奖作品集》，上海文艺出版社1983年版，第28页。

② 董之林：《走出历史的雾霭》，陕西人民教育出版社1991年版，第80页。

的怒海。①

自然肆虐的时刻蕴藏着巨大动能和活性因素，“活性因素激发出来的是爆发力、搏斗力、攻坚力、冒险力、承受力、冲击力，这些可以统称为阳刚之力”②。因此，恶劣的自然环境反衬出人类对于不竭生命力的追求，对于勇气、韧性、毅力等阳刚品质的向往。某些时候，魔性自然似乎也并不那么可怖，甚至蕴藏着人类挑战本能、获得新生的正能量。

其次，早期知青文学中对于自然魔性的书写还常常带有鲜明的意识形态色彩。早期知青文学中描写阶级斗争的作品多以自然事物为题目，表现知青与山火、干旱、洪水、泥石流等恶劣自然灾害的顽强斗争，自然环境之险恶被摆在一个突出位置。与之相伴，人与自然抗争过程中的主观能动性被强调，个人英雄主义也被放大。不仅是知青题材小说，“文革”期间还有不少作品都表现出类似倾向，如汪雷的小说《剑河浪》以河堤决口抢险为主题，冯育楠的小说《银沙滩》以开发盐碱滩为主题，周嘉俊的小说《山风》以在崇山峻岭中垦荒为主题……这类人与天斗、与地斗的题材构成了对阶级斗争主题迂回的、隐性的阐发。狂风、暴雨、烈日、泥石流……形成了一个魔性自然现象体系，带有隐喻、象征的鲜明特色。这类自然现象附着了人的思想和情感，折射了时代的精神特质。

此外，自然的魔性还在一定程度上刺激信仰的生成。山川河流、花鸟鱼虫、飞禽走兽……自然界中生命体聚集，并处在一个相互关联、环环相扣的动态链条中，这往往招致人们对于生命起源、繁衍、终结等问题的思索。风雨雷电等自然现象（尤其是灾害性自然现象）的发生具有自发性、偶然性、不可预测性，容易加深人类对于天地不仁、人生多

---

① 张承志：《黄泥小屋》，《张承志作品精选》，长江文艺出版社 2006 年版，第 4 页。

② 徐文海：《草原、草原文化与草原文学》，《海南师范大学学报》（社会科学版）2013 年第 4 期。

舛的理解。万物有灵、自然无常的思想可以解释为何在文学创作领域，魔幻现实主义的创作方法屡屡能找到肥沃土壤。人类的主体性想象将自然的魔性放大，在心骛八极、神游万仞的思想旅行中，自然被赋予了超出自身能量的魔幻神力。

自然界存在着相互矛盾的地方——美与丑、善与恶，壮阔与凶险……自然的伟力不仅创造了和谐的诗歌，也衍生出吊诡的谜语。自然的魅力在于它的宁静平和，也在于它的蠢蠢不安。知青作家对于乡土世界自然生态的书写还原了自然的全貌，具有生态美学的意义，同时也折射出他们上山下乡过程中的切身经历、生命态度、社会背景，彰显出他们文学创作的题材偏好、审美风格、叙事策略等。诗性自然濡养心性，使人心旷神怡、宠辱皆忘；魔性自然衍生磨难，令人生畏，但恰恰是波澜和褶皱，赋予了生命更具韧劲的质地。诗魔并存的大自然，是知青作家精神成长、思想升华的催化剂。

四　寓意多元的动物世界

乡村是动物的乐土，动物是乡村自然生态系统中的有机组成部分，也是乡村生机活力的重要来源之一。城市中不缺少动物的身影，天上的飞鸟、地上的爬虫、饲养场中的禽畜、家庭豢养的宠物等构成了城市生活的一个侧面。然而，动物显然无法成为城市生活的主角，它们在城市中多处于被掌控、被主宰、被遗忘的卑下地位。无论是种群、数量，还是主观能动性的发挥程度，城市中的动物都无法与乡村相比。

在乡村，动物生存范围更加广阔，价值得到更为充分的显现。农民豢养的禽畜以及一些未经规训的野生动物，共同构建了一个原生态、敞开性的乡土世界。对于有着长期乡村生活经验的知青作家来说，动物是他们朝夕相处的生产工具、生活伙伴乃至情感寄托。某些动物拥有与人类共通的性格特征，与知青发生复杂暧昧的情感关联。在“文革”的时代背景和城乡二元结构的视域中考虑知青作家的动物叙事有重要意义。一方面，动物在文学作品中扮演生动形象的角色，是作家书写自然生态、寄寓内心情感、勾勒乡土世界的有效手段；另一方面，动物也常被想象成某种文化、精神的代言人，拥有多元的叙事功能，并承担起文化反思与社会批判的重任。知青作家迂回曲折的动物叙事仿佛冰山一角，在波澜不惊的水面之下隐藏着巨大动能。

动物叙事具有多方面功能。首先，动物叙事满足了知青作家的情感需要，为知青文学增添了温暖、诙谐的亮色，并从侧面折射出中国农耕文化的悠久传统，凸显了乡土世界中人与动物之间和谐共处的深情厚谊。很多知青作家有动物情结，在人与人之间缺乏信任的年代，动物成为人际关系的最佳替代品之一，在这类作品中，知青作家在牛、狗等家畜身上寄寓了厚重的情感期许。

在农耕文明中，牛一直以来都是农民最珍爱的劳动工具之一，农民的生产生活与牛有着千丝万缕的联系。在乡土中国的文化背景中，牛似乎比龙更适合成为中国农民的精神图腾。牛的精神应和了中国农民几千年来形成的缄默勤恳的性格特征和忍辱负重的文化心理。放牛属于农事中较为轻松的一类，经常由知青来完成。牛不仅是知青的劳动工具和饲养对象，也给予知青巨大的情感慰藉与精神启蒙。

陈村的知青小说鲜有浓厚的政治色彩，大多将视野聚焦于农村平凡的日常生活、风土人情。短篇小说《放牛》记录了他在安徽无为插队时的趣事，对牛的出生、成长、性格、习惯等娓娓道来，文风轻快幽默。人与牛之间的情谊也体现在史铁生的作品中。《我的遥远的清平湾》围绕着“我”与牛之间的关系展开叙述。“我”对于牛的情感需求和性格特征了如指掌，人畜朝夕相处，心心相印，惺惺相惜，牛吃苦耐劳的耕耘精神唤醒了知青作家内心深处的感激、悲悯与敬意。

过士行的短篇小说《午夜牛郎》更是将知青“牛郎”与大牤牛“流氓”之间的真挚友谊放大到极致。牛在危难时刻帮助牛郎摆脱狼的追赶，救了他一命；牛顶死了侮辱牛郎的连长，为牛郎报仇并赢得尊严。牛的无私付出，同样得到了牛郎的真诚回报。当牛因杀死连长即将受刑的时刻，牛郎奔波千里为它寻找可以配种的母牛，希望它能尝到爱情的滋味并留下后代。为了公牛和母牛能够相聚，牛郎最终死于狼爪之下。这种赴汤蹈火式的献身虽充满超现实主义色彩，但却突显了人与人之间关系屡遭践踏的年代人畜关系所能达到的新高度。

狗也是乡村生活中不可或缺的动物。狗与牛身上有许多共同点，比如忠诚、驯服、厚道等。但是狗又有鲜明个性：聪慧、顽皮、驯服，更懂得如何满足人的情感需要。陈村在小说《从前》中表达了他对于狗的喜爱，在某些方面，不加伪饰的狗性已经远胜过变异的人性：

> 真的唆狗咬人的机会并不多。我喜欢看它恶作剧地拆散谈情纵欲的猪们，喜欢看它把鹅从秧田轰起。当然，更重要的是它对我的亲热和驯服。我常握住它的前爪，和它长谈。它睁着非常聪明的眼睛，听我说话。
>
> 我知道，它远非“英雄狗物”，既不会火中救婴，也不会千里寻主。但我还是爱它。它从不仗人势欺我，也不当叛徒取乐，就这些，也够可贵的。大千世界，孰人孰狗，我有时竟闹不明白了。[①]

陈村对于狗的褒奖恰恰反衬出人与人之间的紧张关系，在小说《蓝旗》中，陈村也表达出褒狗抑人的倾向。主人公“我”最好的朋友是一条朝夕相处了八年、叫作“嘎利”的狗，在人与人之间相互猜疑、关系冷漠的年代，狗身上释放出的真性情为知青带来扑面而来的暖意：

> 嘎利总爱站在村口的桥上，望穿秋水。我们终于相互承认了。再没有比它更好的朋友。回村的人们走成一条线，刚转出大坟茔，它便兴奋地摆动着尾巴，连跑带跳地到我跟前，围着我欢扑

① 陈村：《从前》，江苏文艺出版社 1996 年版，第 297 页。

亲交。①

进了村子，嘎利要是没去幽会，一定会来迎我，冷不防叼住我衣服的下摆，亲热地晃着尾巴。②

狗在插队知青眼里中扮演体贴友善的角色，在兵团文学中则更多表现出其坚贞不屈、勇于牺牲的一面。梁晓声小说《鹿心血》中的苏联猎狗“娜嘉”在中俄边界乌苏里江江面上往来穿梭，用自己的忠诚和智慧运送物品、传递问候，紧紧维系着一对苏联老夫妻与中国知青之间的情感纽带，甚至不惜以失去生命为代价换得友情的延续和加固，狗的遭遇增强了作品的悲情色彩和情感力度。

与牛、狗相比，猴子在知青文学中并不太常见，然而一经出场就给人留下难以磨灭的印象。韩少功长篇小说《日夜书》中的野猴“酒鬼”，因与知青喝酒酩酊大醉而得名。它意外地闯入知青的日常生活，成为与知青朝夕相处的伙伴，知青们为它烧饭、洗澡，照料它的生活起居，生病时知青悉心看护。猴子似乎比其他动物更敏感聪慧，当知青即将返城之际，善解人意的“酒鬼”十分伤感，它“一个激灵扑到马楠前，献上一个久久的鞠躬”。它又一次喝醉：“它犹犹豫豫地吮了一口，又吮了一口，又吮了一口，把整个脑袋扩张成两瓣大醉，分明是要喷放孩子的沮丧和委屈。”韩少功笔下的这只野猴虽然顽劣，但是既像孩童一般天真任情，又颇具江湖大侠不忘本、讲义气、知感恩的风范，令作家在返城多年以后仍然无法释怀。

动物在某些女知青作家的笔下显得幽默诙谐，充满温情。懿翎的小说《把绵羊和山羊分开》中，小侉子热爱劳作，喜欢动物，她负责放养的鸡活灵活现，公鸡与母鸡各领风骚，鸡队长和鸡队员各司其职，它们如同调皮的玩伴，释放了少女小侉子的童心，使她的插队生活妙趣横

① 陈村：《裙枪》，江苏文艺出版社 1996 年版，第 128 页。
② 同上书，第 145 页。

生。王小妮在小说《方圆四十里》中引入动物视角，让动物自己张嘴说话来表现内心活动，不仅仅是动物，山川河流、风雨日月也都变成有话语权的生命主体，与人类分享自然的恩赐与生命的活力，拟人修辞的运用产生了陌生化的文学效果，增强了作品的审美趣味。

每一种动物都有其独特的天性光芒，都是自然世界中不可或缺的生命物种。人类与动物惺惺相惜、和谐共处、相互依存、获得暖意，这份感情从一定程度上弥补了特殊年代人际关系的裂痕，为知青黯淡的乡村生活带来了内心安抚和精神满足。在城市长大的知青作家以陌生化视角打探农民眼中司空见惯的动物世界，他们接近、观察动物的态度和方式也是城乡二元结构的表征之一。

其次，动物叙事展现了作家对于大自然的真挚热爱及对于维护生态和谐的真切向往，“动物小说”可以作为此类叙事类型的代表。动物小说将动物作为作品主人公或主要描写对象，生动形象地还原动物寻食、求偶、避难、御敌等生活情态和生存技能，追踪优胜劣汰机制下动物的命运走向，探究动物间及动物与人类之间的关系，展现大自然蓬勃不息的生命力。

西方文学自伊索寓言以来，各个时代都有以动物为主的童话和寓言，19 世纪西方国家掀起创作动物小说的热潮。美国作家梅尔维尔的《白鲸》可看作现代动物小说的源头，作品首次将动物作为小说主人公加以描写。加拿大作家西顿于 1898 年发表《我所知道的野生动物》，被誉为“世界动物文学之父”。20 世纪以来，杰克·伦敦创作了多部以“狗”为主人公的动物小说，如《野性的呼唤》《白牙》《群岛猎犬杰瑞》等。在上述作品中，以往动物在文学作品中的从属地位得到扭转，作家们开始尝试把动物作为非人类的另一种主体进行描绘，动物世界的自足性得到认可。人类也不断调整自身与自然界、动物界的关系，由先前的主宰和控制逐步转向共处和尊重。

动物小说是生态文学的一个重要分支，透露出人类与自然的关系，表明了从人类中心主义向生态中心主义的态度转向，回应了生态美学与环境伦理学的要求。

动物小说的最显著特点是重新构建了人类与动物的关系，将普通动物看成与人类一样有灵性、有情感的物种，“在大自然里，人与自然物互为主体，同样形成了个体间的独立性、相生性、共趋性、主体间性，形成了平等性、独立性、相生性、共通性的生态关系”。[①] 沈石溪、杨志军等知青作家以书写动物见长，他们的动物小说虽然较少涉及知青上山下乡经历，但是依然从侧面反映知青下乡地点的自然状貌、生态环境等，可以看做是知青文学中比较特殊的一个分支。

沈石溪被称作“中国动物小说大王”，他 1969 年初中毕业赴西双版纳傣族村寨插队落户，在云南边陲生活了 18 年。他的创作，离不开西双版纳这个生态宝库的滋养。沈石溪的动物小说固然有虚构的成分，但以其真实生活经历为基础，如《野猪王》《白象家族》《牧羊豹》等：

> 我写的许多动物小说，如《野猪王》、《白象家族》、《牧羊豹》等等，就是取材于当年我在西双版纳真实的生活经历。当然，有些情节是经过改造、取舍和重新组合的，为了使作品完整生动，也进行了适当的艺术加工。但我可以很负责任地说，作品里头的动物和人物，皆能在生活中找到原型，故事的基本框架，确实是生活中曾经发生过的。[②]

谈到为何对于动物小说情有独钟时，沈石溪说：

> 三十多年前的西双版纳，人口稀少，交通不便，没有工业污染，旅游业也还没有开发。正因为如此，保持着完美的自然生态。

① 袁鼎生、龚丽娟：《生态批评的中国风范》，广西师范大学出版社 2009 年版，第 4 页。

② 沈石溪：《西双版纳是我的文学故乡》，《斑羚飞度——大林莽动物世界的生死传奇》，蓝天出版社 2006 年版，第 4 页。

郁郁葱葱的热带雨林覆盖山峦河谷，清澈见底的泉水环绕村村寨寨。最让我惊奇的是，鸡无窝，猪无圈，牛无栏，马无厩，狗脖子上也没有链条。那些家畜活得逍遥自在，白天可以随心所欲到处玩，肚子饿了回到主人家院子大呼小叫讨饭吃。肚皮塞饱后，又山野田坝寻找属于自己的快活去了。①

十五年的创作实践，我有一个深切的体会：动物小说之所以比其他类型的小说更有吸引力，是因为这个题材最容易刺破人类文化的外壳、礼仪的粉饰、道德的束缚和文明社会种种虚伪的表象，可以毫无遮掩地直接表现丑陋与美丽融于一体的原生态的生命。②

浑然天成、未经雕琢的自然环境感染了作家，动物身上那种天然无饰、自由自在的气息激励了作家。因此，作家能够返璞归真，穿透纷繁世界的表象，在动物身上追寻到原始而真切的生命价值。基于沈石溪的创作谈，我们可以确认的是，对动物的书写并非出自人类单纯的主观想象，而是动物本身即具有超乎人类想象的力量。

除了沈石溪这样专事儿童文学创作的作家以外，还有不少知青作家如王安忆、王小鹰等都曾以儿童文学（其中不少作品以动物作为主人公）作为其创作的起点。那么，知青作家与儿童文学，这两者间到底存在怎样的内在联系呢？简而言之，从主观选择角度讲，儿童文学的单纯性和简洁性使其更适合作为青年作家起步阶段的创作尝试。从客观影响来讲，知青作家由于终日与土地、植物、动物等为伴，从而能够从大自然中获取澄明单纯的心境，张开想象力的翅膀，收获了儿童文学创作的灵感。花草鸟兽皆成为生命主体，幻化于文本之中，构成知青文学书写中独特的一支。童心未泯于作家而言不是一件坏事，乡村生活经历很大程度上保留了知青作家的“童心”。相比之下，城市生活则具有心灵

① 沈石溪：《西双版纳是我的文学故乡》，《斑羚飞度——大林莽动物世界的生死传奇》，蓝天出版社 2006 年版，第 1 页。

② 沈石溪：《残狼灰满》，中国作家出版社 1997 年版，第 7 页。

催熟剂的功能，市民的心智过于迅速地发展成熟，过早脱离了天真烂漫的孩童时代。

与沈石溪乐观明快的叙事风格相比，杨志军的动物题材作品则多了几分凝重与悲壮。小说《骆驼》讲述了骆驼之间绵绵不绝的爱情以及骆驼与人之间至死不渝的忠诚友谊，作品对于每一峰骆驼的性格都做了生动的描述：格尔穆的隐忍执着，乌图美仁的闲适淡然，骟驼阿尔顿的舍身为人，长髯公驼的勇猛好斗……这些骆驼的形象栩栩如生，甚至比写人更传神。作者模仿骆驼的口气思考和表达，向我们展现了动物情感的丰富性。美驼格尔穆与母驼乌图美仁彼此一见倾心，开始了一段悲壮而蹉跎的爱情。美驼格尔穆一生历尽磨难：公驼间激烈厮杀，你死我活。它因作了驼群中的"疯引子"险些遭遇被骟掉的厄运，又因驼群染上瘟疫而差点成为同类的口中餐……这些痛苦经历并没有使它内心的爱情之光泯灭，它用尽一生力量追随着它的爱人，激情飞扬，四蹄飞扬，整个雄风鼓荡的生命都是为了一峰美丽的母驼而拼命飞扬，为了爱情它们最终献出了生命。驼心就是善心，就是先人后己之心、听人召唤之心。骆驼从来不浅薄地显示它们对人的超长记忆和由此而生的感情依恋，它们大智若愚，只会在人们最需要它们的时候挺身而出。作者书写骆驼，也就是在书写一种人类和动物所共通的情感，赞颂忠诚、隐忍、爱情、母性等永恒品质。

最后，动物叙事往往能够超越具体故事情节，具有隐喻、反讽、象征等功能，成为作家传达荒诞寓意、追求反讽效果的道具。在某些知青文学作品中，动物常被放置于轻松诙谐抑或荒诞不经的背景中，幽默调侃的字里行间深藏着犀利批判和深刻忧虑，表现出作家严肃理性的创作态度。

韩东小说《知青变形记》中的牛扮演了一位十分尴尬地的"受虐者"角色。作者为了渲染"文革"时代人与人之间情感断裂和友谊崩塌，不惜荒诞地将牛写成知青的交配对象，凸显了知青情感饥渴与精神缺血的程度。王松的长篇小说《双驴记》讲述男知青马杰与两头驴之间发生的奇闻，也有意颠倒或者说混淆了人性与兽性。两头驴的名字本身就很具有讽刺性，它们出身不好，但毕竟不是人，所以不能被归入“黑五类”，分别被叫做黑六和黑七。两头驴具有超常的智慧，且彼此相互关心帮助，当得知黑六被马杰残忍杀害以后，黑七不动声色地对马杰展开一次又一次的疯狂报复。作者书写人与驴之间的斗法，意在模糊两者的界限，驴的阴险狡诈源自人性畸变的“启发”和“刺激”。

将人类与动物的角色进行倒置，体现了知青作家褒扬动物而批判人性的叙事策略。韩少功小说《飞过蓝天》的男主人公是一位名叫“麻雀”的知青，他为自己的宠物鸽子取名“晶晶”。鸽子与人的理想截然相反，晶晶热爱集体生活：“没有集体活着还有什么意思呢？尽管那集体里面也会有不愉快，也会为着食欲和情欲而常常发生争斗。但群居才有生存和发展，才会孕育欢乐的歌唱。”① 而知青麻雀则厌恶集体生活：“地位分化的可能和现实，使朋友们的热情消失得太快，算计增加得太多。……对干部的顶撞，与农民的纠纷，知青户内部为大事小事的争吵，使大家在入睡前更多地想起了自己的出路。”② 晶晶在走失以后想方设法飞回村庄，回到主人身边。而麻雀却想尽各种办法企图尽快离开农村，甚至不惜以出卖晶晶为代价，来换取回城的名额。鸽子具有善良美好的“人性”，而人却丧失了良知，表现出为达私人目的不择手段的“兽性”。

张懿翎的《把绵羊和山羊分开》，初看题目，以为作品以动物为主题，进入文本后才知道，动物不过是讽喻的本体，荒诞时代才是作家批判的对象。小说讲述了“文革”后期12岁的女知青“小侉子”与她的数学老师江远澜之间的奇异恋情。江远澜从一位大学教授变成中学老师，但是他没有放弃自己的学术理想，着魔一般沉浸在数学王国之中。这样一个颇具荒诞色彩的“书呆子”，竟然执着而疯狂爱上了自己的女

① 韩少功：《北门口预言》，江苏文艺出版社2003年版，第29页。
② 同上书，第28页。

学生，展开了一段惊心动魄的“忘年恋情”。小说的题目和主题对应着一段《圣经》经文。《马太福音》中，耶稣曾经对他的门徒说，万民都要聚集在他面前，他要把他们分别出来，好像牧羊的分别绵羊、山羊一般；把绵羊安置在右边，山羊在左边。小说中，江远澜与小侉子被划分为泾渭分明的两类人，年龄的差距、身份的差异、封闭的时代等都使他们之间的感情必然面临被分割的命运。

此外，知青作家还能跨越“隐喻”层面，经由“动物—文化—精神—图腾”这样一条脉络，以更广阔而深邃的视角去解读动物身上所释放出的正能量，从而弥合人类的心灵创伤，引领着人类向精神山峰攀登。尤其在个性受压抑的时代，知青作家必须想方设法冲破桎梏，攫取原始野性的精神力量，以获得个性解放，而动物常常成为他们获取精神养分的一个来源。

王小波在散文《一只特立独行的猪》中塑造了一位颇具个性的“猪兄”形象。这头猪冲破层层阻拦，追求属于自己的自由不羁的生活，不惜逃到丛林中成为野猪以保全自己的生命和野性。这篇散文以猪的特立独行反衬出人的唯唯诺诺，表现出对于自由的向往。同样，郑义小说《远村》中，“狗性”的张扬奋进与人性的压抑扭曲构成了巨大张力，狗的野性展现出原始而强悍的生命力。同时，牧羊犬黑虎与人类的活动经历交错出现，构成推进情节发展的两条线索，凸显了动物叙事的结构性功能。以动物的视角展开叙事，常能使作品产生独特的美学效果，使平凡的生活世界变得“新奇”而“陌生”。狗作为高智商动物和人类最忠实的朋友，以“他者”的姿态敏锐地映射人类世界的种种病灶，“在狗事—人事、狗性—人性、狗道—人道的二元对立结构中进行转换、对照和讽喻”①。

动物在小说中既可以是某一具体形象，也可以被转化为某种象征。

① 段守信：《人狗情未了——对当代小说中一种故事类型的考察（1980—2003）》，《小说评论》2006 年第 1 期。

对于形象的书写是具体性的、暂时性的、一次性的，而象征是抽象性的、稳定性的、重复性的。在象征体系中，动物形象可以升华为一种精神图腾。动物仿佛一个“幽灵”，以其内在精神力量贯穿于文学作品始末，统摄作品的主题立意。动物图腾是不同民族、不同部落在漫长的生产生活实践中确立下来的文化符号，是集体无意识的产物。它以一种广泛的、被生活共同体所公认的象征意义存在，被人类赋予一种超现实、超自然的力量。动物图腾并不指向某个动物个体，也不是偶然间生成的隐喻。它包含着人类漫长而普遍的想象，并寄托了情感、信仰等因素。在文学作品中出现的具有图腾意义的动物，被置于一个较为固定的象征系统中，其能指与所指具有相对稳定的对应关系，例如“青鸟”象征快乐幸福，“骏马”象征自由狂放，“草原狼”象征野性强悍，等等。

至于动物为什么能够充当图腾的角色，列维－斯特劳斯这样解释：“人与动物的亲和性显然是名副其实的：与人一样，动物也会行动、发生、表达情绪，也有一副躯体和一张脸。而且，动物的能力似乎比人还要强：鸟会飞、鱼会游、爬行动物会蜕皮。动物占据着人与自然的中间位置，而且能够在人的心中唤起各种相互混杂的感受：敬慕与畏惧，对事物的贪欲，所有这些都是图腾制度的成分。不能活动的东西，如植物、自然现象或人类制造出来的物品，都只能呈现出一种次级形态，它们与图腾制度的实质无关。”①

曾引发热议的小说《狼图腾》出自知青作家姜戎之手，小说对草原狼的生物本性进行了近距离的观察和体悟，也对草原民族的文化心理进行了深度探究，兼具文学、生态学和人类学意义。草原民族处于“学狼、拜狼、护狼、杀狼的图腾崇拜和精神悖论之中”②，作者将“狼”视为内蒙古游牧民族的精神象征，以此对中华民族由来已久的

---

① ［法］列维－斯特劳斯：《图腾制度》，渠敬东译，上海人民出版社 2005 年版，第 77—78 页。

② 雷达：《〈狼图腾〉的再评价与文化分析欲望与理性的博弈》，《小说评论》2005 年第 4 期。

“龙图腾”进行挑战。姜戎从狼身上发现了精诚团结、坚韧卓绝、狂野不羁等种种人类正在慢慢弱化的品格。作为草原生活不可或缺的一部分，狼变成对于人类具有精神启示作用的图腾：“狼被牧人们视作草原的灵魂、天神腾格里的宠儿，人类的精神导师，成为人与自然沟通的媒介以及人们灵魂的归宿。狼的意象是高尚而神圣的，它们的一举一动反映的是自然的意志，其所作所为颇有一种替天行道的味道。一定程度上，狼已经跃然成为草原之魂，雄踞神的高位。”① 主人公陈阵在与狼共舞的日子里，目睹了由生态链条断裂而引发的动物之间弱肉强食的悲恸交锋，强烈感受到在极端环境中为生存而顽强拼搏的草原狼性。

与比构成呼应关系的另一种草原动物——马。张承志的作品中存在大量“骏马”意象，“骏马”成为草原生活和草原精神的一种象征，它不仅是牧民代步的工具，更以其速度、力量凸显了草原人的剽悍性格。

骑马成为人类磨炼意志、陶冶身心的方式：“动态生活与多元文化对草原文学的形成发展影响巨大。游牧的‘游’字就完全能说明这个问题。行为的自由，也成就了心灵自由。”② 每一种交通方式都具有不同的文化寓意：漫步透露出闲逸和散淡、火车指涉着遥远的异乡、轮船意味着无依的漂泊……对于生活在草原的人们而言，“策马奔腾”折射出一种释放自我、狂野不羁的自由态度，成为人类追求广阔无垠心灵世界的行为象征：

> 在驰骋和呼喊的纵情之中，人痴醉了，有时我真的觉得自己化成了雨点般的蹄音。歌声只是在奔跑中的随地抛洒。盈满胸膛的，都是日复一日的心事和渴望。青春的欲望和活力，在骑马的生活方

---

① 于静媛、彭智蓉：《生态伦理视阈下〈西顿动物小说〉与〈狼图腾〉之比较研究》，《海南师范大学学报》（社会科学版）2013 年第 1 期。

② 徐文海：《草原、草原文化与草原文学》，《海南师范大学学报》（社会科学版）2013 年第 4 期。

式中，被释放和平衡了。①

骏马不仅奔腾在内蒙古大草原，也奔腾在天山山脉，只要有骏马驰骋的地方就有人心灵的旷阔和自由：

> 二百匹高头大马嘶鸣着奔驰。数不清的铁蹄掌在山石上敲出火星。……马愤怒地向前奔驰，洪流般涌过一道山谷。天山这样辽阔，他想，天山像天一样辽阔。……我就是要这么奔跑，在我的天山里游荡。②

对于野猪特立独行的认同、对于狗奋进张扬性格的赞许、对于草原狼原始野性的褒奖、对于骏马自由精神的高歌，从不同侧面反映了知青作家个性解放的诉求。

动物叙事在知青作家的乡土书写中扮演多重角色，为知青作家的乡村书写增添了活力，显示出知青作家与自然生态的亲缘关系、对于乡土文化的亲近和认同，表现了知青文学的多元阐释空间。在文学叙事中，动物不仅能够展现自我、张扬个性，还扮演多重角色，具有多种功能。在生态王国里，动物与人类相映生辉，分享着自然的恩泽，为知青平淡而枯燥的日常生活增添了温暖和乐趣，乃至成为知青的情感寄托和灵魂伴侣；在叙事修辞中，作家利用动物叙事使作品达到反讽、隐喻等效果，从而婉转迂回地表达自己的文化理想；在灵性世界中，动物又幻化为一种图腾，知青作家从动物身上能够淬取出一种为人类所缺失并且值得敬重的精神……

动物更像是一面镜子，镜像般地折射出知青作家的心灵历程和生存境况。有人在其中发现了大自然的美好，有人在其中体察到历史与现实

---

① 张承志：《音乐履历》，长江文艺出版社2006年版，第290页。

② 张承志：《草原》，花城出版社2007年版，第163页。

的荒谬，还有人在其中洞悉了灵魂的崇高或精神的疮痍。总而言之，动物为知青作家拥抱自然、书写性灵、进行文化反思和社会批判提供了多种可能性，为知青文学注入了自然之美和灵魂之深。

知青作家经由不同的观察、感受方式，接收到乡土世界传递的纷杂信息，以上几个方面大致概括了作家对于乡土世界进行认知和书写的几个维度，有的作家在某一方面发力，有的作家则在多个方面均有所涉及。经由这种多角度的勾勒，乡村的文学形象更加丰满，知青作家多元化的审美旨趣也得以彰显。

第三节　知青作家的农民观和乡土观

一　“严父”与“慈母”

“严父”和“慈母”是知青作家笔下较为典型的两类人物形象。

知青文学中的“严父”很多并非生身之父，没有血缘关系，但与知青又存在着如同父子的代际关系、伦理关系等。他们大多具有一定的行政职务，比如村支书、大队主任、场长、兵团领导等。他们在知青作家的乡土书写中经常出现，往往具有丰富的人格特征，有仁慈宽厚的长者、兢兢业业的领路人、路线斗争的参与者、偏执的封建家长等。

在中国，“父”与“权”两个概念常交织在一起，分享着某些共性含义。父亲占据着一家之主的重要地位，家长式的权威不容侵犯，孝敬父亲意味着对伦理秩序的遵从。父权社会的特征在中国传统乡土文化中表现得尤为突出：“由于在我国的文化传统中，以家庭关系为依托的宗法制度，以家长地位为标志的个人专断，以人伦关系为经纬的人格政治和道德法理，以三纲五常、孝悌仁亲为核心的思想文化体系，纵横交错地构成了中国封建社会的人文理性文化。这种文化，由于它的农业自然经济形式、家庭经营形式、血缘经济关系等基础因素还大量地在农村保留着，因而在封建的政治、经济制度被推翻以后，它的地位和作用并没有退出人们的精神生活和社会生活。”① 的确，父权社会的种种迹象诸如男尊女卑等仍然在乡村中有所残留，一些男性（尤其是有一定社会地位的男性）在家庭生活内外，皆表现出强势霸权的心态，男性不仅在与同龄女性的关系中占优势，也在与后辈、下属等的关系中占据难以撼动的优势。

朱晓平在小说《桑树坪纪事》中成功地描写了大队书记李金斗极富戏剧化的矛盾人格，一方面他善良淳朴，乐于助人，勤劳肯干，为民谋利，心系全大队农民的饥饱，希望带领大家过上富足生活。他吃苦耐劳，背负着知青百余斤重的行李不歇气走四十里路。另一方面他精明圆滑，工于算计，独断专行。他爱占小便宜，为了薄利与麦客讨价还价；他性格狡黠，利用知青的冲动与估产工作队左右周旋；他封建思想浓重，对于养女非打即骂，逼迫其嫁给自己残疾的儿子……李金斗的分裂人格是在长期艰苦的生存条件下形成的——归根结底，因为他是以土地为生存命脉的农民，是整日艰辛耕种却要靠微薄收成维系生计的农民，因此他虽然部分继承了优秀传统文化的衣钵，但是也受到小农封建思想意识的局限。知青作家非常善于写出这类人物内心深处及外在行为上的撕裂。

韩少功小说《西望茅草地》成功地刻画了农场场长张种田的形象，作为典型的“严父”，这位刀子嘴豆腐心的长者性格豪爽、刚正不阿、满怀激情、事事亲力亲为。他勤劳不倦，带领知青下地劳动，希望增产增收，笃信“锄头底下出黄金”，立志三年内将荒凉的土地建成共产主义的根据地。然而他又具有浓厚的家长制独裁作风，工作上独断专行、缺乏科学管理，苦心经营的事业终以失败告终。张种田的“严格”既体现在工作层面，也体现在生活层面。他对知青、女儿等晚辈的要求近于苛刻，城市被张种田看成是“非革命”的地方，是腐化蜕变的发源

① 仲富兰：《中国民俗文化学导论》，上海辞书出版社 2007 年版，第 59 页。

地。除非家里有病人死人，知识青年一般不能回城。[①] 他推行禁欲主义，坚决反对知青谈恋爱，拆散养女小雨与知青间的恋情，致使小雨郁郁寡欢，最后葬身于山火。这样一位严父虽然有封建官僚家长的做派，但是也有纯良质朴、古道热肠的一面，他收养两儿一女三个孤儿，慷慨帮助经济上有困难的人，对于知青虽然表面严厉，却心怀真挚的爱。虽然知青在即将离开茅草地时表现出难以抑制的兴奋感和解脱感，但是在与张种田朝夕相处过程中孕育出的父子情感也的确是难以割舍的。

陈村的小说《蓝旗》中，村支书后朝热心帮助教育知青，“我”总与他搭伙劳动，累活重活他抢着干，还总喊“我”去他家里吃饭。他正直善良，却又愚昧专横，执意包办儿子在喜的婚姻，阻断了儿子求学深造之路。王小妮《方圆四十里》中的户长沈振生与李金斗、张种田、后朝的性格很相似，对于知青既严格要求又满怀慈爱，严厉的外表下面裹藏着一颗柔软的为父之心，却轻易不流露这“柔软”的一面。他看到知青们为了解馋偷吃豆猪肉时又怜又恨：“沈振生看着两张有了油水的脸，心像一块破布软下来。他克制着，往房子背后一片苎麻地里走，碎谷草紧随着，洒落在地上。沈振生的心里涌起那种为人之父的复杂感情。”[②]

兵团文学中亦不乏“严父”形象。《桑那高地的太阳》中，外号叫“老爷子”的分场场长吕培俭，采取苛刻的方式，意图把谢平彻底改造成“又红又专”、绝对服从组织意志的人，“压抑着他的力量，有一股来自长期封建文化积淀的家长式统治”[③]，谢平最终果然如他所愿变成了一个棱角全无的“木偶人”，懦弱平庸的性格是父权强压的结果，也是极“左”思潮刺激下的负面产物。

当然，我们在分析“严父”形象时，也不能忽略知青文学中的那

① 韩少功：《蓝盖子》，春风文艺出版社 2002 年版，第 39 页。

② 王小妮：《方圆四十里》，中国华侨出版社 2012 年版，第 31 页。

③ 何振邦：《西部开拓者的命运——读长篇小说〈桑那高地的太阳〉》，《小说评论》1987 年第 2 期。

些慈父形象，例如竹林《生活的路》中的老支书崔福昌、史铁生《我的遥远的清平湾》中的白老汉等，这些温柔敦厚的人物形象同样值得我们关注。

在知青文学的人物序列中，与严父形象相对的是慈母形象。在中国的叙事传统中，作为一种话语修辞，“母亲”的象征含义一直相当稳定，除了代表实实在在的已育女性，她还是土地、人民等的代名词。母亲富饶肥沃的身体与繁衍生息的能力造就了“地母”这一原型，“无论土地作为上帝的恩赐还是作为群体的体现，它只有一个等同物：女人”[①]。赵丽宏这样赞美“地母”：“土地是永远不会休息的。她是那么劳碌，那么辛苦，春夏秋冬，不停地被人类耕耘、播种、收获。犁铧的锋刃在她身上游动，植物的根须在她的体内伸展。她不断地怀孕，不断地生殖，太阳晒烈她，她的肌肤由松软而结实，又由结实而松软。”[②]“大地”与“母亲”两者皆具有无私、宽阔、坚韧、博爱的繁殖本性，都蕴藏了无穷无尽的原始生命力和永不停歇的繁衍生息能力。

伟大的母亲是一些知青作家在乡村生活的重要精神支柱。张承志的《骑手为什么歌唱母亲》《黑骏马》《北方女人的印象》等作品都不遗余力地表达了对于“额吉”（蒙古语“母亲”的意思）的依赖和赞美。“弑父”与“恋母”是一枚硬币的两面，或许在潜意识里，张承志认为生父将他送至草原是一种不称职、不负责任的表现，父亲无情地将监护权转交给一位与他的儿子毫无血缘关系的草原女人——这位陌生女人填补了主人公父爱缺失的情感漏洞，伴随其走过无知懵懂的青春期，给予他成长成人的精神力量，使他最终变成一位真正的男人。张承志对于草原的热爱不是浮泛、无所指的，他的热爱正出自他对坚韧、博大的北方母亲的回报，“之所以骑手喜欢歌颂母亲，不过是因为那些女性太奇妙

① ［法］孟德拉斯：《农民的终结》，李培林译，社会科学文献出版社 2005 年版，第 51—52 页。

② 赵丽宏：《遗忘的琐屑》，《赵丽宏文集》，上海文艺出版社 2010 年版，第 179 页。

了——她们快活、大方、强韧、宽容”。[①] 他在《北方女人的印象》一文中，具体写到了他的回族额吉：“一个知识青年插队的往事，到头来是该珍惜还是该诅咒，他的青春是失落了还是值得的，依我看只取决于他能否遇上一位母亲般的女性。她们永远身怀着启示，就像她们能奇异地怀胎生育。”[②] 伟大的母爱浑然天成却充满启示，如同灯塔引领着知青的人生道路，如同一棵大树供知青倚靠。由此可知，一个人的某段生活是否值得被珍惜，不仅在于他走过的道路崎岖与否，更在于一路走来经谁引领、由谁相伴、被谁搀扶。

竹林在长篇小说《生活的路》中也塑造了一位乡村中的慈母形象——小李子的母亲。她年轻时就失去丈夫，含辛茹苦地将女儿抚养成人，对待知青也是视如己出，女知青谭娟娟每年春节回城探亲，小李子妈妈“总是天不亮就醒来，默默地替娟娟计算着路程和时间”[③]。她一生中源源不断地向后辈供给无私的母爱，即使在遭受洪灾的困难时期，也尽己所能以丰盛餐食招待知青，为知青营造温暖和煦的家庭氛围。

知青作家书写非血缘关系的严父和慈母，不仅意在褒贬某个具体人物，还意图通过勾勒这一类人物形象表现出特定时代背景下代际关系、城乡关系甚至个人与人民关系的普遍性与特殊性。作家们不仅表达了知青与非生身“父母”之间的复杂情感联系、彰显了非生身“父母”对自己成长、成熟所产生的催化作用，也加深了我们对“严父”“慈母”形象背后隐藏的诸如父权、地母之类文化心理模型的理解。

二　知青与农民：乡土大地上的对视

面对乡土世界以及生活于其上的农民，知青作家往往怀有复杂纠结的情感。陈村在一些作品中表达出与乡村生活的亲近，在另一些作品中则表达了与农民的隔膜以及对于城市生活的向往，他自感与农民之间存

---

① 张承志：《草原》，花城出版社 2007 年版，第 370 页。

② 张承志：《张承志作品精选》，长江文艺出版社 2006 年版，第 265 页。

③ 竹林：《生活的路》，人民文学出版社 2007 年版，第 258 页。

在心理鸿沟，而这种疏离感又很难用一两句话说清楚。陈村并没有违背心意虚伪地赞颂乡村和农民，也没有因为陌生感的存在而对其充满偏见和蔑视。所谓“同情的理解”，便是陈村对待乡土世界的基本态度。

陈村坦言尽管他也可以在土地上耕耘收获，但是土地之于他来说仍是一个“熟悉的陌生人”：

> 适应农活并不困难，难的是爱上农活。要自己真爱，我发觉异常困难。我没有土地的概念。何况，在土地上，我没有主动。①

柏拉图说过：“打理土地靠的不是技艺，而显然全靠来自神明的天性。”② 如陈村一样的知青在或长或短的时间内能掌握与农耕相关的各种技艺，但是比起农民，他们内心深处缺少对于土地德性与神性的认知，因此对于土地以及农民抱有一种若即若离的态度。他们固然对农民个体可能怀有深厚感情，但是对农民那种枯燥单调、一成不变的生活态度却无法欣赏：

> 的确，他们没有吞糠。但他们吃稀的，吃菜。绝对不敢挥霍。一张张脸几乎都是又黄又瘦又干。他们没有多少乐趣，没书没报极少有电影。于是，孩子生了一个又一个，早早熄灯，早早睡觉。
>
> 在我看来，这种生活是无法忍受的。他们过下来了，因为他们没有对比。他们的想象力太不丰富。他们想的是半斤酒，两块肉，三碗干饭。想的是一个老婆两个儿子。③

与知青相比，大多数农民并没有更远大的理想抱负和精神追求，衣

---

① 陈村：《从前》，江苏文艺出版社 1996 年版，第 243 页。

② ［古希腊］柏拉图：《厄庇诺米斯——论夜间议事会或论哲人》，程志敏、崔嵬编译，华夏出版社 2013 年版，第 65 页。

③ 陈村：《从前》，江苏文艺出版社 1996 年版，第 339 页。

食无忧、妻儿团圆便是农民眼中的幸福生活，但知青显然难以从这种生活中发现生命的意义。在陈村心里，农民故步自封的生命状态是他所不能认同的：

> 我爱他们，这是真的。我为他们痛心。他们默默地给我米面，使我能吞下十七年商品粮而丝毫不知感恩。他们确实是无比的伟大，他们的伟大之处是坚韧，顺从，听天由命。他们像泥土一样活着，又像泥土一样不可缺少。长花，长草，长树，使它们招摇，狂妄，傲然。白杨也罢，莲花也罢，再没有什么能比它更深沉，深厚，听任践踏。
>
> 但是，我并不爱他们的生活。他们的生活缺少许多色彩。作为人的权利，他们拥有的太少。人类世世代代所创造的文明，他们很少能享有。他们大脑的一半处于休眠状态，这是唯物的，因为没有多少刺激它的信息。一个公社就是一个世界，自给自足的世界。其余的广大世界，对他们来说，几乎是多余的。同样，那个世界不欢迎他们，向他们要他们没有的东西：粮票，钱，城里人的派头。他们宁可在村里，在村里自在。宁可在自己的茅屋底下，在那里，他们是说了算的主人。①

这段陈述充分表达了作为知青的陈村对于农民世世代代生活状态的理解，他对农民怀有尊敬和钦佩之情，但更困惑于农民生活的苍白。农民对于城市感到陌生和漠然，缺乏改变生活现状的动力。应该说，陈村对农民生活现状的判断代表了一部分知青的观点，但是，农民的心灵世界真如陈村所言那样了无生趣吗？所谓“子非鱼焉知鱼之乐”，人与人的心灵有时难以真正相通。知青的判断究竟能不能代表农民内心生活的真实处境，这仍是一个被悬置的问题。尼采断言：“生命的价值是不能

① 陈村：《从前》，江苏文艺出版社1996年版，第340页。

被评估的。”[①] 幸福没有绝对的定义，它事关每个人心底的细微感受。每个阶层、每个族群、每个人都有属于他们自己的幸福，幸福没有昂贵和廉价之分，没有高尚和卑微之别，难以横向比较也无从比较，正所谓冷暖自知，个体的幸福感限于“自知”的心灵范围内，无法为他人所充分感知并予以描述。因此，我们要承认，知青对于农民生活的想象和言说固然有合理之处，也不可避免地带有主观臆断的色彩。

知青置身于乡村时，或许对周围的一切不以为然甚至深感厌倦，但是在收拾行囊准备全身而退之时，却常常有一种态度的反转、情感的迸发。具有仪式性色彩的告别，意味着曾经的意气难平皆消解为几缕哀愁，长久以来难以释怀的愤懑也转换为宽厚、平和的和解姿态。《蓝旗》的结尾流露出知青返城之际百感交集的心绪：

> 我走了，我的七房。我没想到，当我能抬起头来看你时，这块曾被我千百次诅咒的土地，竟是这样美丽！[②]

返城是大多数知青最终的选择，充当“逃兵”的愧疚往往掺杂着对乡村的最后一丝眷恋。即将被“遗弃”的乡村唤回了知青满怀怜惜的回眸，其代价便是痛彻的分离。正如张抗抗在《最美是北大荒》一文中所写的：

> 几年以后我们陆续离开了那个地方，离开了我们曾经流血流汗流泪、痛苦与欢乐交织的土地。无论我们曾经多么厌恶、憎恨甚至咒骂过它，我们心中却留下对它千丝万缕的眷恋。尽管后来我到过祖国和世界上许许多多美丽的地方，但在我心的深处，我将永远固执地认定北大荒是最美的地方。这种美绝不是供人欣赏玩味、超凡

① ［德］尼采：《偶像的黄昏》，李超杰译，商务印书馆 2011 年版，第 13 页。

② 陈村：《蓝旗》，江苏文艺出版社 1996 年版，第 155 页。

> 脱俗的美，而是叩击你心扉，使你为之震撼、为之颤栗、为之慑服的美……①

如果扎根北大荒，终生不与之分离，张抗抗还会认为它是最值得怀念的地方吗？美感的生成不是一蹴而就的，也不是一成不变的。只有经过时间与空间的双重考验，经过曲折迂回的、百转千回的心灵历程，经过记忆的漫长沉淀与淬炼，美感才得以最终确立，才更耐人寻味、历久弥新。

与对乡村爱恨交织的矛盾感受相对的，是另一些知青作家对于乡土大地的褒扬与歌颂，史铁生是最鲜明的代表。他怀念植根于乡土大地的美好人性。这人性并不像陈列于博物馆天鹅绒上的水晶一般晶莹剔透，而像与泥沙、碎石、腐草、枯木杂陈并蓄为一体的浑金璞玉。在农民粗朴憨直的外表下，心灵深处闪现的正直、坚毅和善良正是浑金璞玉散发出的耀眼光泽。史铁生这样热情赞美黄土高原的父老乡亲：

> 一提起中国二字（或祖国二字），我绝想不起北京饭店，而是马上想起黄土高原。在这宇宙中有一颗星球，这星球上有一片黄色的土地，这土地上有一支人群：老汉、婆姨、后生、女子，手拉着手，走，犁尖就像唱针在高原上滑动，响着质朴真情的歌。②

乡土文化是中国传统文化的根系，史铁生将乡土情感抽象为一个更高的层次——以知青为代表的中国人对祖国母亲的挚爱。南帆指出，文学史有理由铭记一个意味深长的文学现象：农民的形象曾经在一批出身于知识分子——一种特殊类型的知识分子——的作家的记忆中发生了深刻的转变。这一批知青作家当初多半参与了“伤痕文学”的血泪控诉，

---

① 张抗抗：《张抗抗自述人生》，时代文艺出版社 2010 年版，第 211 页。

② 董之林：《走出历史的雾霭》，陕西人民教育出版社 1991 年版，第 77 页。

那时的农民形象无疑是灰暗乡村生活的组成部分。然而，一段时间之后，一个普通的转折不约而同地来临：农民的黝黑脸庞和质朴的言辞突然打动了这一批作家。……这些农民甚至在许多难堪的时刻成为支撑生活的温暖记忆。……这个文学转折首先将知识分子与农民形象衔接了起来。[①] 无疑，史铁生的作品印证了这段话的可信性，他的创作实践告诉我们，不同知青作家的乡村观和农民观不尽相同，甚至截然相反。陈村从农民身上看到了故步自封，史铁生从农民的善良质朴中获得了支撑人生的温暖记忆，这些感受都是真实的，正是这些不同感受综合在一起，才还原出更全面、更立体的乡土世界。

看与被看、书写与被书写往往体现出一种权力关系，在相当长一段时间里，知青视角占主导地位，农民视角缺失，透过知青之眼看农民、写农民是一种常态。大部分知青作家将农民植入自己的一套评价标准和话语体系中，一定程度上导致作品的扁平、封闭，农民对于乡村生活、对于知青的看法长期被遮蔽。尽管知青作家依靠长期观察、相处和思考能够刻画出比较生动的农民形象，但是知青在农民眼中到底扮演着怎样的角色，这需要从农民的视角来给予解答。

这种情形在后新时期的知青文学中有所改观。李洱的小说《鬼子进村》[②] 从农村少年小洱的视角展开叙事，知青插队被农民戏称为“鬼子进村”。刘醒龙的小说《大树还小》[③] 从农民秦四爹的视角来展开叙事，白狗子、老五一行人蜻蜓点水似地重回插队时的乡村，却并没有引发农民的情感共鸣，反而勾起了农民对于伤心往事的回忆。在农民眼里，知青与乡村的感情并非水乳交融，知青与农民之间的情感裂隙也是难以消除的。某种极端看法也裹杂其中：知青们是一群在农村胡作非为，然后收拾铺盖一走了之的浪荡少年，无所谓远大理想。在农民看来，知青的“优越感”只是被一时遮蔽和压抑，但是从来就没有真正

---

① 南帆：《关系与结构》，吉林出版集团有限责任公司2004年版，第123页。

② 李洱：《鬼子进村》，《山花》1997年第7期。

③ 刘醒龙：《大树还小》，《上海文学》1998年第1期。

消失过；知青是乡村“到此一游”的匆匆过客，回乡只是知青功成名就之后对往昔岁月中的“自我”的一种告慰方式，而并非出于对乡土和农民的情感皈依。秦四爹、小树等农民对于爱情的执着与白狗子等知青的放浪形骸构成鲜明的对比：秦四爹与女知青文兰的情侣关系被其他知青拆散，并被诬陷而受牢狱之苦，对于文兰归来的期待，成为他唯一的精神寄托；而白狗子是典型的花花公子，甚至将好友小树的女儿当情人包养，完全无伦理道德可言。《大树还小》站在农民立场上进行叙述，知青上山下乡过程中一些不光彩的作为被揭示，农民所受到的伤害被还原和放大。

王小妮的小说《方圆四十里》中，知青对于自己上山下乡“接受贫下中农再教育”的认识比较清晰，但是农民对于知青下乡的用意却是一头雾水，见到知青学生如同见到一群外星人：

> 城里头出了啥事？闹防疫了（传染病），把人都撵下屯？城里来的学生见到什么人，都摘下崭新的棉手套去握手，这动作让农民感到不自然，他们往后退站到雪堆上。①

知青虽然对于田间劳动感到棘手，但也认识到种地是改造自我、改造乡村、改造世界的一部分；而农民却认为“知青不出工正合适，农民怕知青对不起庄稼”②。在一部分农民眼里，知青来到乡村并没有充分发挥特长，反而为农民增添了负担。通过知青之眼看农民与通过农民之眼看农民，形成了一个人物关系的互动场域，尽管对视中的认知可能仅代表一家之言，甚至其中存在偏颇，但这种对视仍是十分必要的，因为单向度的认知难免存在盲点，交互的认知才更能勾勒一个清晰完整的世界。

---

① 王小妮：《方圆四十里》，中国华侨出版社 2012 年版，第 65 页。
② 同上书，第 26 页。

第三章　城市经验与知青作家创作

第一节　返城前知青作家的城市经验

一　青春前史与城市躁动

知识青年大多在城市出生并度过青少年时期，城市生活对他们具有天然的、巨大的吸引力，对知青人生观、价值观的形成具有巨大影响。

家庭是城市生活中的基本单元，青少年时期的家庭生活是观察知青城市经验的重要维度。从一些知青作家的家庭背景来看，有人出生于知识分子家庭，文脉的代际传承使他们在青少年时期受到良好的教育，具备较高的文化修养及精神追求，如茹志鹃与王安忆、巴金与李晓、杨沫与老鬼、铁扬与铁凝等，这些知青作家不同程度地受到了父辈的影响。也有人出生于民族资本家家庭，如赵丽宏，他在《挥手——怀念我的父亲》一文中深情记述了父亲励精图治、经营实业的经历。由于受父亲影响，赵丽宏好学上进，艺术修养深厚，对于音乐、文学等皆产生了浓厚兴趣。还有人出生于干部家庭，如“白洋淀诗群”的成员，大多是家庭背景优越的高干子弟，他们对于国家大事、国际形势密切关注，有机会接触非公开发行的书籍，并能迅速接受和认同西方的某些先锋思潮，他们的诗歌创作起步较早，作品体现出较强的实验性。当然，更多的知青出自平凡普通的市民家庭，如陆天明、陆星儿等，他们或许没有赖以炫耀的家庭背景，但大多也没有经受过什么特别的磨难，几乎是在波澜不惊的环境中长大成人。

知青在下乡之前多是在校就读的高中生或初中生，校园与城市有着天然的联系，校园文化是城市文化的重要组成部分。校园是知识、思想的培养皿和集聚地，对青少年的人格心理产生巨大影响。梁晓声的《一个红卫兵的自白》[①]《人世间》[②]、张抗抗的《赤彤丹朱》[③]与王安忆的《启蒙时代》[④]等作品还原了知青由中学生向革命新人转变的“心灵成长史”，渲染了城市青年既迷茫不安又蠢蠢欲动的激进情绪。校园的宁静氛围被打破，中学生不满足于也无法安于象牙塔里的生活，纷纷投身于社会活动中，校园、街头、广场等城市角落到处弥漫着青春期的叛逆与骚动。如王安忆在《启蒙时代》中所描述的那样，青年人的身体启蒙紧紧追随着思想启蒙的脚步，而思想启蒙则是在波动的时代背景中完成的。这一时期，知青在校园中曾接受过的传统教育，受到了激进思潮的冲击。思想的交会争锋，亦容易成为思想迷茫困顿的源头。《启蒙时代》刻画了“老三届”知青下乡之前匆促而深刻的思想启蒙历程。以南昌、陈卓然等为代表的青年学生激情四射、善于思辨、敢于批判，他们带着青春期的懵懂和锐利，努力追问和探索个人价值的实现方式，追溯时代变革的思想资源，这些也都从侧面折射知青作家早期城市生活的点滴片段。城市生活并不必然地孕育作家，但是作为知青成长之地，城市无疑为他们提供了得天独厚的文化土壤，城市的精神气质内化为知青的性情和品格，为他们未来的人生道路及创作道路奠定了基础。

二 “准乡下人”的城市遥望

知青来到乡村以后可以被称为“准乡下人”，他们的户籍随人迁到乡下，个人生活不可避免地受到乡土文化的影响。但他们又不是真正意

① 梁晓声：《一个红卫兵的自白》，四川文艺出版社 1988 年版。

② 梁晓声：《人世间》，中国青年出版社 2017 年版。

③ 张抗抗：《赤彤丹朱》，人民文学出版社 1995 年版。

④ 王安忆：《启蒙时代》，《收获》2007 年第 2 期。

义上的农民，上山下乡并没有阻断他们与城市的地缘联系及精神缠绕。

知青下乡期间的城市经验往往来自回乡探亲期间，当回到生身之地时，自然满心欢喜，但这短暂的喜悦随着探亲假的结束迅速消失。而且，这短暂的欢喜中还杂糅着几丝“近乡情更怯”的犹疑。久而久之，知青与城市之间也不再亲密无间，外乡人的心态越来越凸显。张抗抗这样描述下乡期间回到故里杭州时的复杂心情：

> 对于我从小出生长大的杭州城，有了一种隐隐的隔膜和猜疑。自然，我喜欢西湖的柔和淡泊，喜欢植物园的绿草地和春天时香得醉人的含笑花，喜欢冬天时满山的翠竹和苍郁的香樟树……但它们只是我摇篮上的饰带和点缀，我欣赏它们赞美它们但它们不属于我。每次我回杭州探望父母，在嘈杂喧闹的街巷里，自己身上那种从遥远的异地带来的“生人味”，总使我觉得同这里的温馨和湿润格格不入……
>
> 我究竟来自何方?①

朱学夫在回忆录《陕北往事》中谈到下乡期间回北京探亲时的感觉，对城市的点点滴滴他感到既亲近又心虚，既自豪又自卑，既满怀期待又心存芥蒂：

> 东单、王府井、天安门、西单……逐一经过，看着街道两边的自行车潮和过往匆匆的人流，听着售票员与乘客之间带儿音的京腔对话，一切都显得那么从容不迫，亲切自然。没有人注意到我的存在，仿佛我从未离开过，就是这喧闹人群中的一员。恍惚间我已不记得自己是从何处来，又要到何处去，似乎真的从来就没有离开过这座生于斯、长于斯的城市。而现实中的我，充其量也就是个有亲

---

① 张抗抗：《张抗抗自述人生》，时代文艺出版社 2010 年版，第 204 页。

属在北京的过客。①

比起乡村，城市理应繁华喧闹，但也不尽然。通过与乡村气氛的对比，有的知青在下乡回城探亲时，面对城市冷清萧瑟的街道，感受到一种莫名的惆怅，如王安忆所描写的：

> 其时，马路变得十分冷清。霓虹灯是早没了，橱窗也暗了灯光，只剩一些路灯，照射着行人寥寥的街面。这城市真是显得荒凉了，再加上秋风瑟瑟，梧桐落叶一卷卷地扫着地面。相比较而言，那聚集了我们班级宣传队的老师同学的乡间，倒显得人气旺盛，颇勾人想念。②

以荒凉的心境感受周遭事物时，万事万物也被蒙上了忧郁的面纱。城市到底是怎样一幅图景？每位知青都有自己的参照系，于是也就滋生出截然不同的感觉。

家乡中有知青挚爱的亲友、儿时的记忆和迷人的市景，但是，对于自我之于家乡的关系，很多知青已经觉得越来越难以把握，似乎是他们自己在不知不觉间将自己的内心愈裹愈紧，与城市渐行渐远。

在乡村与大都市之间，横亘着另外一种城市经验——“中转城市”。这些城市是连接乡村和知青家乡的过渡地带，是知青回城探亲的必经之地。这些中转城市往往是二线、三线城市，与他们插队所在的乡村相比，算得上条件优越，但在人口、规模、现代化程度等方面与大都市相比又存在一定的差距。

张抗抗笔下的佳木斯是联结家乡杭州和北大荒的中转城市。在小说《隐形伴侣》中，张抗抗借女主人公肖潇之口道出了对佳木斯的印象：

---

① 朱学夫：《陕北往事》，北京出版社 2011 年版，第 61 页。

② 王安忆：《妹头》，云南人民出版社 2010 年版，第 137 页。

> 它是个小城，有门窗低窄的商店，那门面小得似乎只让风进去，而把人留在门外；还有她很久不曾见到了的大烟囱。它也许又不是城市，有两个轮子的马车嗒嗒经过，带来泥土和大葱的气息。①

肖潇所喜欢的正是佳木斯这种“五方杂处的乱劲儿”② ——既有城市的烟火气又不乏乡土的厚重感，正是城乡的碰撞交锋营造出这种杂糅的、具有丰富层次感的文化氛围。

王安忆笔下的蚌埠也是一座具有中转性质的城市。王安忆插队于安徽省五河县，蚌埠作为安徽的交通枢纽，是知青们往返于上海和安徽乡村的必经之地。在她的小说《蚌埠》中，主人公屡次途经蚌埠，对这座城市渐渐萌生亲切感。王安忆从细节入手，描绘了蚌埠的码头、车站、澡堂、百货大楼、招待所、公园等场所，记录了蚌埠普通家庭的日常生活……蚌埠虽不是知青的家乡，却凝结着他们一路走来所经历的快乐和悲伤，是他们往返城乡的征途上难以磨灭的地标。这种经验介于都市现代文明和乡村传统文化之间，如王进所说：“在这样一个介于‘自然’与‘文明’之间的‘城市’，它的不会奢华，也不会匮乏的‘适度’，不是恰好让中国传统文化中最好的一面在‘现代生活’中得到生长吗?”③

芜湖对于陈村来说，也是一个中转城市，陈村对于芜湖的印象则不像王安忆谈到蚌埠时所表现出的那般宽容：

> 依我的想法，芜湖是中等城市的说法非常荒谬。很有限的几辆破烂不堪的汽车开在没有人行道的马路上。多多的倒是板车和牲畜

① 张抗抗：《隐形伴侣》，武汉大学出版社 2012 年版，第 50 页。

② 同上书，第 51 页。

③ 王进：《魅影下的“上海”书写》，广西师范大学出版社 2006 年版，第 264 页。

拉着的车。商店稍有几家，货架空空的，布局也土。它拥有的“米市”称号并不说明什么，地图上的那两个红圈也不说明什么，它圈住的近乎一堆破烂。真脏呵。①

陈村得出这样的结论，多半是因为他所选取的隐在参照物是家乡上海。与杭州、上海相比，佳木斯、蚌埠、芜湖都只能算小城市，知青对于它们的印象也不尽相同。从“五方杂处”的直观印象中，张抗抗读出了佳木斯对于多元文化兼容并蓄的开放态度；与乡村生活相比时，王安忆从蚌埠发现了温馨与活力；与家乡上海相比时，陈村对芜湖的杂乱感到不满足……由此可见，评价这些中转城市的时候，作家选取的参照物十分重要。

此外，还有一种“变形”的城市经验，即知青的“赶场”经验。朱学夫谈到赶场时说：

走，逛茶坊赶集去！无需动员，大家伙儿从炕上一骨碌爬起来，忙不迭地出门相跟上，茶坊开路的干活！天已近中午，出村上路，雪后泥泞不堪的路上尽是三五成群兴致勃勃奔茶坊赶集的各村知青和“乡党”们，驴车、架子车混迹在赶路的人群中，人们吆着猪、赶着羊、抱着鸡、担着柴、卖粮食、换鸡蛋，也有去买灯油、买盐、打醋、扯花布置年货的。虽才是雪后初晴，但春节前的赶集日，肯定是一年中最热闹的日子！②

集市往往散布于人口密集的小镇或乡村的中心地带，是乡村节日风俗和现代商品交换相结合的一种民间商业活动的表现形式。在乡镇中，集市具有休闲、购物、人际交往等功能，在人口密集程度和生活便利程

① 陈村：《从前》，江苏文艺出版社 1996 年版，第 224 页。

② 朱学夫：《陕北往事》，北京出版社 2011 年版，第 31 页。

度方面，与城市有一定的共通之处。知青怀着兴奋的心情去“赶场”，赶场唤醒了知青一部分城市记忆，为知青提供了一种有别于封闭乡村的新奇感受。集市的喧闹与富饶对知青构成吸引力，赶场的过程，也正是知青变相重温市井气息的过程。

在赶场过程中，知青常常会遭遇身份错位的尴尬，知青的扮相常常显示出其自身的矛盾性：“他们坚守一种城市的高贵（小花边、白球鞋等），又极力夸张一种乡村的朴实（最黑的脸、最破的棉袄等），贵族与乞丐兼于一身，有一点自我矛盾的意味，似乎不知该把自己如何打扮。”① 不知如何打理自己的穿戴显示出知青对自己身份的怀疑，反映出处于城乡夹缝中的知青在自我定位问题上的彷徨。

总的来讲，知青作家上山下乡期间所遭遇的城市经验不拘于一格：有都市经验、城镇经验、类城市经验等。这些经验交织在一起，对于我们探寻知青作家下乡期间的内心活动提供了参考依据。

第二节 返城后知青作家的城市书写

知青作家返城，迎来了生命中的一个崭新开端，他们重新确立市民身份，在与城市朝夕相处的过程中，滋生了欣喜、彷徨、疑惑等的复杂感受。返城后知青作家的城市书写，为我们打开了一扇观察新时期以来中国城市发展状况的大门，也打开了一扇观察知青精神变化轨迹的大门。

一 “城市归来者”的困顿与磨合

20 世纪 70 年代末，知青陆续返城昭示着上山下乡运动的落幕，这也将知青带到了一条新的起跑线——一方面，他们心潮澎湃准备起航，另一方面，种种阻力扑面而来。返城初期的知青面临着各种应接不暇的

① 韩少功：《日夜书》，《收获》2013 年第 2 期。

棘手问题。“昨天还是豆蔻年华、风度翩翩的一代少年，今天所面临的则是升学、就业、婚姻、住房等一系列问题。生活变得如此实际，实际得让这些刚刚回到城市的知识青年几乎应付不了。”① 城市已经不是原来的那方热土，它没有为所有归来者设计好理想的人生路线图，不少知青对于城市生活所怀的美好愿望未得到实现，“广阔天地之间赢得的业绩兑换不到现金的入场券”②。肖复兴道出了一些知青返城后的境遇：“现在带着一身的功勋从北大荒回到北京，没有人欢迎我们，赞扬我们，我们只成了彻底的外乡人。健忘的城市、势利的城市、喜新厌旧的城市，把我们最后的自尊心快要磨噬殆尽了。”③ 这一说法固然充满主观色彩，不乏偏激之处，但也道出了一部分知青返城初期所面临的不乐观的形势。孔捷生说：“天下的忧患不知有几多种，但最令人颓唐迷惘的就是人们完全不知道自己在这世界上的位置。”④ 一些知青返城后最尴尬的现实遭遇是从“乡村的多余人”变成了“城市的多余人”，梁晓声小说《雪城》中的王志松、姚玉慧，王安忆小说《本次列车终点》中的陈信等，都是典型代表。姚玉慧从兵团回到城市，面对的已经是一个以学历、专业技能等标准遴选人才的社会，姚玉慧下乡期间作为“指导员”所积累的生活及工作经验已不能适应当代城市发展的需要。社会价值尺度与人才评价标准的变更，使曾经信心满满的“姚玉慧们”暗自伤心。

郭小东认为，王安忆的“雯雯”系列、《本次列车终点》，是知青文学“从非正常的、苦难的、怨恨的文学思考中回归正常人生世态，回归严肃的现实的一般人生问题，一般的人的困扰的文学命题上来的一个信号”⑤。《本次列车终点》中的主人公陈信在外乡插队十年后返回故

---

① 董之林：《走出历史的雾霭》，陕西人民教育出版社 1991 年版，第 73 页。

② 南帆：《历史的盲肠》，《收获》2012 年第 1 期。

③ 肖复兴：《触摸往事》，吉林人民出版社 1998 年版，第 199 页。

④ 孔捷生：《大林莽》，花城出版社 1985 年版，第 311 页。

⑤ 郭小东：《论知青作家的群体意识》，《中国新文学大系（1976—2000）·文学理论卷二》，上海文艺出版社 2009 年版，第 701 页。

乡上海，接替母亲在工厂开机床。返城的列车上，陈信思绪万千，心生感慨：

> 看惯北方一望无际辽阔的沃土的眼睛，会觉得有点狭隘和拥挤，可也不得不承认，这里的一切像是水洗过的清新、秀丽。这就是江南，就是上海的郊外。哦，上海！①

他终于回到梦寐以求的上海，然而新的迷茫又萦绕在他的心头：

> 他总是回上海了，他心满意足。然而，满足之余，有时他却又会感到心里空落落的，像是少了什么。十年中，他那无穷无尽的思念，现在是没有了。这思念叫人好苦，吃不下，睡不着。这思念叫他认准了目标，不屈不挠地为之奋斗。这思念渗透了他，充满了他，如今没有了，倒真有点不习惯，常常感到茫然。②

上海是陈信朝思暮想的地方，然而思念之物终究是在不可得时才最有价值，真正返城后，他才深切体会到梦想与现实之间的差距。“‘国际化大都市’乌托邦意象为了完美的理想而扫除了大部分不合乎理想的人们。而这些不合乎理想的人们虽然构成了都市社会的非主流文化圈，但并没有也不可能完全脱离城市，他们只是日渐失去了自己都市文化身份从而游离于都市文化发展之外。”③ 以陈信为代表的一部分返城知青就是都市中“不合乎理想”的非主流群体。日新月异的都市文化之于他们是一种异己的力量，若想再次成为城市的主人，就必须与从前的自己彻底剥离，寻求新生。从异乡始发的列车到达了终点，似乎一切

① 王安忆：《王安忆小说》，吉林文史出版社2008年版，第76页。

② 同上书，第84页。

③ 高小康：《非物质文化遗产与都市文化的包容性》，梁燕城、杨剑龙编《都市发展与文化保存国际研讨会论文集》，本拿比：文化更新研究中心2010年版，第145页。

尘埃落定，但是如陈信一般的乘客却不得不在人生之路上继续摸索和探寻。

还有一些知青在乡村遇到真爱并组建家庭，其中既有男女知青的结合，也有知青与当地农民的结合，这些组建时间不长的家庭在知青回城初期也经受了巨大考验。陆星儿的《啊，青鸟》讲述了知青舒臻、榕榕在经历了上山下乡、结婚成家、返城读书等一系列事件后所发生的心灵蜕变。舒臻先于榕榕返城并考上大学，榕榕此时仍在乡村，大学生活使舒臻的人生观、价值观发生了巨大转变，他感觉到了榕榕与自己的“距离”，榕榕同样意识到这一点。舒臻满腹才华、积极进取，不甘于被碌碌无为的生活拖累。他逐渐对毫无激情的婚姻生活、没有共同语言的妻子感到厌倦，甚至为了找到纯粹的“自我”，提议夫妻二人相互独立，过一种“各不相干”的生活。舒臻是返城知青中非常有代表性的人物，他较早地摆脱了极“左”思潮的束缚，迅速成长为新时期个性解放的典型。他有感于城乡间的巨大差异，但是在现实生活中他并未因思想的解放而获得快乐。他一味追求自我，不断追问幸福的定义，却一度忽略了身边简单平凡的幸福、忽略了对家庭和社会的责任。为了缩小与丈夫之间的差距，榕榕决定走出大山深处，带着孩子到城里上大学，和一些小她十来岁的女孩一起读书。虽然走出了深山，但是自卑感一直笼罩着榕榕的内心，在知青朋友赵国凯的鼓励下，榕榕重新树立了信心；在比利时女留学生的推荐下，她开始翻译世界名著《青鸟》，成为新一代女性知识分子的代表。陆星儿在创作谈中说：“剧本把青鸟作为一种象征，既体现人类精神上的幸福，也体现人类物质上的幸福。作者要说明，幸福是存在的，虽然人们常常不能发现。”① 榕榕翻译《青鸟》的过程，正是一位青年知识女性在追求幸福的道路上不断建立主体性的过程，是她的思想经历波动和蜕变的过程，生活的艰辛和情感的挫折没有击垮她，她从一个不思进取的知青变成了一名自信乐观的大学生，以

① 陆星儿、陈可雄：《啊，青鸟》，北京十月文艺出版社 1984 年版，第 79 页。

过人的毅力改变了自己的命运，也重新赢得了丈夫舒臻的尊重。

知青之间的婚姻尚且遭遇阻力，知青与农民的结合更是经受了多方面的巨大考验。梁晓声的短篇小说《我们如此相爱》中，北京知青李晓安和北大荒姑娘王秀娥结婚，后李晓安携妻一同回城。李晓安在求职路上四处碰壁，婚姻生活也受到了李母的百般干涉，李母对于儿媳充满偏见，李晓安夹在母亲和妻子中间左右为难，“他有些怀念北大荒的月亮了，月下，土地是那么广阔，他和秀娥是如此相爱。就像一轮满月，没有一丝云翳的遮挡。然而，北京的院落里的月光太凉了，凉得他心里有些发痛。”① 值得欣慰的是，最终李晓安并未被这“凉意”击退，他早出晚归，寻觅机会，终于找到工作并在城市立稳脚跟。而王秀娥的善良最终也感化了婆婆，婆媳关系得到和解，一家人过上其乐融融的生活。知青返城过程中，很多恋人间的情感受到冲击，一些家庭被迫解散，不少夫妻分道扬镳，而如舒臻和榕榕、李晓安和王秀娥这样没有瓦解的婚姻，也是经历了诸多蹉跎与考验，才渡过难关修成正果。

二 形形色色的城市病灶

摆脱了十年“文革”的阴影笼罩，20 世纪 80 年代之于中国是一个充满乐观主义精神的思想解放的时代。改革开放、经济建设代替阶级斗争成为国家发展的首要任务，发展成果首先惠及城市，市民的物质生活与精神生活都得到巨大改善。到了 20 世纪 90 年代，城市经济依旧蓬勃发展，但思想文化领域发展后劲不足，尤其是精英文化受到市场经济的空前挑战。

上海学术界发起的“人文精神大讨论”，一度成为 20 世纪 90 年代中国思想文化界的热门话题。这是一次至今尚未终结的思想争鸣，也是需要学术界、思想界反复讨论、不断反思的重要话题。这次关于人文精神的大讨论，有着深刻的社会时代背景。20 世纪 90 年代中国改革开放

① 梁晓声：《回家》，湖南文艺出版社 2011 年版，第 73 页。

的成果已经在城市中落地开花，经济体制改革不断深入，城市人才汇集，竞争激烈，领跑全国的经济发展。城市为人们创造了日新月异的生活，也刺激了人们内心中隐秘而巨大的物质欲望。“这种贪欲一旦逸出所罗门的魔瓶，便轻易地冲决传统文化多年来苦心经营的道德精神堤坝，就连一向被视为社会精英的知识分子也难以自持，惶惑不安。”①辞去公职、下海经商的热潮风靡全社会，市民的物质欲望越来越膨胀，现代都市的功利主义特质逐渐暴露，世俗化风气滋生蔓延。货币重新占据日常生活中的图腾位置，成为很多人思想和行动的主要目标，随之而来的是理想主义的落潮、集体主义的式微和个人主义的极度张扬，很多知识分子也投身到声色犬马的世俗渊薮。各类城市文学（包括知青作家的城市书写）正是在这样一种社会背景下而产生的。城市是现代文明的象征，同时城市也充分暴露出现代性的种种弊端，知识分子应有的精神气质逐渐销蚀于都市的混沌生活中，我们从20世纪90年代文学轰动一时的贾平凹的小说《废都》、叶辛的小说《华都》，以及王朔自20世纪80年代末以来创作的一系列小说中都嗅到了包括知识分子在内的市民的颓荡气息。城市为人们的心灵套上了无形的枷锁，摆脱精神迷茫、追寻“精神家园”再次成为知识分子的紧迫使命。知青作家及其作品也面临着上述挑战。

城市的工业化和现代化是一个充满悖论的过程，它可能给社会和市民带来繁荣富足，但是并不必然带来人性与精神的升华。当久居乡村的知青回到城市并最终安顿下来的时候，他们不断与城市磨合——寻找称心如意的工作，搭建广阔的发展平台，组建幸福和谐的家庭，锤炼适合于城市生活的心性。在这孜孜不倦的人生追求中，知青必然会面临一系列的现实问题，从中不难窥探“城市病”的种种症状。

知青在逐渐融入城市生活的过程中，主要面临生活质量问题、家庭

① 颜敏：《论新世纪小说中的知识分子》，《天津师范大学学报》（社会科学版）2013年第3期。

伦理问题、社会道德问题等。知青作家对城市病的书写，既呈现了自身的精神疑难，也将反思和批判之利剑指向整个当代社会。

首先，不少知青面临较为突出的生活质量问题，知青曾是一个头顶光环的群体，但其中一部分在返城以后生存状况堪忧，体现为就业受挫、收入水平低、住房条件偏差等方面。早期知青文学中反复提及“成分”二字，知青插队期间，“阶级成分”是衡量知青进步性、革命性及社会地位的重要标准，风靡一时的“血统论”思想使得知青有了正统和边缘、高贵和卑微的区分。而当知青返城以后，在改革开放、市场经济大潮的冲击下，学历、专业技能等取代阶级成分、家庭背景、党龄、阅历成为评价人才的新标准。有的知青缺乏过硬的基础教育背景，有的未能继续接受高等教育，他们在社会竞争的大潮中显得非常被动，面临下岗、失业的危机。当然也有一些知青，通过升学深造、下海经商等方式获得了一定的经济地位和社会地位，这也就更凸显了知青两极分化的事实。

肖复兴是“老三届”作家的代表，2010 年面世的《绝唱老三届》收录了旧作《啊，老三届》中的部分文章以及新作 26 篇，兼具报告文学的写实性和散文的艺术性。这部书最鲜明的特色是将历史与现实紧密结合，将知青的乡村生活与城市生活加以对照，既描绘了“老三届”下乡时的沧桑经历，也勾勒出他们的当下境遇，呈现出场域变化与时代变迁对知青人生轨迹所造成的影响。肖复兴笔下的很多“老三届”拥有“辉煌”的青春历程，他们曾在乡土大地上踌躇满志，而回到城市后却一筹莫展，寻找工作、买房成家、照顾长幼等生活重担全部落在步入中年的“老三届”身上。与《绝唱老三届》相似，贾宏图的《我们的故事》共辑录了 100 余位知青的故事，展现出各类知青返城后的苦辣辛酸。《我们的故事》艺术性并不强，它的意义主要还是在于以实录的方式呈现返城知青的人生百态，其中既写出了艰苦奋斗、步入辉煌的知青所经历的磨砺，也展现了默默无闻的知青的平凡生活。

还有一些知青返城初期拥有令人羡慕的稳定职业，可是随着 20 世纪 90 年代“减员增效”政策的实施，在这一轮洗牌中失去了赖以生存的工作岗位。

韩少功小说《日夜书》中的主人公赵又军是下岗后陷入困境的知青代表。返城之初，他放弃进大学深造的机会，选择了一份自己颇为得意的国有工厂采购员工作。然而，随着市场经济大潮来袭，赵又军所在的工厂瞬间破产倒闭，他沦为没有一技之长的下岗工人。而此时他又罹患重病，需要高额的治疗费用，迫于无奈，不得不以小本生意维持生计，靠着这份微薄收入与生活的魔咒做最后的抗争。赵又军是返城知青中失意者的典型代表。

其次，某些知青面临较为棘手的家庭伦理问题。有些知青可能并没有受到经济问题的困扰，但这并不意味着他们的生活一帆风顺，家庭伦理问题也是一个考验，比如知青返城后如何面对他们在乡村组建的临时家庭，如何安置非婚配偶及后代的生活，如何在曾经的与现今的家庭、亲人之间进行权衡并做出选择。

叶辛的长篇小说《孽债》之所以在社会上引起强烈反响，一个重要原因就在于作品很敏锐地回应了一部分返城知青所面临的家庭伦理困境。《孽债》分为两部，《孽债》（Ⅰ）以插队云南的上海知青回城后的人生经历为主线，将知青下乡的生活点滴穿插其中，揭开了知青离开云南之后遗留的非婚配偶、非婚子女等问题。首先，返城知青不得不在非婚子女与现有家庭的伦理天平上权衡斡旋。面对不远千里来上海寻亲的亲生骨肉，他们一方面因心生怜悯歉疚之情而想要接纳收留，另一方面又因各种条件制约而意图逃避。如沈若尘，他对非婚女儿美霞十分疼爱，希望美霞能融入现有的家庭，但遭受现任妻子的阻挠，最后美霞只能无奈地离开上海。其次，返城知青与现有配偶关系紧张，表面看似幸福的家庭背后充斥着难以言说的辛酸和灰暗。梅云清、杨绍荃、马超俊等人因情感、物质等欲望未得到满足不约而同地背叛家庭、投入婚外情人的怀抱。此外，返城知青与其父母兄弟之间的亲情也受到挑战。沈若尘意欲将美霞安置在他父母家生活，但在住房等问题上又与兄嫂产生了新的矛盾。无论是以血缘关系为纽带的骨肉亲情，还是以契约关系为基础的婚姻爱情，都被放置于当代城市语境和家庭伦理困境中加以考量，显现出以城市为空间载体的家庭生活为知青带来的种种困扰。随着社会发展和转型，当伦理问题逐渐代替物质问题成为社会矛盾焦点时，叶辛小说的时代话语就显示出重要的意义，并成为知青文学作品尤其是小说重新吸引读者注意力的法宝。小说固然存在虚构成分，但所折射的问题有其现实基础。

我们将叶辛的《孽债》（Ⅱ）放入当代城市文化背景中去考察，就会发现沈美霞、安永辉等从大山深处走出的孩子们已经完全蜕去了质朴的乡土气息，在上海扎下根来并融入都市生活，成为城市中的一类"新人"。小说多展现城市日常生活场景，情节与对话无不散发浓重的世俗气息，父辈身上曾有过的理想主义情怀在后辈身上消失得无影无踪。《孽债》（Ⅱ）在题材上已经与知青文学相去甚远，是一部彻头彻尾的都市文学作品，传统社会伦理在当代都市语境中失去效力，市民行为在都市背景下得到重新评估。外来者与城市土著之间的偏见没有从根本上消失，正如赴沪寻亲的安永辉所质疑的：

> 莫非生活在这个大城市里忙忙碌碌的上海人，真像街子上那些走南闯北的商贩所讲，是精明的、浮滑的、冷漠的、会算计人的，是骄傲的、赶时髦的、吝啬的、无甚情义的?①

安永辉渴望融入都市生活，然而又十分无奈地在市民身上搜寻出"异己"的精神属性。与此同时，市民对于自身的精神状态也不满意，一种迷茫感萦绕在他们心头：

> 沙砾般卷入了人世喧闹繁华、忙忙碌碌的烟尘，为住房、为生

① 叶辛：《孽债》（Ⅰ），上海文艺出版社2008年版，第99页。

计、为名誉奔波追求。不能说他没有感情生活，但他在这一片浮华嚣杂的奔忙中，失去了或者说忘却的恰恰是人世间最值得珍重的感情和良知。①

沈若尘这种纠结的心理状态表现出知青面对世俗生活时内心深处的沉重负累：他们全副精力忙于应付饮食男女的营求，羁縻于纷杂琐事，情感和良知的堡垒就这样在不知不觉间瓦解。难以承受的凡俗生活之重加剧了心灵中真正有价值的内容的遗失与虚空。

此外，返城知青还面临着一系列社会道德问题。经济困境与伦理挑战尚多局限于个人或家庭的小单元中，而社会道德问题则事关整个社会群体，与社会的各个领域难脱干系。市场经济条件下社会道德的滑坡，城市中江河日下的道德风气在知青作家眼里格外触目惊心。

与叶辛相似，梁晓声的作品在20世纪90年代也发生了转型，不少作品远远超越了知青题材，例如《浮城》《尾巴》等具有魔幻现实主义色彩的长篇小说。此时，他将注意力由乡土转移到城市，对于当下城市的批评和对于未来城市的想象成为这一时期创作的重心。这一时期的几部长篇小说集中批判了20世纪90年代城市中盛行的拜金主义、功利主义和世俗主义，描绘了人类精神家园颓败乃至被摧毁的惨状。《浮城》以魔幻现实主义的预言方式，虚构人类的未来图景，实则暗含了对于当下的隐忧：中国一座拥有200万人口的沿海城市，突然从中国大陆断裂，漂向大海。这时，自私、疯狂、嫉妒等人性中的“魔鬼”纷纷出动：市民开始疯狂抢劫商店，相互报复，群氓们为所欲为横行天下。最后，经历了漫长的漂泊，没有一个国家愿意接受这座浮城，不得已它又飘回到最初的位置。市民们重新戴上了伪善面具，继续过起庸常衰颓的世俗生活。小说用狂欢化的手法，表达了一种既讽刺又悲悯的态度，勾画了市民精神世界的末世景象。小说《尾巴》中，市民因惯于撒谎而

① 叶辛：《孽债》（Ⅰ），上海文艺出版社2008年版，第93页。

长出了尾巴，他们不得不采取各种方法来掩盖自己的丑相。这部笔法肆意、寓言色彩浓厚的作品间接揭露了包括官场在内的形形色色市民对于金钱和财富的贪婪，梁晓声对于披着“公仆”外衣的贪官进行了无情嘲讽，他们愈是溃腐，愈是要藏起丑陋的尾巴，摆出正人君子的模样。

韩少功的长篇小说《暗示》《日夜书》等以别出机杼的文本形式传达出对于市民尤其是由知青转化而来的精英阶层道德滑坡的反思。曾经朴实的懵懂少年在返回城市、进入中年以后逐渐被磨平了棱角，无所畏惧的青春朝气烟消云散，他们像刺猬般缩成一团，精于算计，油滑势利，老木经商发财以后的老奸巨猾、小雁留洋以后的虚伪做作等都是具体表现。《暗示》通过记述包括“我”在内的一批知青在太平墟插队的经历以及返城后的人格变异，表达了对乡土文明和城市文明的双重反思，在《广告》《时装》《包装》等章节中，作者针砭时弊，表达了其对于“城市进化论”的质疑：

> 我当年是多么向往文明呀，是多么向往伟大的都市啊，但是当我一身黑煤地急切地投入了文明，投入了都市，更大的都市，更更大的都市，更更更大的都市，直到几十年后的现在，重新独坐在山谷里，听青山深处一声声布谷鸟的啼唤。①

《日夜书》也将批判的触角伸到当下城市社会，揭示出学术界、商界、政界的各类顽疾。这部小说的内容也已远远溢出“知青题材”，有批评家指出：“这部小说是关于知识分子的小说，而且是在近几十年来第一部成功地思考当代知识分子问题的小说。但是他的切入点是知识青年群体，他们的历史境遇，他们在历史中的命运。”② 小说深具讽刺意味，撕裂了一部分城市知识分子的遮羞布。首先，学术界风气世风日

① 韩少功：《暗示》，人民文学出版社 2002 年版，第 24 页。

② 李陀、程光炜编：《放宽小说的视野——当代小说国际工作坊》，北京大学出版社 2016 年版，第 61 页。

下。知识分子挖空心思去争取科研经费和技改资金，很多知识分子已经不再安心于坐冷板凳潜心治学，所谓“学术研究”只是他们评奖、提薪、评职称、拿经费的工具，学术研究越来越带有行政化和功利性色彩，与权力及金钱直接挂钩。“学问”在很多时候成为某些伪学问家蒙骗大众、盗得虚名的工具。一位发表数篇论文的女博士，在解决具体问题时，竟然比不上一位学术圈之外的民间发明家。透过主人公马涛价值观的变化，可以更深刻地理解当代学术界的弊病。主人公马涛曾经是一位言语犀利、不畏强权的思想战士，因激进表现而锒铛入狱。就是这样一位不惜为真理献身的精神斗士，却在回城后过山车般地沦为伪君子，一方面，他用话语强权占据着道德制高点和真理守护者的位置，另一方面，他如市侩般追慕虚荣并享受奢侈的物质生活。马涛由战士到市侩的逆转极具戏剧性和讽刺性，充分表现了小说的批判现实主义色彩。其次，小说还抨击了政界某些不良道德风气和工作作风。作为环保厅副厅长的陶小布受到同侪陆学文的排挤，不得不与之钩心斗角。官员们的官僚主义作风日益加剧，在日常工作及人际交往中，他们从不轻易暴露自己的好恶，不再具有针砭时弊的勇气和价值判断的能力，只是工于心计、精于算计，以博得晋升的机会。《暗示》《日夜书》在现实批判以及文体探索方面没有放弃难度，虽然散点式的结构有让读者滑入散文阅读的风险，但是散漫游移的结构与集中火力的现实批判构成一种张力，表面的“游击战”背后其实埋伏着“歼灭战”的野心，小说揭示的问题是极有针对性和挑战性的。

知青作家非常敏感于市场经济条件下市民财富观与消费观的变化。消费情绪的高涨是后新时期以来市民生活的鲜明特征，整个社会中储备流通的金钱从短缺变为盈余，物质从匮乏走向过剩，忍饥挨饿的时代一去不复返，市民购买力得到极大提高，消费方向也发生了转移，开始对新的消费领域产生兴趣。尤其是城市中的女性，当仁不让地扮演了日常消费的主力军角色，这成为中国城市化进程的突出表征之一。

在知青作家的城市书写中，女性消费观的变化十分鲜明。梁晓声长篇小说《红色惊悸》的故事发生在世纪之交的北方城市哈尔滨，小说描绘出城市商业街上女性与广告、商品、消费等现代商品流通形式相互勾连的情景：

> 这儿，仅仅这儿，五颜六色的灯光彻夜闪烁。形形色色的广告触目皆是。许多广告通过女人的眼，女人的眉，女人的唇，女人的发，女人的颈，女人的胸，女人的腰，女人的手和女人的足强化世人对商品的印象。①

女性是都市的橱窗，都市是女性的舞台，消费主义的盛行，透过街头时尚女性的穿着打扮便可知分晓。极度细分的商品刺激城市女性从头到脚全副武装，不放过任何一个可供消费的身体细节，以商品为支撑的女性之美发展到无以复加的地步，女性及其附属商品成为城市中一道不可或缺的景观，在这里，"景观就是积累到某种程度的资本"②。那个以革命之名来尽可能掩饰两性外在形象差异的时代已成为历史。

韩少功《日夜书》中赵又军的女儿是城市消费新生代的典型代表，她没有经济来源，但消费成瘾，贪婪成性，无视家庭窘境，如蛀虫般通过啃老来获取金钱，以成本高昂的物质占有来满足其对于各种"快乐"的追求：

> 显然，很多东西已经开始变得昂贵，弹钢琴、养藏獒、学法语、沿长江旅行……没一件不是要放血的，不是逼他军哥砸锅卖铁的。现在好，自己的好光景没了，女儿却偏偏犯上快乐这种毒瘾，中了快乐这种邪魔，其节目清单吓得父亲屁滚尿流，问题是，如果无力购买商家们开发出来的高价快乐，包括不断升级换代的流行美

① 梁晓声：《红色惊悸》，重庆出版社 2012 年版，第 12 页。

② ［法］居伊·德波：《景观社会》，张新木译，南京大学出版社 2017 年版，第 15 页。

食，生活还有何意义？还算是生活么？在很多人看来，现代生活不就是一个快乐成本不断攀高的生活，因此也是快乐必然相对稀缺的生活？①

城市的物质生活缤纷炫目，而快乐成本也随之攀高，“人的感觉和感受能力越来越弱，舒适和快速是以麻木人的心灵和同情心为代价的”②。知青一代的子女以“80后”（也包括部分“70后”和“90后”）为主体，这两代人构成了颇有意味的反差，知青是吃过苦、受过累、挨过饿的一代，而其下一代则多是在蜜罐里长大的独生子女。他们生在城市，生来便受众人宠爱；成人后习惯于享乐，金钱为他们带来尊严，消费为他们带来生存快感，奢靡使他们的虚荣心得到满足……对于青年时代物质生活贫乏的知青这代人而言，下一代人的行为方式与价值观是他们难以理解和认同的。城市消费主义情绪的弥漫，将以赵又军为代表的知青远远甩在身后，使之成为时代的落伍者。

城市消费气息的弥漫还反映在一些反复出现的城市意象上。在中国城市当中，上海无疑是城市意象最为丰富、城市景观最为密集的地方，这些意象、景观调用视觉、听觉、嗅觉等一系列感官手段向人们展现一座城市的气质和格调。叶辛长篇小说《华都》中反复出现“香水”“咖啡”等意象，此类意象交互累加生成一个新的文化符号体系，折射出奢靡、享乐、缱绻的小资产阶级消费观念。吴冶平指出城市空间所具有的消费主义特性：

本雅明认为在现代都市的规划和官僚主义之下，潜伏着一个物品极大丰富然而充满混乱的世界，新的消费品开始产生新的象征意义，使得整个都市变成了一系列图画式的象征符号。超现实主义者

① 韩少功：《日夜书》，《收获》2013年第2期。

② 唐小林：《城成肉身：论当代城市建设中身体的位置》，梁燕城、杨剑龙编《都市发展与文化保存国际研讨会论文集》，本拿比：文化更新研究中心2010年版，第17、20页。

们把日常生活的平凡物体和大众文化的优秀产品，一起融汇在他们独特的梦想世界里。①

本雅明笔下的巴黎是一个物质享受、欲望碎片与乌托邦理想相互交织的混沌的综合体，这与梁晓声笔下的北方城市、叶辛笔下的上海有着诸多相似之处，中国当代都市在市场经济的语境中不动声色地完成了新的意义编码。

在梁晓声长篇小说《恐惧》中，赤裸裸的金钱信仰——一种极度异化的“虔诚”灼烧并侵蚀着一些市民的内心。金钱成为一个极具诱惑力的万花筒，透过它一切绚烂景致都尽收眼底，金钱甚至侵占了生活的全部意义：

金钱本身即生活。金钱就是旺盛的性欲，就是充沛的情爱，就是生活本身，就是最实在的实在之物！就是最美丽的女人的脸庞和笑靥！就是最生动的男人的灵魂！点钞票的手是在表演多么优雅的手指舞，用乘法计算拥有的钱数是多么快乐！……②

小说还借一位歇斯底里的女主人公之口表现出人们对于金钱毫无掩饰的疯狂迷恋：

老家伙！难道他不清楚自己的女儿出狱后最需要也最缺少的是什么啊！他的钱呢？他的股票和债券呢？……是的，她此时最需要也最缺少的是钱。钱！钱钱钱钱钱！而她昨天整理房间的过程中，只不过从这儿那儿收集到一百多元钱。是四年前自己散乱地留在房间里的。幸亏还收集到了这一百多元钱。③

---

① 吴治平：《空间理论与文学的再现》，甘肃人民出版社 2008 年版，第 70 页。
② 梁晓声：《泯灭》，春风文艺出版社 1994 年版，第 385、397 页。
③ 梁晓声：《恐惧》，文化艺术出版社 2010 年版，第 114 页。

上述毫无隐讳的露骨文字令人窒息，也引人深思：适度的财富欲求是引导人类社会进步的推动力，但是过犹不及，当这种欲望发展到漫无止境时，人便不再是金钱的掌控者与主宰者，而是反过来金钱变成魔鬼将人玩弄于股掌。很难将问题的全部归因于城市，即使在乡村，人们对于物质财富就没有渴求了吗？显然不是。但是在资本特性充分显现的城市，在商品经济、市场经济更加发达的城市，金钱无疑更像一种有形或无形的武器强硬发挥着它的威慑力；而由金钱所堆砌的巨量物象作为城市布景所激发出的强烈消费欲望，也加剧了人们对于物质财富的崇拜。

在《恐惧》中，金钱具有巨大魔力，利用它人们不仅能拥有冠冕堂皇的外表，还能不费吹灰之力铸就“高雅气质”。不管是男性还是女性，所谓的“优雅”都是靠财富堆砌而成的，内心的空虚惶恐需要财富来填充，社会地位的提升需要用财富来构建基座：

> 每当她看着成双成对的优雅的男人和优雅的女人踏下名牌轿车或钻进去，满脸洋洋自得地出入于某些霓虹灯闪烁的高楼广厦，她心里除了轻蔑、憎恶和仇恨，还能有别的吗？那些地方她婚后也是去过几次的。由于抗拒不了那一种巨大的吸引力，去过上一把“优雅”的瘾。①

“相由心生”这种慢热型的气质提升，已然失去吸引力，似乎唯有靠金钱才能迅速打造出优雅气质，才能创造一种令人艳羡的生活，然后周而复始地借此继续赢得金钱和权力的垂青。消费行为与金钱本身无所谓对错，然而当物质财富在社会中大行其道并被不加节制地贪婪享用、大肆挥霍时，人类的本性就很容易迷失在消费与金钱的幻城中。

金钱还往往能与权力、美色相互交换，《恐惧》中官员、商人、知

① 梁晓声：《恐惧》，文化艺术出版社2010年版，第233页。

识分子相互勾结利用，城市成为腐化堕落的温床。市委秘书长的女儿出狱后先是嫁给“过渡丈夫”姚纯刚，后为追求物质生活与大款王相中私通；姚纯刚为了从王相中那榨取钱财，竟然对妻子的出轨行为视而不见；而王相中为了猎奇美色，竟然残忍地谋害了原配妻子。形形色色的人因为金钱的蛊惑而陷入一个灵魂堕落的连环套中。

资本的威慑不仅笼罩着光鲜亮丽的城市中心，还辐射到不为人们所注意的晦暗的城市角落，比如王安忆笔下那些生存艰难的草根群落。在《鸠雀一战》《发廊情话》等小说中，王安忆以细腻的笔触向我们呈现了城市边缘小人物的“财富愿景”：老保姆在争夺房产大战中机关算尽，铩羽而归；棚户区中的风尘女子患有财富妄想症，杜撰自己的传奇经历以期博得旁人“赞叹”……隶属于她们的财富极其有限乃至不存在，她们却依然竭尽所能以“铜豌豆”般的韧劲妄图分得一块蛋糕，或者干脆以画饼充饥式的阿 Q 精神在臆造的空中楼阁中寻求物质财富的“想象性获得”。王安忆扯破了都市的华丽外衣，暴露了缝隙中的粗糙针脚，华丽与粗糙折射的其实是同一幅城市图景——谁能说这些发生在小人物身上的故事不是资本威慑力的另一种表达方式？

多彩炫目的城市霓裳、欲望盛宴，固然会使人们沉浸其中津津乐道，但也可能会带给人们些许烦恼，所谓烦恼并非“强说愁”的造作之辞，而是人们不愿承认或尚未察觉的城市病的症状。仲富兰指出城市病的种种表现：“城市生活导致了一批畸形的城市灵魂的出现——或无视社会道德，完全以个人利益为行为取舍标准，专事寻求冒险、刺激，或染上城市病态心理‘综合症’：空虚、幻灭、抑郁、焦灼、金钱膜拜、人格分裂……现代城市一身兼有‘上帝’与‘魔鬼’两重角色。它创造了人类崭新的辉煌的文明，同时也释放出了腐烂和丑恶。”① 城市的“两面性”随着它自身的发展而暴露得愈加充分，尤其是其中某些负面特征。令人担忧的是，知青作家描绘的种种城市病，在当下社会

① 仲富兰：《中国民俗文化学导论》，上海辞书出版社 2007 年版，第 392 页。

似乎已经不被一些人当做病症，而成为心照不宣的潜规则或者干脆视之为规则。

我们探讨形形色色城市病的时候，并没有预设乡土世界就是一方净土，乡村和农民从来就有自身所面临的棘手问题，这些问题也曾给知青造成许多困惑，使他们在乡村留下过愤懑乃至怨怼，但是在离开乡土、告别青春之后，贫瘠和苦难在一些人那里又幸运地转换为一种孕育道德正义的文化符号。知青对于城市病之所以看得如此清晰，揭示得较为透彻，还是因为他们心中怀揣着乡村这个参照物，因此拥有“外来者”的敏锐嗅觉，所经受的冲击也就更为强烈。

三　凡人生活与日常审美

费瑟斯通认为：“日常生活的审美呈现包含三个向度的意义，一是指消解艺术与生活界限的文化运动与潮流，他们的诸多技巧已经为大众媒介所吸收。二是指生活转化为艺术的谋划。三是指充斥于当代社会日常生活中的符号与影像的审美化特征。”① 日常生活可以转化为一种美学资源，或曰日常生活自身就含有某种美的质素。当代中国都市赋予日常生活以更多样的形式、更广阔的空间，使得日常生活逐渐向艺术王国靠拢，乃至进入其核心。

知青作家的都市观察与他们的日常生活经验密不可分，这里我们还是以都市文化最发达的上海为例，对上海知青作家而言，都市日常生活越来越成为重要的写作资源。繁复诱人的城市气息，既吸引着知青的热切参与，同时也挤压着他们的内心。焦雨虹认为：“都市生活尖锐、暧昧、错综复杂但又暗流涌动，充满活力和诱惑。人类面对都市常常充满敬畏、好奇之心，野心勃勃但力不从心，一边是热爱一边是反抗爱恨交

① ［英］迈克·费瑟斯通：《消费文化与后现代主义》，刘精明译，译林出版社2000年版，第45—48页。

加的矛盾心态是都市人的基本姿态。”① 都市文学便是在这种独特的时空背景中产生的：“以都市空间为背景，以都市意识为审美视角，以都市文化为底蕴，描写都市的生存方式，体现都市人的情感、价值。就其实质而言，都市小说指向新的文学观念、生活经验以及新的美学范式即都市美学，这才是问题的关键所在。”② 叶辛、陈村、王安忆等上海作家返城后适时地调整视角，创作题材和风格向都市倾斜，这种转型与上海浓厚的都市韵味和鲜明的城市性格密切相关，后新时期以来转型尤为明显。“90 年代的小说创作在关注活生生的现实生活中，将对社会下层庸常人生的关注置于十分重要的地位，关心平民百姓的生存状态和精神状态。”③ 杨剑龙关注到后新时期以来作家创作的“日常化”转向，肯定了新写实主义的“人民性”倾向。

蔡翔则对于后新时期以来知识分子被庸常生活所限制和挟持的状况表示忧虑：“对于八十年代后期的知识分子来说，一旦处于某种（精英）文化失望的情绪笼罩下，便自然构成‘梦想了’的人文主义主题，在所有的精神性的装饰都被‘拆除’以后，只剩下一个愿望，好好过日子。”④ 这段话形象地指向两个事实：社会转型期精英文化的式微和日常审美的勃兴。周而复始的日常生活是一把双刃剑，对于作家来说既可能是一种瓶颈，也可以是一种资源。王安忆感慨：“理想最大的敌人根本不是理想的实现所遇到的挫折、障碍，而是非常平庸、琐碎、卑微的日常事务。”⑤ 说平庸、琐碎、卑微的日常事务成为理想的对立物，成为理想实现的路障有一定道理，却也过于绝对，因为作家仍然具有主观能动性，可以从日常事务中辨识和整合与自身专长或兴趣点所契合的创作资源。

---

① 焦雨虹：《消费文化与都市表达——当代都市小说研究》，学林出版社 2010 年版，第 20 页。

② 同上书，第 22 页。

③ 杨剑龙：《后新时期文学与文化论》，上海文化出版社 2010 年版，第 295 页。

④ 蔡翔：《日常生活的诗情消解》，学林出版社 1994 年版，第 27 页。

⑤ 王安忆、陈思和：《两个六九届初中生的即兴对话》，《上海文学》1988 年第 3 期。

王安忆虽然自述对于日常事务保持警惕，但她仍不失为一位擅长拿捏日常生活题材的作家，无论是“文革”中的日常生活题材，还是新时期以来的日常生活题材，其作品都有可圈可点之处。中篇小说《流逝》和散文《生死契阔、与子相悦》都将目光聚焦于“文革”前后上海普通家庭波澜不惊的日常生活经历。《流逝》讲述了革命激流来袭的时期，“布尔乔亚式”的生活如何隐秘而强悍地藏匿于上海的里弄里、公寓中。《生死契阔、与子相悦》讲述了上海中产家庭家道衰落的经历，凸显了家庭主妇温柔纤弱表面背后那种誓不低头的坚韧与隐忍。《流逝》中文光、文影的插队生活大多作为背景出现，朴素的私人生活中波澜不惊的愉悦和忧愁才是作家的兴趣所在。在这类小说中，她看重的是动荡时代中相对安稳的、具有连续性的生活意趣，而不是变动时代中的宏大理想，如王安忆自己所言，“荒蛮之中的似锦繁华，是文明的传奇”[①]。

王安忆《本次列车终点》中有很多日常生活书写。城市生活的繁华、便捷、秩序感在上海得到了充分的体现，在上海，“百货公司里有最充裕、最丰富的商品；人们穿的戴的是最时髦、最摩登的服饰；饭店的饮食是最清洁、最讲究的；电影院里上映的是最新的片子。上海似乎是代表着中国文化生活的时代新潮流”[②]。而与这些优点相伴而生的是城市生活的拥挤、紧张、刻板。返城伊始，城市生活令主人公陈信感到非常不适，面对求职、结婚、购房等一系列现实问题，他也感到十分矛盾甚至沮丧颓废，一方面炫目的城市景观对他构成了巨大吸引力，他十分渴望融入城市生活；另一方面他总是不自觉地将乡村作为参照物，用一双“外地人”的眼睛，来打量上海的街道、商场、公交等现代化图景，因而感到局促不安。公共交通作为日常生活的一个缩影，使陈信更加深刻地理解上海以及上海人的处世之道。公

① 王安忆：《妹头》，云南人民出版社 2010 年版，第 170 页。
② 王安忆：《王安忆小说》，吉林文史出版社 2008 年版，第 77 页。

交车上乘客们虽然很多，却各就各位，互不“侵犯”，拥挤中透着一种规矩，于是他明白“上海人是十分善于在狭小的空间内生活的。售票员虽然看似高傲冷淡，但是在严格工作制度的约束下，公交车仍然不失规矩，有序运行，在这样的环境里，由不得也要认真起来”①。正如有学者所指出的：“日益现代化的中国国际大都市，是人们疯狂争夺身体空间的地方。”② 对于拥挤的公交车厢而言，乘客并无不可侵犯的自有空间，只能在争抢空间的过程中暂时安放自己的身体。人们争抢空间的另一个表现是对住房分配权和使用权的争夺。陈信的返城，使这个人员庞大的家族陷入痛苦和纠结之中，面积狭小的住房因为陈信的归来而显得更加仄逼。住房问题成为陈信结婚成家的主要障碍，房屋内部的狭小空间导致了家庭成员的心理失衡与性格压抑，即使是兄弟之间也因为住房分配不公而产生争执。私人空间被挤占，人与人之间开始防备、对峙乃至敌视，人对城市的亲和感和依赖感逐渐消失。看似广阔的城市空间外在于普通市民的私人生活，只是一种并不可靠的容身之所，抑或是终其一生都不曾抵达、触及的地方；市民看似在公共空间中密切接触，然而又总是蜻蜓点水般擦身而过。与此相对，乡村作为一个能看到地平线的广阔世界、一个“人与人都能彼此察觉与接触的空间”③，反倒在进入文学语境之后赋予个人身体、心灵空间以更大的可能。

陆星儿的小说《一条台硌路》可以拿来与王安忆的《本次列车终点》互为参照。两部小说中都有大量对于上海寻常人家生活的生动描写，而且不约而同地写到了“路”——城市的路与人生的路。所不同的是，《本次列车终点》中陈信仍然在熙熙攘攘的城市大马路上漫游和

---

① 王安忆：《王安忆小说》，吉林文史出版社 2008 年版，第 81 页。

② 唐小林：《城成肉身：论当代城市建设中身体的位置》，梁燕城、杨剑龙编《都市发展与文化保存国际研讨会论文集》，本拿比：文化更新研究中心 2010 年版，第 17 页。

③ ［美］理查德·桑内特：《肉体与石头：西方文明中的身体与城市》，黄煜文译，上海世纪出版集团 2006 年版，第 8 页。

思索，也是在迷茫的人生道路上艰难求索，渴望一个理想目的地；而《一条台硌路》中姚轮、周迪等返城知青在条件简陋的台硌路上通过不断打拼向自己的人生交出了一份满意答卷。

在大都市中，道路是保持城市日常生活通畅的命脉，四通八达、齐整宽阔的大马路是城市高速运转和人员密集流动的重要通道，比如《本次列车终点》主人公陈信漫步穿行之处；百转千回、星罗棋布的小巷是市民日常活动的场所，也是他们体察世间百态、感受城市细节的地方，比如《一条台硌路》中主人公生活之处。知青作家进行城市书写的时候，时常对大街小巷进行细致入微的书写，展示城市生活的褶皱、感叹人生道路的起伏。

《一条台硌路》以姚家、独眼龙家、小眉家为中心，展现了上海弄堂中的生活景象。“台硌路”指卵石铺成的凹凸不平的路，隐喻了居住条件的艰苦和生活道路的坎坷。弄堂里的生活热闹而拥挤、清贫而和谐，“不需防盗，一家紧挨一家，有点动静，一呼百应”①。台硌路离南京路很近，却被南京路的繁华所遮掩，很少有轿车从这里经过，“有资格坐轿车的，不会住在这条路上。没资格坐轿车的，也不会无缘无故掏钱租轿车”②。姚家四个子女除了小女儿姚铃之外，全部到农村插队，而他们的返城给家庭造成了巨大的住房压力。四个人具有不同的性格特征，姚垫懦弱无能，姚轮大胆果断，姚篷善解人意，姚铃爱慕虚荣，其中，姚轮的形象最为饱满，也是返城知青中艰苦创业、不懈奋斗的典型。与姚轮相关的两个女青年小眉和周迪构成了对照，小眉出身贫寒，却意外获得了出国机会，离开台硌路并舍弃了对姚轮的爱，可是物质享受并未给小眉带来幸福；周迪家住花园洋房，条件优越，却不嫌弃台硌路的寒酸，与姚轮真心相爱，同舟共济。台硌路及其所辖区域如同大城市中自成一格的独立王国，保存了大量关于老上海的遥远记忆，台硌路

---

① 陆星儿、陈可雄：《啊，青鸟》，北京十月文艺出版社 1984 年版，第 287 页。

② 同上书，第 326 页。

周边的生活像一味家常菜，朴实无华却耐人寻味。从台硌路到水泥路、从老虎灶到煤气灶、从黑白电视到彩电、从街道工厂到大型企业……一条路上所发生的变化，正是上海市民生活现代化进程的缩影。通过以上分析，我们不难发现上海知青作家在描写城市日常生活的时候所表现出的优势：一方面上海具有高度发达的市民文化，为作家提供了丰富的创作素材；另一方面上海作家的细腻和敏感使其能更加细致地去洞察日常生活中的审美质素。

还有一位上海作家可以在这里提及，那就是凭借长篇小说《繁花》异军突起的金宇澄。提到金宇澄的名字，人们在第一印象中不会将其与知青作家的称谓挂钩，他的代表作《繁花》更是与知青文学不搭界，至少表面看来如此。然而，他确实是一位在东北嫩江平原待过八年的知青，返城后先是在里弄工厂工作，直到 1988 年才调到《上海文学》做编辑。他在几十年的时间内尽管有一些中短篇小说、随笔等问世，但错过了知青文学主潮以及一系列与此主潮相关的创作活动，难以作为代表人物纳入当代任何一个现成的文学流派。直到 2012 年在《收获》发表《繁花》，他才算真正确立了在当代文坛中的地位。

关于《繁花》的定位，人们众说纷纭，都市文学、海派小说、市民通俗小说的帽子都可以戴在它的头上。然而《繁花》果真与知青文学传统泾渭分明吗？如果从知青作家城市书写的视角切入，能否为这部小说找到一条别样的阐释通道？《繁花》最为读者及评论家称道的一点是它对于当代上海市民日常生活的呈现，他以细腻入微、不厌其烦的笔触，通过对于一些特定城市空间以及身处其中的市民行为、心理的书写，呈现了上海所特有的热闹充盈、匆忙琐细、精明算计、善于权衡的市民生活景象。程光炜说：“读惯北方作家表现崇高精神生活的文学叙事，我不免对金宇澄这种‘民间叙事’的企图心生窦疑。但我不赞成把《繁花》归入通俗文学的谱系，或是觉得它就与《北方的河》、《心灵史》以及《我与地坛》南辕北辙。他其实与张承志、史铁生同属

‘知青家族’，并非截然不同的作家。”① 果真如此的话，金宇澄小说的精英意识、知青基因表现在哪里呢？我想还是表现在世俗生活背后透露出的历史沧桑感，主要表现为对从 20 世纪 60 年代到 90 年代以阿宝命运发展为主线的严峻世事的隐晦书写，以及对于三十年间城市生活景象、市民精神状态变迁的精细描绘。阿宝经历了多重城市生活空间，热闹气派的思南路、淮海路，“上只角”陕西南路上资本家的私人公馆，弄堂里环境极为简陋的民办小学，鱼龙混杂的沪西曹杨工人新村……不同的空间呈现着不同阶层的市民生活，空间的迁徙反映了阿宝坎坷的生活历程以及由于受“文革”波及而家道中落的痛楚。“《繁花》把伤痕文学引向了 90 年代以来的民间社会，还原了它生命的原生态，由此，伤痕文学就变成了根植于民间、普通人并带着烟火气味的真实的生活，而不再是一个抽象的历史符号。”②

文学作品中的上海是市民文化发达、市井气息浓重的城市，其他一些城市的日常生活亦漫溢着热闹忙碌的盎然生趣。比如孔捷生《南方的岸》中的广州：

> 闹哄哄的农贸市场，果香、鱼腥、鸡鸭屎臭……各种混杂的气味弥漫着大半条街。我推着自行车费劲地在人流中穿行。
>
> 卖红豆沙芝麻糊的老头敞着苍凉的嗓子叫卖，炸春卷的妇人用笊篱磕着锅沿，几笼狮头鹅在伸长脖子叫唤，背景却是街尽头拔地擎天的中国广州大酒店。这座香港投资的豪华大厦尚未完工，吊塔、焊枪、散装水泥车都在忙个不停。两处不同的繁荣对称鲜明。③

---

① 程光炜：《为什么要写〈繁花〉？——从金宇澄的两篇访谈和两本书说起》，《文艺研究》2017 年第 12 期。

② 同上。

③ 孔捷生：《南方的岸》，《大林莽》，花城出版社 1985 年版，第 166 页。

孔捷生小说《普通女工》中的女主人公何婵昔日是一名知青，返城后成为一名普通女工，尽管生活拮据，却始终拥有乐观心态，在工友、邻居的帮助下，勇敢挑起生活重担。小说记录了何婵与儿子华仔城市生活的点点滴滴，营造出温馨的日常生活氛围，折射了平凡而伟大的母子深情。轰轰烈烈的人生固然值得书写，而普普通通的人生也别有一种质朴无华的美感。

日常生活固然不乏其趣味与生机，然而常常会遇到一个问题，那就是生活的车轮原地打转，不再向前运动，一成不变的生活周而复始。在如此不断“重播”的剧情中，人们的理想、激情、信仰等精神资源很容易被消磨，人生的奋斗目标也因此变得模糊，这在当代一部分城市青年人身上体现得很明显：

> 中国现代都市的观念加工厂正以流水线的生产方式“制造”出更多这样一类青年。他们不好不坏。“懒得”好，也“懒得”坏。他们无益无害。“懒得”对谁对什么有益也“懒得”对谁对什么有害。他们避恶避善。他们绝不至于助纣为虐，却也“懒得”见义勇为。你根本就甭指望能呼吁起他们扬善抑恶。你的热忱的也罢，痛心疾首的也罢，慷慨激昂的也罢，总之你的使人感人肺腑的大声疾呼，都只会引起他们对你的高度警惕对你敬而远之，因为他们必怀疑你企图利用他们进而利用他们。最主要的也是最重要的一点是，没有什么发生了或即将发生的事能使他们感到震惊，更不用说震撼了。他们“懒得”震惊。①

“懒”字一针见血地暴露当代一部分青年人的无聊感、虚无感，心智变得懈怠、混沌、麻木、颓废，心头的惊颤感消失，一边是无尽的忙碌，一边是无底的虚妄。这些也是近年来屡屡引起热议的“丧文化”

① 梁晓声：《浮城》，花城出版社1992年版，第67页。

“佛系”等当代青年亚文化的部分表征。世俗生活常常是一把双刃剑，一方面它为身在其中的人们提供一种乐趣，确认平凡、安宁人生之审美意义，另一方面它会使某些人为惰性所困，失去了意识的自鸣性。能从日常生活中收获谦卑的趣味，而又能够超越于这种趣味，才不至于自我放逐于日常生活的囚牢。

四　书籍与性：关键词的更迭

当我们历史性地考量知青作家的城乡书写时，会发现书籍、性等关键词时常现身，尤其当我们将知青作家的城市书写与乡土书写加以对照的时候，就会发现这些概念在人们的眼里经历了巨大变化，变化背后是整个社会思潮的更迭。

在上山下乡期间，读书大概是最令知青神往的一件事。梁晓声在小说《白桦树皮灯罩》中成功塑造了林凡这位痴迷于读书并通过口述名著的方式向身边青年传播知识的知青形象。包括林凡在内的知识青年对于各类书籍有着强烈的渴求，然而特殊的地理条件和政治条件使他们缺少通过书籍获取知识的途径，愈是匮乏愈加珍贵，在他们眼里书籍具有崇高的地位：

> 书是一代人对另一代人精神上的遗言，是时代的生命，是人类进步的阶梯。各种蠢事，当人在读一本好书时，就仿佛烤在火上一样，渐渐熔化。他把我们生活中寂寞的辰光变成巨大的享受时刻。①

小说中人物对于书籍的向往也折射出作家本人对于书籍的向往，在《自白》中，梁晓声谈到了少年时代的读书经历：

---

① 梁晓声：《鹿心血》，中国物资出版社2009年版，第40页。

我的中学时代，是苦于无书可读。买书是买不起的，尽管那时书价比现在便宜得多。几个同学凑了七八分钱，到小人书铺去看小人书，就是永远值得回忆的往事了。[①]

小人书在少年中的盛行反映了文化资源匮乏的窘境，反衬出少年们如饥似渴的求知欲望。很多书能引起青年内心的骚动，尤其是一些西方名著，更成为稀缺的、炙手可热的精神资源。竹林小说《生活的路》中的主人公谭娟娟酷爱读书，从十八、十九世纪资产阶级文学家的作品到二十世纪俄国无产阶级文学家的作品，不管是诗歌、小说还是戏剧，只要找得到，她都津津有味地阅读。可是“横扫四旧”运动以后，她所钟爱的很多西方书籍变成了“封资修”，她只能压抑住内心的求知欲望不敢声张，可是当有人私下向她展示自己收藏的西方名著时，她“欢喜得心发抖了，好像一个在大海上漂流了很久的人突然发现了陆地一样”[②]。张抗抗小说《隐形伴侣》中的陈旭和肖潇是一对志同道合的年轻夫妻，他们在乡下简陋的环境中组建家庭，物质生活的匮乏没能阻挡他们对于知识的渴望。两人披星戴月搭夜车来到镇上，只为到新华书店排队购买新书。同谭娟娟一样，陈旭和肖潇对读书也达到了痴迷的程度：

他们在油灯下读《青年近卫军》。灯光昏暗，看不清书上的字。如果凑近些，额前翘起的头发丝便会哧——的一下烧着，冒出一股煳焦味。不知为什么，肖潇固执地认为必须也读《共产党宣言》。[③]

对西方名著的青睐，表现了知青宽阔的视域和良好的文学修养，而

---

① 梁晓声：《自白》，经济日报出版社 1997 年版，第 112 页。
② 竹林：《生活的路》，人民文学出版社 2007 年版，第 61 页。
③ 张抗抗：《隐形伴侣》，武汉大学出版社 2012 年版，第 144 页。

当西方名著无法获得的时候，青年们也可以从另一些书籍中探求真理的光芒。比如南帆在红色革命历史小说中读出武侠意味：“自从接触到拳术之后，我同时迷上了言及武侠的各种读物。我如饥似渴地在文学的边边角角搜罗一些相关信息。”①《红日》中的连长、《林海雪原》中的杨子荣、《铁道游击队》中的刘洪、《红旗谱》中的朱老忠等人物都被南帆看作侠肝义胆的武侠英雄。从被奉为正典的革命文学中“搜”出武侠小说的影子，寻觅武侠精神的真谛，所谓横看成岭侧成峰，诗无达诂，书无定义，在知识供给匮乏的年代，知识青年自会另辟蹊径，将书籍蕴含的丰富性和多义性挖掘得淋漓尽致。

赵丽宏常在散文中描述他下乡时的读书生活。他认为在自己最寂寞困苦的时刻，是书籍赐予了他智慧和理想的火光。身边的农民了解知青炙热的求知欲望，尽力为知青创造读书机会，满足其精神需求。其中给他最大震动的是村姑秀羽，秀羽本是一个貌美如花的姑娘，结果被命运捉弄，嫁给了智障的丈夫。她默默地忍受着命运的不公，却没有忘记向世界、向他人奉献出她的同情和慈悲，她慷慨地将年轻时的藏书都赠予赵丽宏，帮助他完成自己没有机会完成的理想，赵丽宏回想起这一幕时不由地深受感动：

> 故乡的农民以他们的行为告诉我，这种伟大的理解和善良是任何风暴也无法摧毁的。这是人性和人道的火光，只要文明的人类存在一天，这样的火光就要燃烧一天，没有什么力量能使它熄灭。②

在《旷野的微光》《火光》的多篇散文中，赵丽宏都提到了插队时所用的小油灯，正是这盏油灯帮助作者完成了读书的心愿：

---

① 南帆：《历史盲肠》，上海文艺出版社 2013 年版，第 81 页。

② 赵丽宏：《遗忘的琐屑》，《赵丽宏文集》，上海文艺出版社 2010 年版，第 142 页。

在那幽暗的微光里，我仿佛看见了李白，我仿佛看见了苏东坡、泰戈尔、普希金、雪莱……小油灯成了一只兴奋的眼睛，它和我一起读书，一起分享着那份快乐。①

种类与数量有限的书籍对知青来说无疑是奢侈品，他们期待用知识改变命运，藏书、购书、读书行为如同罕见而盛大的节日，或私密而庄严的仪式，充满喜悦感与神圣感。知青压抑已久的求知欲望在返城之后的20世纪80年代找到了释放的闸口，20世纪80年代是文化繁荣、思想解放的黄金时代，古今中外各种书籍、知识、概念快速传播，思想禁闭、书籍匮乏的时代一去不返。20世纪90年代以后，新时期之初的“文化热”悄然落幕，社会热点变成经济发展、个人致富等。这一转变引起知识界的警觉，引发了“人文精神大讨论”②。这次大讨论有着鲜明的时代背景，市场经济飞速发展，现代化以一种不可逆的姿态勇往直前，这一方面使中国人民迅速摆脱了物质匮乏状态，另一方面也在某种程度上引发了功利主义的蔓延、社会道德的滑坡、消费主义的盛行等问题。对于中国知识界来说，一个黄金时代悄然走远，市场经济条件下城市知识分子的处境愈发艰难，知识分子的理想主义精神气质已不复当年。知识和书籍在相当一部分人眼中变成了闲置品乃至废品。一方面，人们不再将读书求知作为人生至高信仰；另一方面，便捷的新媒体逐渐取代了书籍的位置，成为人们了解外界的便利渠道。在浮躁的文化语境中，甘坐冷板凳的读书者被很多人看作另类乃至于笑谈。抑或人们虽然还在藏书或读书，但是已被功利主义心态所左右，很多人戴着有色眼镜遴选书籍，藏书仅仅为了附庸风雅，读书旨在赢取世俗成功、消磨时

① 赵丽宏：《遗忘的琐屑》，《赵丽宏文集》，上海文艺出版社2010年版，第149页。

② 《上海文学》1993年第6期上发表了王晓明的论文《旷野上的废墟——文学与人文精神危机》，这篇文章是人文精神讨论的发轫之作。《读书》1994年第3期至第8期上发表了《人文精神是否可能和如何可能》（张汝伦、王晓明、朱学勤、陈思和）、《人文精神寻踪》（高瑞泉、袁进、张汝伦、李天纲）等一系列学者的讨论文章。1995年以后，《作家报》《光明日报》等报刊继续刊发与这个问题相关的讨论文章。

间、充当谈资，而非为追求纯粹的思想彻悟或精神愉悦。即使对那些曾经抱有迫切读书意愿的知青来说，知识也失去了昔日的巨大魔力。梁晓声《泯灭》中的主人公翟子卿在做知青时，大学校园是他梦寐以求的精神圣地："他的心愿不是返城，而是能上大学，能上一所名牌大学。"① 大学梦即知识梦，无奈这个美好的梦想随着青春的逝去而灰飞烟灭。返城后的翟子卿坠入尘网，一切向钱看，对于知识的渴求荡然无存，读书甚至成为他耻于提起的"怪癖""异端"：

> 人人都忙碌于为公为私"搞活经济"，读书似乎早已不是好习惯，而是怪癖了。大概就好比当年子卿总吃臭豆腐被视为异端一样的吧？你把自己写的书签上名正儿八经地赠给别人，是不是意味着你在替自己做广告，怕别人不知道你又出了一本书呢？……读书必占时间。时间就是金钱。金钱重要如生命，起码重要性仅次于生命。②

知青身份转为市民身份后，读书生活不再被仰视，读书热情已化为灰烬。知青作家追踪了作为知识载体的书籍在人们思想观念中渐受冷遇的历程，以此窥探当代市民精神状态的转变。

知青文学中还有一个关键词值得注意——革命。与书籍的命运轨迹类似，革命精神对于大众的吸附力也日趋衰弱，从热词变成了不再被反复提及乃至被有意回避的隐身者。这一变化历程传递了以下两点信息：第一，当下社会已经完成了从革命时代向后革命时代的转型历程，社会主要矛盾与任务已经发生转移；第二，人们心中昂扬激进的鼓点已经渐趋弱化以至失声，社会的主导意识形态发生着悄然而深刻的改变。

知青作家一方面追随着时代号角完成自我转型，另一方面也不时回

---

① 梁晓声：《泯灭》，春风文艺出版社 1994 年版，第 97 页。

② 同上书，第 130 页。

眸、慨叹某些宝贵精神资源的遗失。梁晓声的《红色惊悸》是一部具有荒诞主义色彩的魔幻现实主义小说，“重走长征路”的红卫兵，被冰雪冻僵沉睡，时隔三十余年，在21世纪初苏醒过来，走入花花世界，开始了一段极具戏剧性的堕落生活。或主动投怀送抱，或懵懂欲拒还迎，他们在经历精神狂躁和理想冲突之后，沉迷于物欲享受不能自拔，最终成为时代的俘虏。三十年的前后对照，营造出黑色幽默效果。真理、灵魂、理想……这类大词在当下的城市中失去了具体的所指，它们曾经的不可动摇性受到挑战。而怀揣着三十年前的思维和心智，如何面对日新月异、变动不安的城市？排斥、接受还是认同？作品的荒诞性表现在中国社会三十年前后的惊人反差中：

> 他在心理上强烈排斥那一座城市的存在。他完全不能理解，在一座很难看到一条政治标语，几乎触目都是经济口号和商业广告的城市里，人们怎么竟生活得那般无所谓似乎又那般的习以为常？倘整个中国都已变得像那一座城市一样了，那么他也完全不能接受中国的现实。
>
> 在他想来，一个国家政治内容少，那就像空气中的氧成分稀薄一样的呀！①

革命精神与政治生活在今天被当做笑谈，一种严肃而具有仪式感的社会生活形式在当下逐渐丧失了有效性。需要注意的是，梁晓声既批判了“文革”时期以阶级斗争为纲的错误路线，也批判了当下城市商业化泛滥、世俗化蔓延、理想迷失的现象。透过对于“革命”一去不返的慨叹，我们不难揣测出梁晓声心中的担忧：指点江山、激扬文字的“狂者”锋芒已然让位于圆滑世故、明哲保身的“狷者”心态，面对这种现状，我们是不是也应该警惕生命中那些“轻灵的麻木”，转而去唤

① 梁晓声：《红色惊悸》，重庆出版社2012年版，第201页。

醒一些深远而厚重的“革命理想”“革命精神”呢?

当“书籍”与“革命”随着时间推移从备受珍视转向日渐萎靡的时候，知青作家对“性”的书写却反其道而行之，由讳莫如深转变为百无禁忌。革命思想的严肃性包含着对身体禁欲的潜在要求，似乎革命者就应该天然地板着面孔，远离七情六欲，至少身体恋爱是不可以通过言语被大肆张扬的。有学者指出在上山下乡时代大肆宣扬“身体恋爱”的不合时宜：“回想那几年禁欲的日子，一个大词很快浮出意识——‘革命’。革命为大多数人设计了标准的人生范本。可是，这一张设计图纸之中，尴尬的性找不到合适的位置。革命的图景如此高尚，性似乎成了一个可耻的存在。”① 因为肩负“革命”这一光荣而神圣的使命，所以“性”这一与革命意志相忤逆的敏感词汇在知青中间是不能公开谈论的。这种“禁忌”在文学中的具体表现便是，知青中即使有越雷池者也多处于一种隐蔽的状态。新时期之初，知青作家在处理性题材作品的时候，大多谨小慎微，采用比较委婉的写法，王安忆的“三恋”、铁凝的“三垛”等作品中对于性的书写，在当时的社会背景下已经算是十分大胆的尝试。铁凝的小说《麦秸垛》是一篇书写知青爱情生活、探究青年人内心隐秘的短章。小说将知青乡村经历与乡村农民日常生活巧妙地融合在一起。作家着力描写青年男女隐秘的内心世界，书写了两位女知青与一位男知青之间纠结的情感，并在两性关系书写上进行新奇的尝试，展现了丰富饱满的人物性格。小说将杨青的淡漠节制、沈小凤“魔鬼般的诱惑”、陆野明的怯懦被动描摹得栩栩如生。知青间的爱情有很多种表达方式，杨青对于陆野明若即若离，沈小凤对于陆野明疯狂追求，小说将两位女知青截然相反的个性拿捏得十分到位。小说最吸引人之处，莫过于生动地写出了欲望如何一步步引诱青年人，并最终将他们推入无力自控、欲罢不能的窘境。小说中的乡村以及乡村中的麦秸垛成为爱欲的象征：“冬天，早春地里人少，他们把被太阳晒暖了的麦秸

① 南帆：《历史盲肠》，上海文艺出版社2013年版，第54页。

垛撕几个坑洼，卧进去，再把铺散下来的麦秸堆盖在身上。身上很暖，欲望便从身上升起来。”[1] 将“野合”事件写得如此含蓄，不着一字，尽得风流，年轻人的蠢蠢欲动与桀骜不驯已经跃然纸上。

知青作家对于农民两性关系的书写反倒显得大胆一些：“三纲五常三从四德的乡村仅仅存放在陈旧的教科书里，黄泥墙、稻草垛和树林子之间并不缺乏性。乡村的性如同水流花落一般自然。乡村的性开放远远超出了他们的意料。当然，多数知青只能瑟缩地待在这种气氛之外，迟迟不敢莽撞地跨入一步。”[2] 李锐在《厚土》中对乡村性关系有过描述：

> 没点灯。他像是带了一件猎物，把女人领到炕上。一团漆黑之中，那股在腔膛里憋涨了二十年的洪水，野蛮而又疯狂地倾泻出来。两个生命在那混沌难分的黑暗中纷乱地搅成一体，分不清你和我，分不清男和女，分不清什么是别人什么是自己……[3]

这位男性农民对女性疯狂占有行为的背后是二十年的性经验中断史。于是，当极为稀缺的东西突然降临面前，他的原始野性便在刹那间爆发，这种爆发带给人的感觉更多的是震惊和迷乱而非丑陋和低俗。知青的谨小慎微也好，农民的猛烈爆发也好，在新时期之初知青作家的笔下，“性”都表现为一种匮缺状态。

后新时期以来，知青作家开始在作品中以更加直白、袒露、赤裸甚至夸张扭曲的态度来书写两性关系，附着在它身上的匮乏感、压抑感不复存在，其内蕴圣洁色彩的“原始生命意识”“殉道意识”等也不见踪影。极度压抑与纵情释放只有一步之遥。王小波的小说《黄金时代》[4] 前半部分写知青在云南的插队生活，主人公王二和陈清扬是一对

① 铁凝：《铁凝精选集》，北京燕山出版社 2006 年版，第 79 页。
② 南帆：《历史盲肠》，上海文艺出版社 2013 年版，第 63、66 页。
③ 李锐：《厚土》，上海文艺出版社 2012 年版，第 73 页。
④ 王小波：《黄金时代》，华夏出版社 1994 年版。

向往自由、奋力与世俗抗争的情侣，他们之间的性关系，源自无功利性的、炙热的爱情，以旺盛的生命力来对抗荒谬压抑的世俗社会。小说后半部分写两人回城后的生活，他们将自己从无拘无束的自由人变为一本正经的文明人，人生步入平庸的常态，两人之间的性爱也变得索然无味。

更有甚者，种种不正当的两性关系变成脱缰的野马，名正言顺地践踏世俗生活，大肆浮荡渗透于作品字里行间，甚至成为某些作品中的高频词，叶辛和梁晓声的作品堪为佐证，这大概也是他们在当代畅销小说榜上占捱一席之地的重要原因之一。

从《孽债》开始，叶辛便频频在作品中描写两性关系，通过塑造被欲望灼烧以致无法自拔的市民形象，来呈现城市萎靡、庸俗和堕落的风气。《孽债》中对于性的描写给人造成一种窒息感：

> 他不由分说地把她手里的照片往桌上一放，捧起她的脸，一阵雨点般的狂吻。她起先避让着双手抬起来想推开他。可经不住他的热情攻势，她垂下眼睑哼哼着接受他的吻，在他吻得又长又久时，她也情不自禁地回吻着他，并张开双臂，扑进他的怀里。他狂喜地把她抱离地面，她眩晕般倒在他身上，耳畔听着他喘息般呢喃着爱她的话，她的身心着了火似的燃烧起来。她紧紧地紧紧地生怕失去他般搂着他的头颅……①

这段毫不隐晦的描写，刻画出中年女知青杨绍荃与年轻情人屈显亮之间放荡的性关系。如果说空虚寂寞是杨绍荃作风放荡的缘由，那么吴观潮与漠萍之间发生的性关系则充分反应出现实利益对其身体的诱惑和挟持。作为返城知青，吴观潮一直郁郁不得志，而出身于高干家庭的漠萍则为吴观潮提供了在事业上平步青云的捷径，性爱成为一种极具功利

① 叶辛：《孽债》（Ⅰ），上海文艺出版社2008年版，第54页。

性目的的交换条件，欲望的交易行为亵渎了爱情的纯洁性和家庭的完整性。

叶辛在长篇小说《华都》中围绕两性关系的书写更为极端。小说中男女主人公首要的交流方式是“性”，他们漠视情感、精神交流，初次见面便渴望身体接触。无疑，“华都大楼”是作者精心构建的性欲城堡，舒宇虹、安小琼、罗卉等女知青在这里经受着欲望的考验。两性关系是考察返城知青精神畸变的重要切入点，曾经闪光的理想主义情怀随着韶华流逝而烟消云散，被功利的锋刃挑衅以致节节败退，只剩下委顿苍白的对于身体快感的追求。

在小说《红色惊悸》中，梁晓声彻底剥夺了性爱的仪式感和庄严性，性爱退变为偶然、肆意的身体遭遇：

> 性爱的画面一组紧接一组——没有故事线索，没有事件，没有矛盾冲突，只有不同场合，不同环境之下的性挑逗和性爱……两位当年的红卫兵，两个青春时期的男体女体，片刻之后便赤裸裸地紧紧搂抱着了……①

在事关性的种种文学叙述中，女性是一个绕不过去的话题，她们是参与者，甚至是自觉或不自觉的主导者。女性对于性的态度经历了哪些转变？女性在不当两性关系中扮演了怎样的角色？这些都值得反思。以梁晓声为例，其早期作品基本上有意模糊两性界限，女主人公常为巾帼不让须眉的“兵团女知青干部”，她们是理想之歌的虔诚歌唱者，一度成为最具旗帜性的时代楷模。《这是一片神奇的土地》中的李晓燕、邹心萍，《今夜有暴风雪》中的郑亚茹，《雪城》中的姚玉慧等无不如此，她们经历过挫折和迷茫，但最终都用坚定顽强的人生信念战胜诸种磨难。反观后新时期以来梁晓声笔下的当代城市女性，与李晓燕等知青形

① 梁晓声：《红色惊悸》，重庆出版社 2012 年版，第 201 页。

象构成鲜明反差。她们常以“身体欲望”作为立命之本：丧失理想、随波逐流、自甘堕落。她们退化到匍匐于动物本能的原始阶段，渴望在城市欲望洪流中遭遇某种“刺激”，成为堕落男女关系的始作俑者。一些针对女性具有诋毁性、挑战女性读者审美底线的表述在《浮城》《泯灭》等作品中多次出现，似乎城市的堕落最终应归因于女性的沉沦，她们理应成为众矢之的。

梁晓声到底如何看待女性？城市书写中对于性的渲染，到底只是小说叙事的策略，还是作者基于对城市女性的基本认知而做出的价值判断？这是一个吊诡而缠绕的问题。《恐惧》是梁晓声最为“越轨”的一次尝试。梁晓声自述小说受到了左拉小说《娜娜》的影响，立志于把娜娜这个在世界文学史中具有代表意义的女性形象移植到中国的土壤中来。除了受到左拉的影响，梁晓声也谈到其创作受到来自于时代和市场的双重“刺激”：“我决定写《恐惧》的初衷是由外部生活现实的‘刺激’而产生的。出于对稿费收获的追求，我在左拉式的批判现实主义与媚俗以迎合市场的打算之间挣扎，却几乎不可救药地越来越滑向后一方面。”① 梁晓声具有十分难得的自我批判精神，他坦言创作《恐惧》有着迎合市场需求的考虑。“迎合”与“批判”，这是知青作家对于城市生活所采取的两种截然对立的选择，可危险的是，作品一不小心就会从一端滑向另一端。我们并非要求作家避“性”不谈，相反，恰切的描写还有可能成为画龙点睛之笔。问题不是该不该写，而是该如何写，书写的限度在哪里。纵观中国文学经典，曹雪芹的《红楼梦》、王实甫的《西厢记》中都不乏性书写，但修辞手段大多比较隐晦婉转，反而透出一种雾里看花、欲说还休的美感。如《西厢记》中写张生与崔莺莺的燕婉之私：“软玉温香抱满怀，春至人间花弄色，露滴牡丹开。”② 作家用隐喻的修辞将风月之事推远，给读者留下无限联想的余地。如何

① 梁晓声：《梁晓声自述人生》，时代文艺出版社 2010 年版，第 113 页。西方文学史中一般将左拉视为自然主义的代表作家，在这里用“批判现实主义”概括其创作风格似不当。

② （元）王实甫：《西厢记》，上海古籍出版社 1978 年版，第 20 页。

写性是考量作品艺术水准的一个重要方面，情节选取是随意还是节制、气氛营造是赤裸还是含蓄、语言运用是泥沙俱下还是凝练谨慎……这些在很大程度上会引发作品主题的逆转。这大概也是叶辛的《华都》、梁晓声的《恐惧》等作品需要反思的地方。

人类从传统社会走向现代社会是一个必然发生且不可逆的过程，城市生活便是现代性生活的最具代表性的表现形式。纵使城市有这样那样的短板与缺陷，纵使很多知青作家对于城市生活感到不满足，但他们中的绝大多数也不可能决意离开城市。面对生活中种种棘手的形而下或形而上的问题，无论是沉默、抱怨还是诅咒，总要恪守城市生活的法则迎难而上，以对自身生存处境作出积极回应。

知青作家对于城市的批判有十分重要的思想意义，但是这种批判又往往容易走向极端和简化。在他们笔下，城市总成为“名利场”“销魂地”的代名词，为什么作家对于城市的书写总是多见其晦暗面？不得不说，知青作家在面对城市这个庞然大物的时候，创作视野难免有褊狭之处，经常夸大城市生活中的不如意，有意无意地脱离了城市生活的实际状况。城市生活固然有其局限性，但也并非只可批判、不可褒扬。知青作家的城市书写看似遵循批判现实主义传统，实质上，仍然具有很大程度的臆想成分。此外，某些作品呈现出的思想倾向、审美风格与作家批判现实的初衷背道而驰——暴露变为窥私与猎奇，批判和鞭挞不慎变成迎合和彰显。这里，不是说藏污纳垢之处不能触碰，而是说作家不但要有如实描述灰暗污浊的能力，更要有“审视，思辨，取舍，提升以及使正确的审察植入作品血脉之中的精神能力”①，对于破碎的道德感不仅要有暴露的意图，更要有缝合和修复的能力，也正是这种能力决定了作品最终的精神高度。知青作家以极富吸引力的叙事策略把准了时代情绪的脉搏，满足了大众的阅读需求。但是，知青作家必须唤起自己更

---

① 雷达：《出不了伟大作家 中国当代文学缺什么?》，《人民日报》（海外版）2007 年 7 月 12 日。

大的野心，不断为自己的写作增加难度，去深入挖掘城市生活的肌理，去深度把握城市生活的整体性特征。只有如此，他们的作品才能长久地立住脚，并有可能迈向文学经典之列。

第三节　知青文学生产和传播的都市化转型

一　知青作家作品的通俗化转向

在分析了知青作家如何将城市题材纳入自己的创作视野之后，接下来要谈到的“通俗化转向”，则更多关注于后新时期以来知青文学的生产方式和传播策略。杨剑龙在谈到后新时期文学时说：“20 世纪 90 年代以来，由于中国社会加快了商品经济市场经济的步伐，大众文化逐渐成为社会的主流文化，中国的知识分子也逐渐努力走入民间，以非启蒙者的身份与姿态参与大众文化的建设与研究。”① 面对大众文化在城市中迅速蔓延的趋势，文学作品的生产与传播方式也发生了很大改变。知青文学的城市书写越来越显现出贴合大众趣味的审美特征，在新媒体的支持下，知青文学的传播途径日益拓宽，逐渐走入寻常百姓家。具体来看，城市语境中的知青文学创作和传播有如下特点。

首先，作品体现出较强的商业性和通俗性，对于物质、金钱、性爱等各类欲望的书写更为大胆直白，迎合了畅销书读者寻求心理刺激的内在诉求。不少作品在普通读者中流传范围较广，并引发了一系列话题性事件，例如叶辛的《华都》一经出版，便在社会上引起巨大的反响和争议，成为出版人和读者眼中的“现象级畅销书”。现象级畅销书能够在特定的一段时间内，在阅读市场和读者中形成足够的话题，引发广泛的关注和讨论。在内容上涉及“性”较多的文学作品往往容易跻身现象级畅销书行列，《华都》即属此类。从总体看，《华都》抨击了城市中的堕落人群，具有一定的批判色彩，但因过分注重商业性，致使作品

① 杨剑龙：《后新时期文学与文化论》，上海文化出版社 2010 年版，第 295 页。

的艺术性相对欠缺。主人公心理活动的变迁历程交代不足，因果连缀、铺陈渐进的情节设置能力尚显薄弱。陌生男女相遇后，相互不加了解便发生性关系，类似于这样的描写不免有简单化、平面化倾向，对读者的审美耐性构成挑战。梁晓声近年来创作的长篇小说也频频跻身畅销书行列，如上面提到的《浮城》《恐惧》等，这些作品反映了浮躁的时代情绪对市民精神生活的负面影响，作品中的主人公要么是拜物教的虔诚信徒，成为金钱的奴隶；要么欲壑难平，在混乱的两性关系中苦苦挣扎，题材的选择成为这类作品赢得市场关注的关键所在。

其次，作品的类型化倾向更加明显。作品具有鲜明的城市化特征，人物形象与情节发展充分体现出都市氛围、都市品格、都市文化的影响。梁晓声的电视剧本《知青》讲述的是知青在北大荒生活工作的经历，但从作品人物塑造的角度来看，具有明显的青春偶像剧特征。电视剧中靓丽的男女主人公，顺应了当下普通电视观众的审美需求，吸引了众多青年观众观看。叶辛的小说《客过亭》所涉虽然是知青题材，但是骨子里散发的仍是都市文学的精神气质，小说将知青题材与旅游文学、侦探文学、言情文学等诸多当代类型文学的因素嫁接在一起，满足不同层面、不同趣味的都市读者的阅读需求。文学作品的大众化和通俗化倾向是其赢得读者和收视率的有效手段，知青作家创作策略的转变，充分表现出他们对于大众文化心理的准确揣摩。

最后，作品更强调戏剧性，重视戏剧冲突的营造。作品善于利用跌宕起伏的情节和人物间的矛盾关系，打造鲜明的戏剧效果。由叶辛小说《孽债》改编而成的同名电视连续剧之所以在观众中引起强烈反响，一个重要原因就是戏中众多人物之间具有环环相扣的紧张关系，折射出复杂的情感矛盾、家庭矛盾、职场矛盾、城乡矛盾等。《华都》也频频制造悬念，用两性故事和非正常死亡事件营造扣人心弦的紧张氛围。2010年上海话剧艺术中心编演的《大哥》是一部反映上海知青经历和上海当代市民生活状况的话剧作品，铺陈了牛家子女下乡的前后经过，着力表现牛家人几十年间的精神变迁历程。“文革”中曾经团结一致共闯难关的兄弟姐妹，改革开放以后因为家庭财产问题而纷争不断，代际矛盾也凸显出来。家庭伦理戏份和都市文化元素的增加，增强了剧本的内在张力，满足了大量话剧观众的审美趣味，在吸引知青一代走入剧场重温历史的同时，也赢得了更多年轻观众的青睐。

二 知青文学多元化的传播路径

如上文所说，伴随着知青作家创作的通俗化转向，知青文学作品开始走出纸面，频频与电影、电视、话剧等现代媒介联姻，这是知青文学在后新时期以来传播的新动向。新媒介立足于城市发展的新需要，创新传播渠道，增加受众群体。立体化的传播模式往往使作品收获高于文本价值的轰动效应。麦克卢汉指出“媒介即讯息”①，电视剧、电影等媒介与平面媒体分别依赖不同题材、风格的作品来展现各自特长，传递不同“信息”，各司其职，满足不同受众的审美需求。“技术的影响是要坚定不移、不可抗拒地改变人的感官比率和感知模式”②，技术对文化心理的影响毋庸置疑。电视观众也许仅将某一部电视剧视为茶余饭后的休闲方式，而非不厌其烦地咀嚼其具体内容和思想内涵；同样，走进影院的人们也许不会刻意揣摩影片编导人员的良苦用心，而只是将观影作为放松消遣的一种方式。因此，我们说知青文学作品获得更大范围认可，很大程度上得益于多元媒介传播渠道的推力。

文学作品与影视联姻在某种程度上体现出作家顺应时代（抑或理解为妥协于时代）的创作意图，如梁晓声所说：“少数伟人们，或可称为‘时代之父’；而我们平凡的人们，其实只不过永远是时代的儿女。顺应时代不可能不成为我们的生存法则。”③ 以叶辛的创作实践为例，他的早期作品具有鲜明的阶级性，以敏锐的嗅觉把握住了“文革”时

---

① ［加拿大］马歇尔·麦克卢汉：《理解媒介：论人的延伸》，何道宽译，译林出版社2011年版，第19页。

② 同上书，第32页。

③ 梁晓声：《红色惊悸》，重庆出版社2012年版，“自序”第1页。

期的整体社会氛围。但作品主题、情节、人物塑造等方面存在着一定的同质化、类型化倾向。叶辛知名度的提升很大程度上依赖于小说被改编成电视剧后所引发的轰动效应，《蹉跎岁月》《孽债》等电视剧曾家喻户晓，远超原著的影响力。叶辛作品与影视剧的要求相互吻合：塑造典型人物、强调戏剧冲突、关注现实伦理性题材等。以《孽债》为例，插队生活只是小说的前景，都市才是小说的背景。将知青（或者说后知青）题材放置于都市上海的背景之中，使得小说具有鲜明的时代气息和市井气息，迎合了普通市民的审美需求。

《孽债》通过电视媒体获得良好的传播效果并不是个案。梁晓声的长篇小说《知青》2012 年被改编为电视剧在中央电视台播出后，也获得了较为强烈的反响。这部作品成功地将都市青春偶像剧的手法植入知青题材创作，回到质朴、自然、温情的轨道上来，获得雅俗共赏的观赏效果。正所谓“日常叙事的典范性消减了我们对于知青题材的审美疲劳”[①]，《知青》抹去了知青生活所惯有的灰暗、艰苦、悲愤色彩，空脱的英雄主义不再是被不遗余力弘扬的主题，作品着力渲染知青乐观的生活态度、健康的心理人格和和谐的群体关系，这些无疑对于当下青年人的成长具有鲜明的导向意义，也为当下知青题材影视作品的创作探索提供了宝贵经验。

后新时期以来，虽然知青题材的小说、诗歌、散文等在数量和影响力上大多呈现收缩态势，但知青题材影视剧的涌现却也是不争的事实。《雪花那个飘》《北风那个吹》《山楂树之恋》等反映知青生活经历的作品层出不穷，均获得较好的收视效果，在媒体和观众中引发热议。

此外，以互联网为平台，大量“泛知青文学”作品也在衍生和传播。博客、微博、微信公众号等为业余知青作家的创作提供了平台，成为知青中的文学爱好者沟通友情、传达心声、表现感情的平台。以网站

① 伊伟慧：《对特殊岁月的温情表达——电视剧〈知青〉专家研讨会综述》，《光明日报》2012 年 6 月 5 日。

为例，比较重要的有中国知青网、凤凰网知青频道等全国性网站，以及北京知青网、上海知青网等地方性网站。互联网知青文学创作以散文、随笔、诗歌为主要体裁，在艺术上虽然不算成熟，在传播范围上比较有限，但其意义也不容忽视，它们毕竟提供了创作与交流的平台，赋予专业作家以外的知青群体以文学表达的权力，体现了广大知青个性化的情感诉求。

知青作家创作的通俗化、大众化转向与知青文学的多元化传播相辅相成、相互促进。两者既是时代特征的鲜明折射，也是知青文学在当代城市文化语境中保持生命力的重要路径。因此，我们应该鼓励知青文学创作在保持一定艺术水准的基础上，努力探索更广阔的题材和更多样的表现形式，使知青文学作品真正走入寻常百姓家，产生广泛而持久的影响。

第四章　知青作家的乡愁辩证法

乡愁是存在于人的头脑中被回忆所改造的个体经验和历史经验；乡愁既是一种私人情绪，也是一种只能缓解而无法根除的集体无意识。乡愁是文学创作的重要母题，以时空阻隔为客观前提，以情感穿透力为美学资源，表达人类对于身体和心灵家园的永恒期冀。知青作家是在大规模城乡流动迁徙中诞生的一个创作族群，知青文学是作家用“两副目光”观察和呈现世界的结果，很多作品鲜明地反映了城乡之间相生相克的缠绕关系。城市与乡村负载着知青的双重乡愁，城乡迁徙的身体历程导致其乡愁的对象发生转换。在不同历史时期、不同文化语境中，城乡分别在知青作家心中扮演着不可替代的精神家园角色。

不少知青文学作品中流露出明显的怀乡病征候。知青作家的情感天平一直在城乡间摇摆：下乡期间，血缘和地缘的双重牵引，是知青怀念城市生活的基本动力；返城之后，知青作家受制于城市生活的挤压，开始释放与先前截然不同的乡土记忆，并且开启了旅行式、候鸟式、扎根式等还乡模式，通过回忆和旅行，复活乡村曾经被忽略的美感体验和启示意义。知青文学中城乡魅力的置换，既是社会历史变迁的显著表征，也是知青作家个体主观选择的结果。知青文学因其内蕴既纠结又浓重、既辩证又恒久的乡愁，而彰显出独特的美学韵致。

第一节　儿行千里母担忧——家乡的牵绊

一　血缘与地缘——难舍的眷恋

知青作家的家乡大多在城市，他们在城市出生、成长、接受启蒙教育和基础教育。“家乡”这个概念的核心是“家”，血缘关系是构成亲属关系的客观依据，是维系家庭稳定的根基。地缘关系是人与某一地域因长期“捆绑”磨合而形成的人地关系，是人类安居乐业、稳定发展的前提条件之一。“血缘是身份社会的基础，而地缘却是契约社会的基础。”① 家乡在知青眼里具有血缘与地缘的双重意义——血缘关系使他们感到亲人难舍，地缘关系使他们感到故土难离。“在中国，血缘与故里永远是坚韧有力的纽带。”② 当知青离开家乡远走他乡时，对于亲人和故土的留恋往往更为深刻。表面上看，是知青离开了他们所生活的城市空间，而从深层次上来看，更让知青感到牵肠挂肚的是他们的家庭，是生身父母，骨肉兄弟，发小故交，甚至只是听觉、嗅觉、味觉、触觉等具体而微的感觉复合体。

孔捷生的感慨道出了知青思乡之情的具体所指：

> 故乡的召唤是那么亲切，隔着高山海峡，不停摇荡着每个知青的心。又岂止是乡情，血缘的纽带更为柔韧有力。谁的父亲出狱了；谁的母亲好歹活下来，要人照顾；谁的爷爷死于非命，忽然有了一大笔被没收的财产等孙儿继承……各种各样的故事多得很。也许中国人的伦理观与别的民族不同，父母子女骨肉情深，总要厮守在一起……我的父母已过世。召唤我的是那间结满了蛛网的青砖小

① 费孝通：《乡土中国》，上海人民出版社 2007 年版，第 70 页。

② 孔捷生：《旧梦和新岸——并非谈创作的创作谈》，《南方的岸》，北京出版社 1983 年版，第 181 页。

屋？抑或是家门前那一江浩荡的流水？说不清楚。[①]

思乡之情就是这样一种玄妙而真切的情感，如影随形，有时只依靠一两个细节便可复活对于家乡的整体感知。血缘关系固然是游子和家乡之间最坚韧的情感纽带，而散布于家乡的一砖一瓦、一草一木、一山一水又何尝不是思乡之情的催化剂呢？

食指的诗歌《这是四点零八分的北京》写于1968年12月20日即将赴山西农村插队之时，抒发了他登上列车离开家乡时的难舍之情：

北京在我的脚下，
已经缓缓地移动。
我再次向北京挥动手臂，
想一把抓住他的衣领，
然后对她大声地叫喊：
永远记着我，妈妈啊，北京！
终于抓住了什么东西，
管他是谁的手，不能松，
因为这是我的北京，这是我的最后的北京。
……

诗人以难以抑制的、撕裂般的情感表达了故土难离之情，运用比拟的修辞，将家乡认作“母亲”，赋予一座抽象城市以鲜活厚重的生命力。“母亲”与“家乡”是一枚硬币的两面，折射出血缘与地缘的双重引力。相类似的情绪也表现在《南京知青之歌》中：

蓝蓝的天上，

① 孔捷生：《南方的岸》，《大林莽》，花城出版社1985年版，第206页。

白云在飞翔，
美丽的扬子江畔，
是可爱的南京古城，
我的家乡。
啊，彩虹般的大桥，
横跨了长江，
雄伟的钟山脚下，
是我可爱的家乡。
告别了妈妈，
再见吧家乡……

这首歌由南京第五中学学生任毅创作于1969年，广泛流传于全国知青当中。歌词同样运用了“母亲—家乡”这一比拟修辞，表达了身处异乡的少年对于家乡的眷恋。后来，重庆、广州等地的知青也纷纷唱出带有浓郁地方特色的知青之歌，歌颂壮美山河，诉说故土情愫，表达思乡之情。

长期漂泊在北方的杭州作家张抗抗的“游子情结”十分浓重，父母的爱是她行走千里的精神支柱。在散文中她以“示现”的修辞深情回忆了父母对自己的牵挂与呵护：

永远不会忘记在北大荒的日子里，是父母一封又一封厚厚的家书，支撑我度过了寒冷与寂寞；透过弥漫的风雪，我看见遥远的父亲一次次骑车去杭州南星桥货运处，为我托运装满食品的纸箱；探亲的日子，母亲为我借来一本本“违禁”的经典名著；幼稚的写作尝试开始于那个秋天，母亲走了很远的路，带我去九溪观赏刚刚移植来杭州的橄榄树——“不要问我从哪里来，我的故乡在远方。”我初学写作的胆怯融化在母亲温暖的手掌里，从此有了自信和持久的恒力。[①]

父母总是毫无保留地给予儿女他们所能给予的一切：物质支持、心灵抚慰、精神启蒙等，张抗抗试图以自己的亲身经历唤醒游子对于家乡和亲人的感恩：“远方的游子，我不认识的读者朋友们：相信你们每个人都深藏着自己一份未了的心思——惯于思念、追忆、恍悟、自审、忏悔，还有真诚的感恩之情。”[②] 这种五味杂陈的感受饱含了儿行千里母担忧和游子欲报父母恩的双重意味。

陈村在作品中十分动情地道出对含辛茹苦将自己养大的母亲的感激：

> 她反复说着那几句话，叮嘱我写信，叮嘱我小心身体，还叮嘱我，千万和贫下中农搞好关系。该上车了。我看着妈妈，觉得妈妈老了。我以前从没注意。她竟有那么多的白发。我想起了她的贫血和胃病，想着她十七年的守寡，十七年的养育……
>
> 妈妈来信了，我看了又看，然后将它锁进箱子。她的话，我都记住了。她说，她想我。如果领导上同意，她要我回去过年。[③]

无情的时光夺走了母亲年轻的容颜，疾病侵入她羸弱的身体，当“我”长大成人的时候，母亲已经悄然老去，而在她心中，“我”永远是那个长不大的乖孩子。值得注意的是，食指、张抗抗、陈村等知青作家对母亲的依恋之情，与前文曾提到的张承志对草原母亲额吉的感激之情有所不同。前者的恋母之情建立在不可动摇的血缘关系以及多年朝夕相处的生活经验之上；后者的恋母之情在更大程度上是人类学意义上“地母情结”的折射，表现出超越血缘关系的对游牧民族和草原人民的

① 张抗抗：《在时间的深处》，江苏文艺出版社 2007 年版，第 138 页。

② 同上。

③ 陈村：《从前》，江苏文艺出版社 1996 年版，第 217 页。

认同和依恋。

知青思念家乡的至亲，也怀念城市中大大小小的景观地标、风味美食、自然风物乃至一些不起眼的物件……这些都是知青与家乡“地缘”关系的具体表现。家乡的无可取代性往往就体现在这些细枝末节上，正是对这些细节的品咂与感悟唤起了游子的丝丝乡愁，陈村说：

> 我真想回去。好久没在路灯下走走了，怪想的。我被路灯照了十七年，缺了它觉得不自在。①

思乡之情具体而微，一盏暗夜中的小小路灯都可以在游子记忆中留下深深印记。池莉谈起对家乡武汉的整体印象时，首先想到的也是一些直观的、唤醒感官神经的景观：

> 大城市毕竟大城市啊！那里有宽敞的大街和高楼大厦啊，有中山公园的小桥流水和秋千滑梯啊，有筱桃园的瓦罐鸡汤和四季美的汤包啊，有银幕清晰的电影院和能够自动翻转的皮靠椅啊，武汉武汉，美丽的江城，我们怀念你啊！②

对于家乡的热爱和眷恋是知青共通的情感。在各地知青作家当中，似乎上海知青作家格外“恋家”，思乡情结尤为深厚。上海这座人称“魔都”的城市有一股难以抗拒的神奇魔力，撩拨游子的心灵，屡屡触碰到他们内心深处最敏感的神经，如上海作家陆天明所说：

> 你不是上海人，你完全不可能理解上海这个鬼地方对于每一个在上海长大的人所具有的独特的魅力。你去过上海，你只要稍微留

① 陈村：《从前》，江苏文艺出版社 1996 年版，第 241 页。
② 池莉：《声名狼藉的日子》，云南人民出版社 2001 年版，第 41 页。

心一下，就会发现那些忙忙碌碌的上海人走路的节奏、姿态跟外地人都不一样。一个久居外地的上海人回到上海，不要说别的，清晨一走进小弄堂，就连那呛得人透不过气来的生炉子和涮马桶的竹帚搅动的声音，也会使他感到无比的亲切。①

上海具有快捷的生活节奏与浓郁的市井文化，陆天明所言的弄堂是上海在近现代发展过程中沉淀下来的民间生活形态，“弄堂文化”是民间上海的文化生命力所系之处，也是上海市民形成文化认同感的基础之一。

家乡对于陈村的牵引力，大概在上海知青作家（乃至全国知青作家）的作品中表现得最为突出。他对于家乡的爱不是随意的、即兴的、瞬间的，而是根性的、固执的、坚决的：

家乡是永远的。无论饿饭，无论流放，无论监禁。无论欢乐，无论幸福，无论爱情。没有比家乡更永远的。阿斗说，“此间乐，不思蜀”。所以，他叫阿斗。我们不是阿斗，谁都不是。②

“恋家”的程度与个人性格也存在一定关联，性格外向的人在他乡相对比较容易安顿自己的情感，而保守内向的人就很难做到乐不思蜀，他们更吝惜自己宝贵的思念，宁愿将其交付给家乡和亲人：

我不会有大出息。我太恋家。不是“父母在，不远游”，我没孝到这个地步。我是本能地不喜欢陌生。我愿总和亲人熟人在一起。去外地看看固然好，但仅仅止于看看。③

---

① 陆天明：《啊，野麻花》，北京十月文艺出版社 1984 年版，第 279 页。

② 陈村：《从前》，江苏文艺出版社 1996 年版，第 352 页。

③ 同上书，第 261 页。

陈村也并非对家乡的短处避而不谈，可贵的是，即使意识到家乡上海有着这样或那样的不完美，他也仍然敝帚自珍、死心塌地、义无反顾地包容其一切瑕疵：

> 文明并未给人以清静。乡里比起上海，有许多的舒适。菜是最新鲜的，要吃就到地里去割，大米香得连黄帝都爱吃。没有噪音，没有毒气，没有充满化学气味的水。这里甚至没有新闻的概念。起初很不习惯，不久觉得没它倒也干净。但是，我的身体里已浸透了城市的毒素，我会情不自禁地想念汽车、自来水、电影院，想念走在南京路上的衣着俭朴容貌秀丽的姑娘们。①
>
> 我们站在上海站出站口，像初游的外地人一样发着呆。面对首尾相接的汽车自行车，觉得凌乱不堪。却又是这凌乱，给我以亲切感。连噪声也是可爱的。它是我的家乡呀。②

与乡村相比，城市生态环境必然受到人口剧增、工业发展的影响，噪音、凌乱、毒素都是现代城市生活的负面衍生物。陈村清醒地意识到上述问题的存在，但是，真正的爱总能正视并包容所爱对象的全部缺点。因此，无论家乡如何藏污纳垢，它在游子心中永远是生机盎然的理想王国。

以上所举数例，皆不约而同地指向了知青与家乡间的缱绻之情。知青下乡之后，首先要面对的问题是血缘的缺失。对于乡村这样一个“熟人社会”而言，知青无疑类似费孝通先生所说的突兀的“闯入者”：“这些寄居于社区边缘上的人物并不能说已插入了这村落社群中，因为他们常常得不到一个普通公民的权利，他们不被视为自己人，不被人所信托。乡土社会是个亲密的社会，这些人却是‘陌生人’，来历不明，

---

① 陈村：《从前》，江苏文艺出版社1996年版，第289页。

② 同上书，第258页。

形迹可疑。”[①] 作为长驱直入的闯入者，知青要想真正融入乡土世界需要一个漫长而艰难的过程，需要在新的血缘或地缘关系的建立过程中与乡土世界达成深度交融。

当然，血缘关系总是处于不断被构建的长链条中，生命繁衍的方程式向来都是越来越复杂的。有的知青与乡村青年相恋并生育子女，两难抉择在这个时刻迎面而来——他们在城市和乡村各有一个家庭，都保持着血缘关系，如何取舍成为新问题。“血缘是稳定的力量。在稳定的社会中，地缘不过是血缘的投影。”[②] 换言之，知青对于乡村态度的变化，很可能是因为他们在乡土之上播下了血缘的种子。

阎连科的长篇小说《最后一名女知青》描写了女主人公知青李娅梅对于“家”这一概念的思索和追寻过程。城市与乡村之间的紧张关系，体现在男知青“狐狸”与乡村教师张天元对李娅梅的争夺之中，选择恋人等于变相选择返城还是扎根。在知青返城大潮中，李娅梅成为张家营子为数不多的扎根者，她与张天元结合生子，完整家庭的建构和血缘关系的确立，使她与乡村产生了难以剥离的关系，这是她扎根乡土的决定性因素。

二　逃离与回归中的犹疑

难以消解的乡愁是很多知青心智成熟以后的心头之痒。没有游子不思念家乡，只是程度有别、方式不同，而并非所有游子都能够荣归故里、衣锦还乡。很多知青由于这样或那样的原因，最终被抛于异乡，在异乡生根发芽、开枝散叶。逃离与回归之间的辗转轮回，反映了知青们矛盾、挣扎的内心境况。

陆星儿在小说《冬天的道路》中，描述了女知青杨小辉对于家乡北京又爱又怕的矛盾心理。杨小辉落户北大荒，七年未回北京，几乎与

① 费孝通：《乡土中国》，上海人民出版社2007年版，第66页。

② 同上。

父母失掉联系，为了治好儿子东东的先天性心脏病，杨小辉怀着“近乡情更怯”的心情，战战兢兢地踏进了父母的家门。在亲人眼里，杨小辉已彻底从城市女孩变成为村姑，她生活窘迫，穿戴粗陋，言谈落伍；与之相对，杨小辉的父母和哥哥长期过着富足优裕的城市生活，对于杨晓辉的意外归来竟深感不适。陆星儿另一部小说《冬雪·夏雨》中的主人公林克观是一位北大荒中学教师，在妻子程然携女儿返城之后，他仍滞留北大荒。林克观主观上有着较为强烈的返城愿望，可当他来到城市之后，发现自己变得十分卑微，很多市民有着先天的优越感，似乎只要怀揣一纸城市户口就自然高人一等。最终，林克观不能忍受尊严受损而心灰意冷地离开北京。

有的知青带着期待与盼望主动去他乡寻找生命的新岸，如《南方的岸》中的易杰和暮珍；也有的知青怀揣难言之隐，不情愿地离开故土，寄寓他乡，如杨小辉和林克观。

知青文学作品中知青对于家乡往往采取断然不同的态度。一种是，因离乡而激发内心深处对于家乡的缱绻之情，重返家乡之后迅速融入城市生活，重新评估并实现自身的价值。另一种是，由于受主客观因素影响，知青与家乡在地理上和心理上的距离越来越远、隔膜越来越深，家乡面貌日渐模糊乃至面目全非，所蕴含的情感寓意渐渐稀薄。无论是爱，还是怕，家乡都是游子无可取代的港湾，只是有人如归航的客船，在家乡的港湾停泊下来，而有人注定要在一次次回眸之后继续远航。

第二节　日暮乡关何处是——故乡的困惑

一　城市与乡土：知青的双重故乡

家乡是人出生成长的地方，依靠血缘和地缘因素牵扯着游子的内心。那么故乡呢？这两个近义词的内涵又有着哪些不同呢？周作人在散文《故乡的野菜》中谈到“故乡”时说：

> 我的故乡不止一个，凡我住过的地方都是故乡。故乡对于我并没有什么特别的情分，只因钓于斯游于斯的关系，朝夕会面，遂成相识，正如乡村里的邻舍一样，虽然不是亲属，别后有时也要想念到他。我在浙东住过十几年，南京东京都住过六年，这都是我的故乡……①

一个人的家乡（或可曰籍贯）只能有一个，这是一个命定的人生源头，不容选择；但是故乡则不然，故乡产生于后天的主动或被动选择中。因此，一个人的故乡可能远不止一个，那些长期居住生活过的地方皆可以被理解为广义的故乡。对于知青作家而言，城市和乡村构成了他们的双重故乡。在上山下乡期间，故乡即家乡，指他们出生的城市；而当返城以后，故乡又变成了乡村——曾经陌生、厌倦甚至痛恨，但后来又不由追忆、留恋的那片土地。张抗抗的一番自述表达了她的“故乡观念”：

> 我19岁便离开了我的出生地杭州城，走向遥远而寒冷的北大荒。
>
> 那时我曾日夜思念我的西湖，我的故园在温暖的南方。
>
> 但现在我知道，我已没有了故乡。我们总是在走，一边走一边播撒着全世界都能生长的种子。我们随遇而安、落地生根；既来则定、四海为家。我们像一群新时代的游牧民族，一群永无归宿的流浪移民。也许我走过了太多的地方，我已有了太多的第二故乡。
>
> 然而在城市闷热窒息的夏日里，我仍时时想起北方的原野，那融进了我们青春血汗的土地。那里的一切粗犷而质朴。二十年的日月就把我这样一个纤弱的江南女子，磨砺得柔韧而坚实起来。以后的日子，我也许还会继续流浪，在这极大又极小的世界上，寻觅

① 周作人：《周作人集》，花城出版社2004年版，第85页。

着、创造着自己精神的家园。①

张抗抗以哀而不伤的口吻，表明了自己随遇而安的生活观念，其中固然夹杂着几丝惆怅之情，但更多流露出铅华洗尽的淡定从容。在身体与心灵的地图上游走，“故乡”一词对于知青而言失去了唯一性的所指，他们不断去寻觅、停靠新岸，也不断去缅怀、去守望故里，在内心中构筑起一道多彩斑斓的记忆之墙，随时依靠和欣赏。一个人有几个故乡，就有几重地域人格，杭州的细腻温婉与北大荒的粗犷豪放，合力建构出张抗抗刚柔并济的性格。

叶辛不少散文的主题集中于“故乡情结”，他大多以回忆的口吻记录对贵州乡村的留恋。叶辛插队于贵州省安顺市修文县久长镇，修文县因五百年前一代哲人王阳明的“龙场悟道”而享誉中外。叶辛认为他在文学创作之路上有所成就，得益于城市和乡村双重经验的濡染，在散文《两副目光》中他写道：

无论是写到我们这一代人命运的小说，还是写到农民们的生活形态，甚或是那些描绘少数民族诸如苗族、侗族、布依族生活的小说，我得承认，那全都是我用一双城市人的目光观察山乡生活的结果。命运又使我回到了城市，回到了生于斯长于斯自小熟悉的但如今又有点陌生的上海。于是我不知不觉就用一双乡下人的眼睛来观察上海这座大都市里今天正在发生的一切，我惊喜地看到自己有那么多新的发现。

就是这样，我渐渐习惯了用一双当代大都市人的眼睛观察遥远山乡里的现实；用一双偏僻乡间山民的目光看待今天的城市。当这两双眼睛碰撞在一起的时候，我总是感到心头又有新的写作欲望在

① 张抗抗：《张抗抗自述人生》，时代文艺出版社2010年版，第205页。

萌动。而这种碰撞又是那么多，机会不用我费劲去寻找。[1]

正是由于两个“故乡”的存在，叶辛才能在城乡碰撞的比较视野中敏锐地发现城乡各自的优势和不足，从而对中国当代的城乡关系做出全面考量。

也有人在辗转漂泊的人生历程中，与故乡渐行渐远，不幸成为永远的异乡人。韩东小说《下放地》[2] 中的知青卫民在回城多年后故地重游，来到曾经插队的乡下，可是下放地的父老乡亲对卫民已经完全丧失了记忆。乡村的面貌发生了很大变化，卫民曾经在这里生活的痕迹渐渐被岁月抹平。尽管农民已经将其遗忘，但是卫民仍然怀念这里，怀念村庄辽阔高远的夜空，他将对故乡的怀念与对自己青春年华的怀念融为一体。卫民的遭遇告诉我们，知青对于乡村的“故乡”想象在很多时候是得不到回应的、单方面的相思。

更为突出的代表是路遥中篇小说《人生》中的男主人公高加林。回乡知青高加林身份暧昧，归属地不清，受到乡村与城市的双重挤压，自始至终都是一个“生活在别处”的人。城乡相距只有咫尺之遥，但思维方式与生活方式的巨大差异，将城乡分割成了两个独立王国，高加林处于其中的夹缝地带，进退两难。他渴望城市生活，却得不到城里人的认同；他身在乡村，又无法安于做真正意义上的农民。高加林无疑是积极上进的回乡知青代表，而他又始终处于一种“外乡人”的孤立状态中，在乡村如此，在城市亦然。与高加林相比，刘巧珍作为一个彻头彻尾的土地的女儿，从心底热爱土地，把田间劳动看作生命意义实现的形式，把乡土看成精神家园。正因为这样一种深沉炽热的爱，所以刘巧珍身上也具有一种“地母”式的品格，她的仁厚质朴、宽厚包容无不是故土的无私赐予。她接受并认同自己的命运，坚定的选择也磨砺出她

① 叶辛：《往日的情书》，百花文艺出版社 2008 年版，第 305 页。
② 韩东：《下放地》，《作家》1994 年第 10 期。

淡定从容的生活态度。高加林的彷徨反衬出刘巧珍的幸福——她从未离开生养她的土地，因此免受徘徊、犹疑、抉择之苦，这也未尝不是一种纯粹的欢喜与满足。

二　重返乡土的路径与感受

“乡村并不是一个宁静封闭的恒久结构，它从来就挟裹在历史时空的变化中，受到现代性持久的挤压。逃离还是回归，似乎是作家永远的心结。”① 在知青作家心中，乡村的角色定位一直在变化。从另一个方面来说，乡村的祛魅与返魅也清晰地映射出知青作家与城市亲疏关系的变化。

乡土大地曾寄寓了国家对于城市青年人生路径的期许，但是知青的自我人生规划往往与顶层设计背道而驰。虽然也有一些立志于扎根乡土的知青典型，但毕竟数量极为有限，大多数知青对于城市生活的渴望与日俱增。梁晓声在《雪城》的开头描绘出一幅北大荒知青“钱塘江潮”般大返城的“壮阔”场面：

> 他们如丧失了编制和纪律的溃军败旅，蚁群似的拥在车站大楼内，期待转乘知青“专列”兼程南下。他们早恨不得插上双翅飞回各自朝思暮想的城市。他们由于不情愿而没有办法的滞留，耐性崩溃瓦解，盲目的怨气和怒气达到顶点，随时欲寻找机会发泄。②

知青身上这股混乱躁动的气息，与当初浩浩荡荡进驻乡村时的情景有几分情绪上的相似。此处，“弃婴”一般的乡村成为历史清算知青债务的象征。知青迅速而决绝地离去，做好了永不回头的打算。直至若干年后，返城之初的亢奋情绪平复下来，当城市使知青们陷入日复一日的

---

① 王瑞瑞：《杂糅与裂隙：海南本土作家地域书写侧记》，《海南师范大学学报》（社会科学版）2013 年第 4 期。

② 梁晓声：《雪城》（上），人民文学出版社 2007 年版，第 3 页。

审美疲劳时，当乡土变为一个被时空阻隔的记忆之场时，乡村在知青心中的形象又发生改变甚至逆转，一种回归之意不知不觉间在其心中升腾。昔日的逃离乡土与后来的回归乡土，都蕴含着知青一代寻求“别样”生活的紧迫而必然的集体性冲动。

作家自身有返回乡土世界的渴望，同时也将这种诉求经由作品主人公的行为表达出来；就作品体裁而言，既可以是纪实性的散文、随笔，也可以是虚构性的小说等。作品主人公的怀乡以及还乡既可以看作作家身体力行的一个注脚，也可以表达作家某种心向往之却难以兑现的道德理想。而这种回归一方面包括身体的还乡，另一方面意味着情感的还乡。知青文学中，作家为自己以及作品主人公设计的还乡模式，主要有旅行式还乡、体验式还乡和扎根式还乡等。

首先，旅行式还乡。旅行式还乡多以作品中主人公“故地重游”的方式来实现。“旅行故事中，典型的地理学结构就是设定一个家园，不论是失落的家园也好，回归的家园也好。”① 旅行主题回应了知青作家对逃离与回归、囚禁与自由等问题的思考。

史铁生 1984 年 5 月在轮椅上完成还乡之旅，回到了延川县关家庄——他魂牵梦绕的陕北清平湾。在《几回回梦里回延安》一文中史铁生表达出对于清平湾的矛盾情感：

> 我知道，假如我的腿没有瘫痪，我也不会永远留在“清平湾”；假如我的腿现在好了，我也不会永远回到“清平湾”去。我不知道怎样才能把这个矛盾解释得圆满。说是写作者惯有的虚伪吧？但我想念那儿，是真的。②

史铁生既道出了对清平湾难舍的思念之情，又犀利地反思了这份爱

① 吴治平：《空间理论与文学的再现》，甘肃人民出版社 2008 年版，第 4 页。
② 史铁生：《我的遥远的清平湾》，北京十月文艺出版社 1985 年版，第 387 页。

所具有的“虚伪性”。这种悖论却正揭示了史铁生旅行式还乡的心态：眷恋但不痴迷，真心牵挂但不必以扎根作为对自己的道德绑架，如赵园所说的，知青作家“以‘遥望’和‘诉说’证实其不承担故乡现实、解除了某种契约的心灵自由”①。

史铁生在《插队的故事》中谈到别人对其怀念乡土之情的真实性的质疑：

> 有人会说我：“既然对那儿如此情深，又何必委屈到北京来呢？用你的北京户口换个陕西户口还不容易吗？”更难听的话我就不重复了，拍拍良心，也真是无言以对，没话可说。说我的腿瘫了，要不然我就回去，或者要不然我当初就不会离开？鬼都不信。……于是心里惶惶的，似乎连这思念也理不直，气不壮，虚伪。②

破除二元对立思维，是理解知青与乡村关系的关键，不能因为知青未扎根乡村，就认定他们对于乡村的感情是虚伪的，“当代人不必为了脱俗而隐晦其城市向往。自然，一面向往着，一面大唱其牧歌，也并不就虚伪。人的需求——尤其心灵的需求本是多种多样的”③。史铁生对于乡村的态度，正是他追求多样化心灵需求的表现。

张承志在小说《绿夜》中谈到主人公重回草原的感受时说：

> 这里是驰骋着自由酷烈的风儿的、开人胸襟的莽原。在这里可以不必心有城府。在这里可以把市场上大葱和烂西红柿的气味，把

① 赵园：《回归与漂泊——关于中国现当代作家的乡土意识》，《文艺研究》1989年第4期。

② 史铁生：《插队的故事》，中国盲文出版社2008年版，第154—155页。

③ 赵园：《回归与漂泊——关于中国现当代作家的乡土意识》，《文艺研究》1989年第4期。

> 十二平米的家和它的拥塞，把楼下加工厂的噪音和冷冰冰的售货员，还有那河南腔的下流语言全部忘掉。在这里可以把疲惫的肉体埋在茂盛的箭草、马镰草和青灰色的艾可草丛里。他满怀感激地吞咽着这里的清爽空气。这时他才明白来到这里的必要。①

主人公回城八年后，无法抑制重返莽原的强烈欲望，执意独自踏上漫长的还乡路。他期待着脱身于城市生活的重重包围和挤压，与纯洁活泼的草原少女小奥云娜重聚。但是令他魂牵梦绕的草原少女却已物是人非，小奥云娜以及《黑骏马》中的索米亚都让他经历了从憧憬到幻灭的过程。她们曾经聪明伶俐，洋溢着蓬勃朝气，然而岁月与命运的驱使，使她们变成了庸庸碌碌、并对这种庸碌无知无觉的人。主人公的草原梦似乎破碎了，然而失望中也不乏收获："逝去了的已不能追还，但明天他又会怀念此刻的亲切。人总是这样：他们喜欢记住最美好的那一部分往事并永远回忆它，而当生活无情地改变或粉碎了那些记忆时，他们又会从这生活中再找到一些东西并记住它。这是一种弱点么？也许，人就应当这样。哪怕一次次失望。因为生活中确有真正值得记忆和怀念的东西。"②

王松小说《甲鱼的荣誉》中绰号为"甲鱼"的知青在事业有成之后回到插队乡村，为昔日恩师祭扫。回乡途中，他偶遇曾经的"仇人"马三阳、初恋情人杨二丫，途经遭受毒打的"马号"，回到他曾雕刻过门窗的老宅……"在经历与回忆之间，时间已经流逝"。③ 岁月如梭的沧桑感经由知青还乡的举动而浮现，甲鱼曾经轰轰烈烈的忧喜爱憎皆变得遥远而平和，似乎是另一个人在岁月深处替他背负着一切，那些令人费解的难题以及看似无解的冲突终究泯灭于时间的洪流之中。甲鱼有过

---

① 张承志：《草原》，花城出版社2007年版，第211页。

② 同上书，第222页。

③ ［法］保罗·利科等：《过去之谜》，綦甲福译，山东大学出版社2009年版，第46页。

被侮辱和伤害的经历，但他最终以宽恕的姿态放下仇恨，坦然乐观地面对过往和当下。而有的知青却因插队时伤害过他人而苦苦不得心灵救赎，叶辛的长篇小说《客过亭》便是这样一个范例。小说讲述一群年过花甲的知青结伴旅行回乡的经历，用倒叙的手法揭开了汪人龙、丘维维、应力民等知青的心灵伤疤。他们插队时曾因自私和贪婪给其他知青的身心造成严重伤害，三十多年过去了，当各自怀揣着不可告人的秘密重游故地时，他们才发现对于往事根本无法释怀，忏悔亦无法驱散内心的阴影。表达相似主题的还有徐则臣的小说《莫尔道嘎》，知青老哈每年一次自驾回呼伦贝尔大草原，为插队时的好友巴图庆生。这份坚守的背后是原罪心理的驱使，老哈因自己年轻时的自私懦弱导致巴图被狼咬伤，落下终身残疾。对于老哈而言，还乡之旅是沉重的，因为他背负着一生都偿还不清的感情债，永不得解脱。

短期旅行使知青在特定时空中，迅速建构起一个“现场”，完成主体的经历重现，满足情感需求，是知青最为常见的回乡方式。回乡之旅之于知青个体而言意义是不同的，有人因相思成疾而获得宽慰，有人因物是人非而感慨唏嘘，有人因时过境迁而坦然平和，有人因昔日恶行而心怀忏悔。我们无法抹杀知青作家在返乡途中收获的幸福体验，他们在返乡途中遭遇的失望和沮丧也是难以被忽略的。然而，无论怀着哪一种目的、哪一种心境，回乡之旅都是必要的，乡土是知青逃离“当下”城市生活的理想目的地，是绵绵不绝的日常生活中的一道缝隙，人生正是在这道缝隙中被又一次激活。

其次，候鸟式还乡。候鸟式还乡指知青作家定期往返于城乡，作家在乡村做较为长时间的停留，能够浸入式体验乡土生活，而非仅仅是“到此一游”。候鸟式还乡的代表作家当属韩少功。韩少功在湖南汨罗天井公社度过了六年时光。在这里，以楚文化为突出表征的民间文化气息十分浓郁，深刻影响了他。韩少功回城以后，仍然选择每年季节性的居住于湖南汨罗八景峒水库，他的举动既不是短暂的旅行，也不是恒久的扎根，而是把自己变成当代社会中的双栖动物，往复游走于城市和乡村。候鸟式还乡对知青作家的创作活动有着积极的影响，当作家厌倦了城市生活的喧嚷，便会自然地将乡土视为退守之处；囚居于城市使心灵钝化，而乡野间的新鲜趣味倒有可能激发更多的创作灵感。

散文集《山南水北》是韩少功移居山野之后的收获。这部散文集以书写乡村生活为主，夹杂着对于城市生活的思考及城乡差异的比较。他将城市定义为“隐者之城”：“都市生活最大的诱人之处，是人们互为隐者的一份轻松。”[①] 而农民“互相熟悉的程度使人们的生活处于长久曝光状态。我们无法隐名更无法逃脱，身上肩负着太多来自相亲们肉眼的目光”[②]。作者借此揭示了市民之间彼此疏离与农民之间亲密无间这一“隐”一“显”的人际关系模式。

在《月夜》一文中，韩少功说：“城里人是没有月光的人，因此几乎没有真正的夜晚，已经把夜晚做成了黑暗的白天，只有无眠白天与有眠白天的交替，工作白天和睡觉白天的交替。”[③] 而乡村的夜晚则是纯粹的、深邃的：“银河系星繁如云星密如雾，无限深广的宇宙和无穷天体的奥秘哗啦啦垮塌下来，把我黑咕隆咚地一口完全吞下。”[④] 面对如此神奇浩瀚的星河，他不禁认为自己“站在永恒之界和绝对之境的入口，正在接受上帝的召见和盘问”[⑤]。与之相比较，“所谓城市，无非是逃避上帝的地方，是没有上帝召见和盘问的地方”[⑥]。韩少功借对城乡人际和自然的辩证思考，呈现了城市中人际关系的冷漠与生态环境的退化，赋予乡村以浑朴、神圣的道德美感。

土地是乡土世界的核心要素，“融入山水的生活，经常流汗劳动的生活，难道不是一种最自由和最清洁的生活？接近土地和五谷的生活，

---

① 韩少功：《山南水北》，作家出版社2006年版，第148页。
② 同上书，第149页。
③ 同上书，第46页。
④ 同上书，第47页。
⑤ 同上。
⑥ 同上。

难道不是一种最可靠和最本真的生活？”[①] 曾经被知青所排斥的田间劳作，重新确立了价值，晋升为一种富有道德内涵的行为方式，人在劳动实践中实现了身体返璞归真的迫切诉求，劳动使人真正认识了自己的身体。在此过程中，人也获得精神上的解放和充实，回归土地变成人探索存在真谛、漱濯精神世界、提升道德境界的自觉选择，回归本源意味着回归本质，精神的生态化一并实现：“人的精神生态有一个自我调整进化的过程，超越超脱之后即会向原始的自然之美回归，也就是老子所说的复归于婴儿。精神生态的境界决定了一个人生命的质量。”[②]

候鸟式还乡是中国知识分子在当代社会中追求“身体的生态化”与“精神的生态化”合二为一的有效途径。正如韩少功所言：“总有一天，在工业化和商品化的大潮激荡之处，人们终究会猛醒过来，终究会明白绿遍天涯的大地仍是我们的生命之源，比任何东西都重要得多。”[③]

最后，扎根式还乡。某些小说中，作家为主人公设计了历经百转千回的城市生活之后最终回乡村定居的结局，从侧面体现出作家充满悖论的乡土理想。换句话说，作家本人对于扎根乡村在实践层面虽不能及，但依然寄予这一举动深厚的理想主义色彩与伦理道德正义。孔捷生的《南方的岸》中的“岸”接受着知青身体与精神的双重停靠。知青易杰、暮珍、阿威返城后自力更生经营“老知青粥粉铺”，尽管生活在城市，但他们的精神指针却定格于遥远的海南岛橡胶林。冥冥之中，海南岛以一种挥之不去的魔力吸引着知青的身心。我们并不能把易杰、暮珍等知青重返海南岛的动机简单归结为城市现实生活的不尽如人意；恰恰是循规蹈矩、四平八稳的安适生活，让这群不甘平庸的年轻人感到僵化无趣，才悄然萌发寻觅人生新岸的想法并最终付诸实践。

中国自古就是农业大国，“对于失去乡土记忆的恐惧，对于背叛、

---

① 韩少功：《山南水北》，作家出版社 2006 年版，第 3 页。

② 袁鼎生、龚丽娟：《生态批评的中国范式》，广西师范大学出版社 2009 年版，第 29—30 页。

③ 韩少功：《扑进画框》，《山南水北》，作家出版社 2006 年版，第 62 页。

遗弃乡土的恐惧，是农业社会人们的普遍心理。由此‘怀乡’、‘回乡’或多或少地道德化了”。[①] 知青放弃城市舒适的生活，重返乡村扎根，是一种行为道德化的体现。回乡的道德内涵在上述陆星儿的小说中表现得尤为突出。杨小辉对于身在北大荒的丈夫的责任、林克观对于乡村教育事业的忠诚、鲁墨对于北大荒艺术的执着等驱使他们排除万难，在身体和精神上皈依乡野。赵园说：“《奥德赛》的主人公顽强地从特洛伊城下回返故土，即使诸神的留难、财富的诱惑，也不能阻断这行程。我由如此顽强百折不回的回乡意志中读出了人对于‘忘却’的原始性恐惧，对于忘却本源，忘却故土，迷失本性，丧失我之为我的恐惧。怕是因这份恐惧，回乡才有仪式般的庄严性，回乡之作才可能是具有史诗特征的。”[②] 扎根式还乡这种“二次逆向迁徙”寄托了知青抵制遗忘的诉求，当被责任感与使命感缠绕时，城市的诱惑较之于乡土的牵绊便显得光鲜却无力，于是他们必定宿命般地不断回眸，直到履约才摆脱长久的内心纠缠。[③]

第三节　众里寻他千百度——原乡的冲动

一　知青原乡情结的生成背景及紧迫性

> 我抛弃了所有的忧伤与疑虑，去追逐那无家的潮水，因为那永恒的异乡人在召唤我，他正沿着这条路走来。
>
> ——泰戈尔：《采果集》

知青作家在寻找身体和心灵归宿地的途中，情感天平如何在城市与

---

① 赵园：《回归与漂泊——关于中国现当代作家的乡土意识》，《文艺研究》1989 年第 4 期。

② 同上。

③ 同上。

乡村之间左右摇摆？梳理家乡、故乡、原乡这三个相互关联而又不尽相同的概念，将帮助我们更深刻地理解上述疑问。

《辞源》中对于“原”的解释是：“水源，根本。左传昭九年：‘犹衣服之有冠冕，木水之有本原。’”① 因此，可以将“原”理解为对于物质世界或精神世界本源的求索，具有一种溯本清源的寻根性质。

如果将原乡与家乡、故乡做比较的话，那么可以看出这是抽象程度与情感强度渐次加深的三个概念。针对个人而言，家乡多指“自己的家庭时代居住的地方”②，是一个人生身成长的地方；故乡是一个人生命轨迹长期驻足的地方；“原乡”的概念更加抽象化，“乡”已经不再局限于某个具体地点，而演化成为心灵的寻根、精神的怀乡以及对于远方世界的眷恋。“原乡”基本等同于“文化原乡”，寄寓着人类超越现实的精神理想。

“原乡”一词在港澳台同胞及海外华人中使用频率较高。如罗大佑的长篇专辑《原乡》，席慕蓉、聂华苓散文中的“原乡书写”等，皆体现出游子对于祖国难以割舍的情怀。对于知青作家来说，他们的心灵深处也不乏原乡意识，尤其在返城之后，当物质生活已经不再成为根本性难题的时候，对于精神层面美好生活的需求就变得愈加迫切。曾经让知青吃过苦头的乡村生活能否在精神层面生成积极的意义？事实证明，知青作家开始屡屡回望他们驻足过的乡村，寻求心灵和精神的依傍之处，那里安放过他们的青春，记录了他们的成长经历和悲欢感受。知青作家的原乡情结，是在知识分子精神诉求愈来愈强烈的社会文化语境中生成的。

二 心灵秩序与精神家园的求索与重构

通过田园诗求索心灵自由的文学传统古已有之，陶渊明的作品可算

① 《辞源》（合订本），商务印书馆 1991 年版，第 238 页。
② 《现代汉语辞海》，光明日报出版社 2012 年版，第 1270 页。

得上是其中的典型代表。“久在樊笼里，复得返自然”“密网裁而鱼骇，宏罗制而鸟惊。彼达人之善觉，乃逃禄而归耕”等诗句皆表现出一位文人对于归隐田园的渴望。“回归，就是返回，就是退返。这与现代人牢固信奉的‘进步论’恰恰是逆向而行的。”① 而正是这种所谓的“倒退”方式成为弥补人心灵裂隙的一条路径。在20世纪90年代的文学语境中，城市日益扮演起陶渊明笔下的“樊笼”和“罗网”角色，这两个意象形象地反映了心灵自由被外界环境所役、无法超然的处境。

与乡村相比，整洁的市容市貌、合理的城市规划、市民的规范行为等无疑都使城市成为一个拥有良好秩序的综合体。然而，在城市表层的秩序之下，却潜藏着人们心灵的无序或失魂。如于坚所说：“更重要的是，与乡村比较。城市更是一野蛮血腥原始的地区，它需要招魂，需要建立根基，需要神性的引领。”②

在城市中奔忙的人越来越难以发现心灵的绿洲，人们不知该如何面对庞杂纷乱的现实生活，对于未来的人生景象也抱有“雾里看花”的迷茫态度。城市是繁忙的、匆忙的、永无休止的。在乡村，知青们也经历日复一日早出晚归的劳作。但是城市的“忙”与乡村的“忙”又不尽相同。乡村生活的忙多是简单直接的身体的忙；城市生活的忙，常常体现为复杂缠绕的心灵的忙、精神的忙。城市生活的忙，使很多作家失去激情，这对于企图创作伟大文学作品的作家来说，很可能构成一道难以逾越的障碍。生活在城市（尤其是大都市）的人们，很难幸免于“忙”的缠绕，很难过上闲云野鹤式的安逸生活，很难培植出随遇而安的心灵自由。

与此相对，乡村生活从表面看来也许是失序的，但是从另一个角度来看，乡村蕴含着一股天然原始、未经规训的生机与活力，也正是这种蓬勃不羁的自由力量，削弱了异己的力量，相对完整地维护了人自身的

① 鲁枢元：《文学与生态学》，学林出版社2011年版，第205页。

② 于坚：《还乡的可能性》，商务印书馆2013年版，第33页。

主体性。"'自然'是人类原来的故乡，我们离开了自然，关闭在城市文明中烦闷的人生，常常怀着'乡愁'，想逃回自然慈母的怀抱，恢复心灵的自由。"[①] 乡村那种散漫无为的气质，正是市民所匮乏的心性。因此，当市民对自由的向往受到现实生活制约时，总会想到去乡村寻求解药。中国作家与乡土有着千丝万缕的勾连，"文学中的怀乡病，多半是一种知识分子病。'乡土'的象征使用也是地道知识分子的创造。'文化怀乡'则根源于知识分子的文化存在，是近代知识分子的社会角色规定了的精神形式。……新文学的文化怀乡，集中呈现为对于城市的异己感和对于乡村的情感回归。这也是知识者最为熟悉的作为普遍经验的乡思"[②]。可见，中国作家从来都无法绕开城乡关系这一重大命题。自城市诞生以来，古今中外的作家一直在思考为何以及如何让他们作品中的主人公"逃离城市"这一母题。《我的遥远的清平湾》《黑骏马》等作品中的主人公，"就像瑞士作家赫尔曼·黑塞笔下的彼得·卡门青，他们那被城市生活搅扰得烦躁不安的灵魂，在富于乡土气息的大自然的怀抱中，得到了宁静与慰藉。这样的内容，也许自有大都市生活以来，在世界文学中就具有某种共同性"[③]。

对于知青作家而言，返城以后的种种体验和遭遇迫使他们在城乡之间不断进行比较与反思，对精神家园、心灵秩序等问题也给予越来越强烈的关注。南帆指出乡村在知青心中地位急剧变化的事实：

> 许多知青作家不约而同地表明，他们经历过一个内心的转换。很长的时间里，他们心目中的乡村生活阴冷、灰暗、贫困，是各种生离死别的舞台背景。然而，他们返回城市开始追忆乡村生活的时候，田野之中质朴的农民突然打动了他们。爬满皱纹的黝黑脸庞，朴实无华的言辞，年复一年的艰辛劳作，这另一种淳厚的人生。尽

① 宗白华：《宗白华全集》（第2卷），安徽教育出版社1994年版，第19页。
② 赵园：《地之子》，北京大学出版社2007年版，第20—21页。
③ 董之林：《走出历史的雾霭》，陕西人民教育出版社1991年版，第71页。

管每一个农民犹如微不足道的蝼蚁，但是，他们的整体扎根于大地之中，大智若愚。相形之下，知青多半聪明伶俐，见多识广，接受过更多的文明熏陶，可是在某些关键时刻，他们可能显示出卑琐的一面，显示出骨子里的“小”。①

可见，返城若干年后知青作家对于自身的精神局限有了更清醒的认识，乡村在地理和精神层面的“宏阔感”被无形地放大，知青作家逐渐走出乡村生活的阴影，转而去呈现他们身在乡村时所忽略的东西，比如荒凉中的空阔、贫穷中的良知、饥饿中的坚忍和愚钝中的智慧等，而这些恰恰是城市生活中稀缺的精神品质。乡村形象在知青心中发生逆转，乡村最终升华为一味镇痛良药，甚至在某种意义上衍化为一种精神鸦片。在这种情形之下，知青文学体现了一种“时间的召唤”②，“故乡是一个空间，可是故乡同时是一个需要时间来培养的空间”③，也就是说，时间距离的凝定强化了原乡的内在价值。知青作家缅怀乡村很大程度上是感念时光的流转和青春的逝去。怀乡是怀旧的表征，怀旧是怀乡的延伸，空间依恋与时间眷念在这里握紧双手达成一致。“小说家不再将时间问题局限在普鲁斯特式的个人回忆问题上，而是将它扩展为一种集体时间之谜”④，知青作家对于往昔乡村生活的回忆与书写超越个体的感情需求，成为一种普遍性的时代征候，成为一代人集体性的浪漫回溯。

我们能够在一系列知青文学作品中捕捉到这种“原乡”情结的影子。

---

① 南帆：《历史的盲肠》，《收获》2012 年第 1 期。

② ［捷］米兰·昆德拉：《小说的艺术》，董强译，上海译文出版社 2011 年版，第 22 页。

③ 席慕蓉：《原乡与我的创作——席慕蓉在复旦大学的演讲》，《文艺争鸣》2011 年第 18 期。

④ ［捷］米兰·昆德拉：《小说的艺术》，董强译，上海译文出版社 2011 年版，第 21 页。

张承志作为最富于理想主义的当代作家之一，其“原乡情结”的独特之处在于，他并没有以“他者的眼光”冷眼旁观，而是将自己置身于草原生活内部，追求一种身心的浸入，因此他自称骑手、牧人、草原之子。他意欲投入草原怀抱，在那里寻觅自己的生命之根。早期作品《骑手为什么歌唱母亲》已经隐约透露出原乡情结的端倪，《黑骏马》将原乡情结推向深入。小说中十岁的主人公“我”被父亲“抛弃”，寄养到草原一位额吉的家中，这一情节为下文叙述主人公与草原之间的深厚情感做了铺垫。“张承志如何将现实中‘四年’插队建立的情感转为无限深情，而又不让读者感到夸张呢？自然是进入蒙古家庭越早越容易让读者感到可信。”① 张承志试图在草原的土壤中播撒自己的理想主义火种，草原是他的情感寄托和精神寄托，草原精神一直滋养着他的创作生命，使他将草原情结逐渐沉淀成为一种原乡情结。所以，虽然张承志后来的写作已经远远超越了知青文学、草原书写的范畴，但是其中仍充斥着草原所赋予他的旷达胸怀和英雄气概，原乡情结宿命般地潜伏于作家的情感结构和心灵世界之中。《黑骏马》中，无论是对于奶奶的感恩，对于索米亚的倾慕，还是对于黑骏马的挚爱，作者都在有意无意中构建出“草原—母亲—人民”这种人与自然、个人与集体合一的情感模式。尽管张承志后来的作品如《心灵史》《金牧场》等已经偏离知青文学轨道，但是原乡情结依然如故：“这样写着，似乎出现了一种和草原、和牧民道别的伤感和沉重。是的，其实我早已郑重道别，离开培育我和黑骏马的亲切世界，投向了后来的旅程。只是难舍难别，既别又念，依然如旧地向你们索取着支撑和证据。”②

尽管知青对于乡土的态度无时不处于变动之中，但是随着时间推移，乡土记忆之于他们愈来愈可贵，哪怕这种记忆仅仅落实在一些片段性的生活点滴。今朝的记忆与昔日的现实构成了怎样的关系呢？鲁迅曾

---

① 盛翠菊：《乡村的歌颂——论张承志的知青乡村小说》，《徐州师范大学学报》2008年第11期。

② 张承志：《草原》，花城出版社2007年版，第423页。

举过一个很形象的例子：

> 我有一时，曾经屡次忆起儿时在故乡所吃的蔬果：菱角、罗汉豆、茭白、香瓜。凡这些，都是极其鲜美可口的；都曾是使我思乡的蛊惑。后来，我在久别之后尝到了，也不过如此；惟独在记忆上，还有旧来的意味存留。他们也许要哄骗我一生，使我时时反顾。①

当原本遥不可及之物唾手可得之际，人们才恍然大悟，觉得不过如此、意兴阑珊。记忆脱胎于时间的孕育，经历了某个历史长度、某段时间距离，回忆画面被筛选、被过滤、被重组进而成为一种“回忆图像”②。在此，一种被美化了的、具有乌托邦性质的图像诞生了，的确，“乌托邦”不仅指向尚未实现的未来，也指向弥散在时间纵深的往昔。

知青返城后生成的原乡情结以及对于乡土具有美学意味的书写，也正是“他乡的蛊惑”之一种。“记忆常常是文学的沃土。记忆逐渐蚀去了现场的重量和坚硬的质感，种种感喟、叹息、悔恨、怀想回旋在往事的缝隙之间”③，乡土的诗性同构于回忆的诗性，乡土世界这种“事后”被建构的美学品格，告慰了知青一代缥缈而迫切的怀乡梦。文学叙事将原乡情结演绎得淋漓尽致。“叙事改变了人的存在时间和空间的感觉。叙事让人重新找回自己的生命感觉，重返自己的生活想象空间，甚至重新拾回被生活中的无常抹去的自我。”④ 回忆源自客观经验，但又获得一种超越性，从而激发出深厚的历史情感和辩证的文化反思。

时隔多年，乡村在知青眼中“不再是泥泞的山路和冰冷的水田，

---

① 鲁迅：《朝花夕拾·小引》，江苏古籍出版社 2002 年版，第 1 页。

② ［法］保罗·利科等：《过去之谜》，綦甲福译，山东大学出版社 2009 年版，第 43 页。

③ 南帆：《历史盲肠》，上海文艺出版社 2013 年版，第 4 页。

④ 刘小枫：《沉重的肉身》，华夏出版社 2007 年版，第 3 页。

不是沉甸甸的担子和残破的茅屋，不再披星戴月，起早贪黑。乡村是一个思念或者思索的美学对象，一种故事，一种抒情，甚至一种神话”①。老树开出了新花，作家对于他们曾经不以为意，甚至深感厌倦的乡村经历萌发出新的兴趣。乡土世界经由文学叙事逐渐演变为一个象征符号、一个寓言王国、一个心灵栖居地。我们在张承志、韩少功、史铁生等知青作家的笔下看到了乡土所培育的精神世界的美学价值以及乡土生活对于作家心灵的呵护与抚慰。

吴冶平认为：“进入想象的文化空间，才有了乌托邦精神、弥赛亚精神以及灵知精神在当代世界的复活。栖居于想象的文化空间，人类才继续从事神话的劳作，让人类的诗性智慧不至于随着世俗化的历史进程而花果飘零。即使是生活在一个生命不复圆满的破碎世界，诗人们也希望去抓取其中一息已然暗淡的灵韵，一缕飘渺的诗意。”② 原乡情结便是知青作家进入文化想象空间的一条路径，艺术之舟固然要珍视此岸的温暖港湾，却也必须履行对于彼岸精神世界的承诺；文学创作固然要扎根于广阔无垠的大地，却也必须努力仰望智性与诗性的高峰。当现实的荒原无法培育丰茂的灵魂之树时，自我的心灵滋养才变得尤为紧迫，精神救赎才真正凸显出它的宝贵意义。

原乡冲动来自人们对于自我归属感与归宿感的迷茫和对于生命意义的开掘，原乡情结是个人与群体、此岸与彼岸、当下与历史之间的黏合剂，缺少了任何一方，原乡一词的真谛便无法显现。

综上，“家乡—故乡—原乡”这条脉络的形成，体现出时间推移、空间转换与作家主观感悟流变相交织的逻辑历程。城市与乡村在知青作家心中的地位变动不居，始终处于一个此消彼长的过程中。时空距离是美感生成的必要条件：身陷乡村，遥望城市，便思念城市的血缘亲情、繁华街景；身居城市，回忆乡村，便怀恋乡村的朴拙厚重、黄土碧天。

① 南帆：《启蒙与大地崇拜——文学的乡村》，王光东编《中国现当代乡土文学研究》（上卷），东方出版中心 2011 年版，第 183 页。

② 吴冶平：《空间理论与文学的再现》，甘肃人民出版社 2008 年版，“前言”第 3 页。

魅力之神到底倾心于乡村还是垂青于城市，很大程度上源于知青作家阅历、心境、观念的变化。对于知青作家而言，地域意义上的故乡是流动的，而精神上的乡愁是永恒的，流浪的命运也是注定的。

人类对于“精神家园”的追求从未停歇，人类行走在这条步履艰难而又充满诱惑的求索之路上。这种追求必然不能满足于眼下的有限时空，当“正在经历”的此刻变成抽离于当下的历史，当浸入式的空间变成遥远的别处，不再紧贴个体的时空，便生发出超拔的深邃性与广阔性。现实不断向现实以外索取养料，希望的曙光也始终指引着疲惫的身躯奋力前行，因为人们相信总有一个地方可以让心灵获得宁静，让个体生命走向圆满和解放。

第五章　作家代际更迭与城乡想象的差异

第一节　代际差异与文学创作

代际研究在第二次世界大战以后开始逐渐成为一门显学，很多学者从社会学、人口学、青年学等多个不同角度对代际关系问题加以关照。美国学者较早开启代际研究的大门，人类学家杰弗里·戈若在1948年出版的《美国人：一项国民性研究》一书中较早研究了由代际脱节而引发的代沟现象。文化人类学家玛格丽特·米德在1970年出版的《文化与承诺：一项有关代沟问题的研究》一书中进一步将代沟问题与现代社会发展相联系，将“代沟”由自然生理问题引申为一个社会文化问题。在西方学者的研究基础之上，中国学者张永杰和程远忠在1988年出版了《第四代人》一书，这是我国当代较早的代际关系研究专著。作者紧密联系20世纪中国的历史与现实，将中国现存社会人群分为四代：经历过20世纪上半叶革命政治风暴的第一代人；中华人民共和国成立后“十七年”成长起来的第二代人；以红卫兵知青为代表的第三代人；20世纪60年代以后出生的第四代人。

文学是研究代际差异的一个重要切入点，作家的创作代沟现象是中国当代文学史上一个十分醒目的现象。换个角度来说，借助代际关系的视角我们可以更好地理解处于不同历史时期的作家创作观念、风格等的差异性及其原因。所谓一代有一代之文学，不仅指每一个时代都有其表现尤为突出的文学体式，也指不同时代的作家对于同一文学题材有着不同的认识角度和不同的书写方式，对于知青文学而言，亦是如此。赵园较早地将代际理论引入当代知青文学研究之中，在《地之子》一书中，她借用了《第四代人》一书中的代际分类方法，对于不同时代的知青作家进行了研究，她指出“老三届”作家、“六九届”作家和晚生代作家在进行知青文学创作时，表现出截然不同的叙事策略和审美趣味，为读者呈现出差别迥异的乡土世界。“老三届”作家与20世纪60年代出生的晚生代作家分属第三、四代人，而“六九届”作家则是两代人之间的过渡，既可以作为第三代人的接续，也体现出某些超越第三代人的人格心理特征。如南帆所言：“知青是一个人数众多的庞大群体，每一个年龄段落的知青抱有不同的生活信念。光荣的梦想曾经激励过相当数量的早期知青，后期的知青之间时常隐伏着特殊的颓废气息。从英雄主义情怀、底层意识到幻灭感或者厚颜地投机，这一切都可能成为知青的精神词汇。”① “代际”一词所包含的丰富性绝不局限于客观年龄的差异，更指涉出由时代变迁所造就的知青个体观念与集体人格的变异。

第二节 “老三届”：乡土膜拜与城市疏离

玛格丽特·米德根据代际关系将文化分为三种类型：前喻文化、并喻文化和后喻文化。“前喻文化，是指晚辈主要向长辈学习；并喻文化，是指晚辈和长辈的学习都发生在同辈人之间；而后喻文化，则是指长辈反过来向晚辈学习。”②

前喻文化中，老年文化占据统治地位，通常是传统社会的文化范式；相对而言，后喻文化则是历史进入一个全新时代后产生的文化范式，年轻一代在对未来的后喻型理解中成长为新的文化权威。

---

① 南帆：《历史盲肠》，上海文艺出版社2013年版，第150页。

② ［美］玛格丽特·米德：《文化与承诺：一项有关代沟问题的研究》，周晓虹、周怡译，河北人民出版社1987年版，第11页。

“老三届”（以下表述略去双引号）是特殊年代的产物，指1966年、1967年、1968年这三届初、高中毕业生，他们从青年学生向成年社会人转变的过程迅速而激烈，在20世纪60年代中后期一举登上历史舞台，是后喻文化的典型代表。大多数老三届知青在经历过城市的“革命”历练之后，参与到上山下乡运动中。

老三届人大概堪称中国当代作家中代际特征最为明显的一类人，《第四代人》一书的作者就认为：“第三代人已不仅仅是一个概念，它所指向的是一个整体，他们不但客观上是一个整体，而且他们自己能够明确地意识到自己作为一个整体的存在。没有哪一代人像第三代人这样具有这样明确的代意识。”① 老三届，甚至已经不止于是一种代际指称，而更像是一个具有“召集令”性质的符码，在此符码的召唤和庇护下，老三届人彼此分享着抱团的喜悦，这是集体主义时代留下的一笔重要遗产。肖复兴说：“似乎这个世界到处可以见到老三届的朋友，只要你说一声：‘我也是老三届的！’于是大家便立刻心心相通。”② 这种惺惺相惜的情感正是出于对一代人已逝青春的眷恋和对于集体主义情结的告慰。在倚重集体主义的时代，如果个人不依附某一特定群体，似乎就不能名正言顺地获得历史代言人、文学讲述者的资格，老三届就是这样一个可以倚靠的群体的代名词。20世纪60年代西方如火如荼的学生运动和国内杂芜躁动的时代情绪，无疑成为老三届人的精神催熟剂。时势造英雄，一代新人脱颖而出，激情四射、向往革命、膜拜乡土等成为老三届人典型的代际特征和群体意识。赵园敏锐地指出老三届身上所呈现出的“浓缩”的戏剧性反转：“一代人，将国家特定时期的政治历史独特而较为完整地内化为他们的性格以至命运，在几年到十几年间，集中地经验了他们的前代人用了更长时间才经验到的由革命狂热到醒悟反思的过程。”③ 这种戏剧性又可以理解为老三届人身上所显现出的鲜明

① 张永杰、程远忠：《第四代人》，东方出版社1988年版，第107页。
② 肖复兴：《〈啊，老三届〉创作断想》，《文艺评论》1998年第4期。
③ 赵园：《地之子》，北京大学出版社2008年版，第189页。

的悖论色彩："理想与空想、激情与煽情、献身与狂热、真诚与欺骗、信仰与空白、追求与失落、极端与平庸、躁动与盲目、笑与泪、血与水……"①

老三届知青早期大多有过"红卫兵"经历。曾为红卫兵一员的晓剑这样评价自己当时的心理状况："我对前途一无所知，对理想茫然惶惑，精力旺盛，青春狂烈，可又无所事事，无聊之极，按现在的价值判断，属于'多余的人'。"② 这种英雄无用武之地的无奈，于无形中促发了他们对于上山下乡运动的渴望："那是一种灵魂的跃动，一种生命存在的暗示，一种未泯童趣的死灰复燃，一种少年潜意识的冲动……"③ 新的狂热湮没旧的狂热，红卫兵在一波接一波的社会运动中，无所畏惧地挥洒着自己的激情。恰恰是这些"老三届"红卫兵，将城市中最激进最时髦的运动方式，一并带到了农村。④

青年在城市中感到迷茫或虚无时，乡土也许能够为他们的人生注入新的意义。张抗抗强烈地表示了北大荒对于她的诱惑：

> 我去北大荒完全是自愿的。北大荒——一个荒凉、寒冷的地方，但它却是摆脱眼前压抑的惟一通道；是一个若隐若现的希望和期待；原野森林的冰雪和拖拉机，草绿色的军大衣和绑腿，更是无法抗拒的诱惑。如果不能去北大荒，我的一生都将变得毫无意义了。⑤

遥远而艰苦的乡土世界，意味着一种无法抗拒的诱惑，成为热血青年实现人生意义的场域。当然，我们也并不能因为一部分老三届主动要

---

① 肖复兴：《绝唱老三届》，新华出版社 2012 年版，第 3 页。
② 晓剑：《遥想当年知青路》，海南出版集团 2009 年版，第 34 页。
③ 同上。
④ 张抗抗：《张抗抗自述人生》，时代文艺出版社 2010 年版，第 4—5 页。
⑤ 同上书，第 26 页。

求下乡，而忽略更多老三届被动甚至被迫下乡的事实。只是说，在早期知青文学作品中，我们更多看到的是老三届积极向上、勇往直前的一面，而非消极被动、充满无奈的一面。

当某些老三届知青肩负使命上山下乡时，他们将乡土看作播撒马克思主义火种和进行自我改造的广阔天地。他们关心时事，关切国家前途和命运，阅读并畅谈马克思的《资本论》《路易波拿巴的雾月十八》《哥达纲领批判》等。“乡土”似乎与“革命”具有同构性，很多老三届作家描写乡村生活时都写到路线斗争、阶级斗争等。张抗抗、梁晓声、叶辛等是老三届知青作家的代表，他们的早期作品不同程度地显示出对于政治气候的密切关注。

革命的热情、对乡土的膜拜有时也难免掺杂进某些不切实际的成分。就北大荒而言，它真如老三届作品中所描绘的那样充满希望和生机吗？北大荒固然有令人震撼、令人陶醉的自然环境，有青年人不畏艰险、投身垦荒的革命热情，但北大荒真实的生产生活情况到底是怎样的呢？张抗抗说：

> 知青在到达北大荒的第二年开始，农场就普遍开始亏损，吃返销粮。从1970年开始，收获的粮食非但无力上交，仅仅只够维持全场知青几个月的生活。有人说，知青把北大荒变成了北大仓——这种说法真让知情者为之汗颜。①

看来老三届知青作家笔下的北大荒与现实中的北大荒不完全吻合。浪漫主义、理想主义的张扬，意味着一些现实在某种程度上被遮蔽。如董之林对于梁晓声的分析：“不能说梁晓声对于知识青年上山下乡这一政治运动本身持称赞或留恋的态度，而只能说作家对历史的认识与他一

① 张抗抗：《张抗抗自述人生》，时代文艺出版社2010年版，第6页。

旦进入创作过程的思考，纵然有联系，但仍然属于两个不同的范畴。”①张抗抗、梁晓声等作家并非不了解北大荒的现实情况，也并非对于知青经历的苦难不知不觉，只能说，在特定环境中，作家的所见所闻及内心感受不可能不加修饰地通盘转化为文学语言。具有想象乃至虚构成分的文学创作与作家所面对的现实之间时常存在背离，成为不完全吻合甚至两个层面上的东西。

郭小东对于以张抗抗为代表的老三届作家以及一些知青前辈作家的创作局限提出过批评：“张抗抗、汪雷、王士美等知青作家，他们在‘文革’中的创作如《分界线》、《剑河浪》、《铁旋风》以及《我们这一代》、《征途》、《草原新牧民》、《青春》等知青小说，在创作思想和创作手法上，在具体描述的生活内容和创作的倾向上，都向我们提供了今天来说需要否定的材料。这些小说的主人公们，正是这一代人在昨天的狂热中曾经认同过的某种思想的传声筒。在某种意义上，它们恰恰构成了这一代人在‘文革’初期的群体意识，构成了那个时代特定的社会典型，我们不应否认知青文学有过这一段不光彩的历史，同时也不应否认某些知青作家曾经走过的这一段扭曲的心灵历程。”② 郭小东指出了老三届作家思想意识受到局限、发生偏颇的历史必然性。群体意识的形成，由时代主导推动并实施影响，作家受制于大环境话语体系的制约，很难在思想和手法上打破这种制约。当然，郭小东所谓的“扭曲”“不光彩”也许言之过重，知青文学肇始阶段的问题固然值得反思，但我们也应注意到老三届作家在新时期以来为突破局限、重塑自我形象所做的努力。

梁晓声的《这是一片神奇的土地》《今夜有暴风雪》等小说透出浓烈的理想主义气息，现实被描绘成一方神奇而伟大的热土，知青在与自然、社会艰苦卓绝的斗争中实现了自我的升华与蜕变。毋庸置疑，老三

---

① 董之林：《走出历史的雾霭》，陕西人民教育出版社 1991 年版，第 14 页。

② 郭小东：《论知青作家的群体意识》，《中国新文学大系（1976—2000）·文学理论卷二》，上海文艺出版社 2009 年版，第 695 页。

届身上的灼热的理想主义气质随着时代变迁也发生了某些变化。理想主义在遭遇现实生活抵制的时候，他们不得不采取退守的策略。文学的理想主义品格曾给梁晓声带来了巨大的声誉，但是这种文学品格在当下社会，尤其是在功利至上的城市生活中已经逐渐失去了吸引力。在小说《年轮》的自序中梁晓声既坦诚又不无惋惜地道出内心理想主义退潮的窘境：

当年我心灵的理想主义热忱和真诚，快死灭了。每还有感动时，便用散文表达了。我们的现实生活的背面变成了那个样子！我们的心灵的质地它已多么的脆薄！我们人和人的关系已多么的功利化了啊！①

张抗抗、梁晓声等老三届知青作家借助于荒芜的乡土，抒写了生生不息的青春理想，乡土世界成为隐喻的本体，艰苦的自然环境和社会环境与他们“战天斗地”的情怀相互烘托。富有乌托邦主义色彩的知青题材作品是特殊年代革命浪漫主义思潮的折射，迎合了时代的整体氛围和主流意识形态的需要。

当然，只要有人类存在，浪漫主义和理想主义便不会消失殆尽。老三届作家内心深处的理想主义经历了长期的遮蔽和压抑之后，经过改装，往往会以另外一副面孔呈现在知青文学创作中。潘婧的《抒情年华》在2002年问世时，曾引起文坛的一股强烈骚动。潘婧的小说创作极少，《抒情年华》几乎可以称得上是她唯一的代表作。小说以“白洋淀作家群”的真实经历作为创作基础，讲述了一部分在河北白洋淀插队的北京知青如何经历精神煎熬从青春走向成年的故事，展现了青春期少年特有的朝气、忧愁和迷惘。所谓“抒情年华”对应的是那个诗情浓郁、漫溢甚至泛滥的年代。小说讲述了下放乡村的青年诗人的生活、

① 梁晓声：《年轮》，文汇出版社2007年版，第2页。

情感、创作经历，讲述了“诗”在青年人心中的兴起与落潮，诗是小说的关键词，诗的命运也正是理想主义的命运。《抒情年华》中，作家的内在灵魂始终在场，以亲历性的强烈主观色彩进行叙事和情感倾诉。潘婧的主观叙事与梁晓声等老三届作家早期作品的创作理念存在着很大差别。梁晓声的早期作品侧重以乐观主义心态表达知青的人性光彩和崇高理想；潘婧很少写到具体的、惊心动魄的插队生活，而是紧紧抓住主人公的内心活动和思想波动，充分烛照出个人灵魂的歧义和幽暗、青春理想的升腾和幻灭。潘婧的独特之处在于将奔放的激情转化为内敛而具有思辨色彩的深情，从而深化了理想主义的内涵，提升了理想主义的境界。《抒情年华》是后知青文学时代老三届作家的代表作。尽管潘婧的小说无论是从内容题材还是情感表达来看，都与早期的老三届写作具有天壤之别，但是不可否认，她对于理想主义的仰望和膜拜，仍可以看作是对老三届精神的继承。

绝大多数老三届作家是集体主义时代孕育的产物，他们在相当长一段时间里都是主流意识形态的信仰者和传播者。吉林人民出版社选编的《老三届著名作家回忆录》丛书，收录了陈建功、高洪波、肖复兴、叶辛、赵丽宏、陆星儿、张抗抗等十二位作家的作品，他们对于知青生活的回忆传达了曾风靡一时的“青春无悔”的主流声音。此书后记中写道：“作为一代人而言，他们是不可逾越的，无论从政、治学、经商、务农、做工、弄文，还是个体民营，他们在各条战线上都充当着中坚力量，都为共和国的振兴而不懈地在努力奋斗着。历经磨难而无怨无悔是一种人生境界；失于东隅而乐天奋进更是一种时代精神。反思历史砥砺修身而不再做傻事则是一种桑榆智慧。这就是他们的价值所在！”这段话充分表现了老三届人身上所负载的时代精神，这种时代精神已经逐渐潜移默化地内化为一种深入骨髓的代际精神。

尽管老三届作家的代际特征十分鲜明，但是其中也不乏一些另类作家，如李锐和王小波便属于“非典型性”的老三届。他们身上都带有一种与理想主义相冲突的怀疑主义精神。因此，他们的创作虽然涉及知青题材，但是大多作品难以用严格意义上的“知青文学”来概括。李锐自我评价说：“我不是一个理想主义者，我也不希望非得站成一排齐声朗诵，如果一定要选择一个主义才有发言权的话，我宁愿选择怀疑主义。”①

李锐1969年1月到山西吕梁山区插队落户，先后做过六年农民、两年半工人。《厚土》系列小说是李锐早期影响较大的作品。李锐的小说充分吸收民间文化资源，对于启蒙者角色的批评和反省、对于激进主义的质疑在老三届作家中独树一帜。乡土世界在李锐笔下缺乏主导色调，呈现为一幅暧昧驳杂的写意画。《厚土》还原了一个藏污纳垢的乡土世界：那里有以性解放为表现形式的生命力的迸发，也有充满愚昧落后色彩的封建迷信活动。《银城故事》中辛亥革命前后的乡土世界在寂静的表面之下潜藏着不安分的秘密漩涡，风平浪静瞬间就转化为轩然大波。

王小波从代际划分来看是地地道道的老三届，但是其文学创作的巅峰时期与晚生代作家登上文坛的时间基本相同（皆在20世纪90年代前后），而且，其创作风格对于不少晚生代作家产生了深刻的影响。于是，将王小波归入到晚生代写作的范畴中，也未尝不是一个合理的选择。王小波1968年起在云南生产建设兵团劳动，这段经历成为《地久天长》《黄金时代》等作品的写作背景和灵感来源。1971年王小波又转战到母亲老家山东牟平青虎山插队，写作了《战福》等作品。

《黄金时代》是王小波的代表作，主人公“王二”以反抗的姿态，解构了传统知青文学中的知青形象。王二和陈清扬的私人生活放浪形骸，他们不惜背上“流氓”“破鞋”“生活作风败坏”的骂名，将本应秘而不宣的身体快感暴露在光天化日之下。在个体欲望被压抑的年代，追求身体解放和个性张扬，成为主人公不懈追求的目标。

对于上山下乡动机、过程、结果的不同认知偏向，导致知青作家作

① 李锐：《谁的人类》，时代文艺出版社2001年版，第222页。

品的价值观产生分化。王小波在他的一系列杂文中表现出对于上山下乡运动的否定，他将上山下乡运动视为一个错误的前提："我个人认为，我在七十年代吃的苦、做出的牺牲是无价值的，所以这种经历谈不上崇高……把无价值的牺牲看做崇高，也就是接受了一个错误的前提。"[①] 他以动机谬误来否定由此导致的一切行动与实践的意义，顺带也否定了知青作家作品的价值。比如，他觉得阿城的《棋王》写得"很浪漫"，他认为知青下棋不应该写得那么浪漫："我这辈子下过的棋有五分之四是在插队时下的，同时我也从一个相当不错的棋手变成了一个无药可救的庸手。现在把下棋和插队两个词拉到一起，就能引起我生理上的反感。"[②] 他以为下棋之于知青只不过是一种习惯性的解闷手段，而并非指涉一种多么了不起、多么崇高的精神生活；下棋是一种由错误前提所被迫导致的结果，而非出自知青主观的精神自觉、文化自觉。

至于评论家从《棋王》中解读出的道家思想、寻根倾向等，大概在王小波看来就更加浪漫、更加理想化了。王小波对于上山下乡运动的怀疑、反思与批判无疑是必要的，但是沿此向前，很容易滑入虚无主义——事关上山下乡的一切都无价值、无意义。而这种虚无主义未必比他所嘲讽的"浪漫主义"更加高明。王小波所无法直面的"价值的虚无"，虽然道出了一部分知青的心声，但是并不能为整个知青群体代言。尤其在文学创作领域，很难说"虚无主义"和"浪漫主义"谁更具有无可比拟的优越性。其实，我们回到阿城《棋王》的语境中就会发现，王一生并非天生的精神圣徒，他迷恋象棋的出发点是"何以解忧，唯有象棋"，这一出发点与王小波"以棋解闷"的出发点并无不同，即通过不间断思考，进入高度紧张的精神状态，以此排挤横亘在头脑中的无聊情绪。但王一生又确确实实在下棋的过程中获得了喜悦感和满足感，棋不是被他玩弄于股掌的工具，而是变成了一种确切的精神支

① 王小波：《沉默的大多数》，译林出版社 2017 年版，第 118 页。
② 同上书，第 15 页。

柱与幸福源泉。这种脱胎于苦难的“升华”终究战胜了虚无，对于知青的精神世界的建构无疑具有某种积极意义。

阿城几乎比王小波早出道十年，两人的文学观念、创作风格纵使千差万别，但他们有没有共同点呢？我想两者的共同点就在于，他们都在某种程度上“出离”了知青文学传统，与我们印象中的绝大多数老三届作家的创作相去甚远，用城乡二元模式也难以对他们的作品进行有效统合与解说。但即便如此，城乡双重生活经验无疑还是深刻影响了其创作，成为其很多作品的背景甚或根基。王小波、阿城的作品所体现出的某种“超越性”，使我们对于知青作家内部的分化看得更加清晰，对于知青文学多义性有了更深刻的认识。

读罢阿城、王小波的作品，如果我们再关照梁晓声笔下在满盖荒原里坚韧不拔、夺取丰收的勇士，关照史铁生笔下清平湾质朴淳厚的父老乡亲，关照张承志笔下阳刚恢弘的北方精神与永怀爱意的草原母亲……那么，我们对于老三届作家及其创作的观察就会走向一种圆融，就会自觉地以“综合”的视野来关照他们参差不齐的观点。经历中人往往自说自话，而跳出他们话语逻辑的读者尤其是后辈读者，就可以在各种观念的对撞中对上山下乡运动观察地更加周全，而非更加偏颇。

在老三届作家的早期创作中，城市几乎成为隐者。当他们返回城市时，城市形象渐渐浮出水面，虽然城市题材作品层出不穷，但是城市多以负面形象出场。老三届作家在书写城市的时候不免产生矛盾心理，一方面，城市成为触手可及的创作资源，构成作家的素材宝库；另一方面，城市是一部分作家难以在精神上认同、亲近的他者。比如梁晓声笔下的城市几乎都是罪恶的渊薮，《泯灭》《恐惧》《欲说》……仅仅是透过这些题目，便可以看出他对于城市生活的反思与批判态度，他的城市书写也代表了相当一部分老三届作家对于城市的基本态度。老三届作家长期浸染于理想主义、集体主义、英雄主义观念中，因此，当代城市的功利化、私人化、庸俗化在他们眼中就显得格外醒目。当然，对于城市的疏离态度，并不意味着他们会放弃城市的现代化生活，而是说身在其中但保持相应的距离来观察和书写城市：入乎其中，写尽城市的草木人生，出乎其外，审视城市的风流与衰颓。

第三节 “六九届”：乡土疏离和城市回归

“六九届”（以下表述略去双引号）知青，与老三届知青的概念相对，大多出生于20世纪50年代中后期，1969年初中毕业后上山下乡。六九届上承老三届，下接晚生代，属于过渡的一代。六九届知青作家以王安忆、铁凝、池莉、陈村等为代表，南帆等学者兼事知青题材散文创作，也可视为六九届知青作家的代表。一方面，由于拥有共同的下乡经历，六九届与红卫兵存在精神上的亲缘关系，他们对中国现实国情及乡村困境有一定的认知和理解。但是，他们对红卫兵一代高扬的政治信仰、强烈的入世感以及舍我其谁的气概等，不约而同地显示出了疏离和反思的态度，在创作中也相对较少地去回应与社会政治直接相关的问题。另一方面，他们与晚生代之间也存在着某种精神联系，对于新时期以来迅速兴起的“后革命”思潮表示出开放姿态。

到了20世纪70年代以后，上山下乡运动已渐显颓势，与其说六九届是老三届的跟随者，不如说他们大多是怀着无奈的被动心理来到乡村的。陈村直言不讳内心的状况：“在这人生地不熟的地方，有点压抑。以‘接受再教育者’的身份出现，有点压抑。”[①] 南帆认为“生活在乡村的日子，没有庄严的理想烤灼自己，没有归宿感。乡村生活的闲暇日子常常成为一种煎熬”[②]。压抑也好，煎熬也罢，后期知青更多把上山下乡看作不得已而为之的“消极义务”来履行。目标与理想已经不再坚定，剩下的只是对于回城的漫长等待。乡土在他们眼中已经与“广阔天地、大有作为”这样的字眼相剥离。正如南帆所说：

---

① 陈村：《从前》，江苏文艺出版社1996年版，第318页。

② 南帆：《历史的盲肠》，《收获》2012年第1期。

> 我曾听说，早期的知青志向远大。他们怀揣着改天换地的理想奔赴乡村，飞蛾扑火般地闯入这个社会事件，举止之间流露出舍我其谁的英雄气概。若干年之后，他们渐渐从豪情壮志之中滑了出来，革命词句与生活杂碎之间的距离依然那么遥远。然而，七十年代中期轮到我下乡插队的时候，无数负面消息已经灌满了耳朵。慷慨激昂的动员、光荣榜上的名字和胸前的红花变成了多余的手续，凄惶的气氛弥散在四处。①

南帆道出了他们这一代人理想丧失后的虚无心态。王安忆正是这类六九届知青代表。王蒙评价王安忆作品时说："她的作品里似乎还缺少一点革命的理想、革命的激情、革命的信心和气派。"② 王安忆在《两个六九届初中生的即兴对话——与陈思和对话》中，深刻揭示了六九届人的精神危机与思想困惑："我们不如老三届，他们在'文革'以前受到的教育，已经足以帮助他们树立自己的理想了，不管这种理想的内容是什么，她们毕竟有一种人生目标。后来的破灭是另外一回事。可六九届没有理想。"③ 陈村也表示了相似的看法："我对下乡本来就没抱多大的希望，我那时只觉得上海的生活太无聊了，无聊到病态，就想改变一下环境。但一到农村，马上又后悔了。以后就整天想上调，找出路。"④

六九届知青大多没有扎根乡村的远大理想，更多的是把插队看作人生体验的一个组成部分。当然，乡村所供给的也并非全部是百无聊赖的体验。拥有短暂插队经历的铁凝应该算是一个"异数"，她的作品中很少有对乡村生活的抱怨和不满，也不是那样急切地表明对于城市生活的

① 南帆：《历史的盲肠》，《收获》2012 年第 1 期。

② 王蒙：《创作是一种燃烧》，人民文学出版社 1985 年版，第 159 页。

③ 王安忆：《王安忆说》，湖南文艺出版社 2003 年版，第 3 页。

④ 同上书，第 6 页。

渴望。她把乡村生活看作一段温馨的人生经历，把知青经验充分融入乡村生活中。

铁凝18岁高中毕业，第二炮兵文工团决定招她当文艺兵，她却放弃这个很多人梦寐以求的机会，主动要求到河北博野县农村插队下乡，希望从乡村中汲取文学创作的灵感。她说："我下乡的动机不纯。本来我可以不下乡，那时我开始写了一些东西，家里人找老作家商量了一下，觉得我可以写小说。那时我是中学生，没生活。我想我一定要下乡去。那也是梦吧，我有文学梦。带着当作家的想法我坚决到农村去了。"① 正如贺绍俊所说："她怀揣着一个美丽的秘密，以昂扬、兴奋的情绪面对农村的新鲜场景。"② 早期小说《哦，香雪》《孕妇和牛》等，无不流露出铁凝乡村生活的印记。城市现代文明并没有作为乡村的对立面出现，城乡之间的对立被打破，香雪、孕妇等都对于城市怀有真挚的向往。从《村路带我回家》的女主人公乔叶叶身上最能看出铁凝将知青生活与乡村生活合二为一的创作方向，以及铁凝的文学创作与知青文学主潮之间亦近亦远、若即若离的关系。作者并没有将乔叶叶扎根乡土这一事件放置于宏大叙事的框架中，而将乔叶叶刻画成一位理想并不宏大、性格并不完美的女知青，在已经无须"扎根"的时候，因为极其朴素的愿望而留在了农村。"小说由写政治化的知青生活着笔，却写出了一个'化外之人'因懵懂天性而保有了天性自然。"③ 铁凝的可贵之处正在于远离宏大叙事，花费更多的笔墨来书写农民平凡朴素的日常生活和知青细微敏感的内心世界。铁凝采取"平视视角"也是她迅速融入乡土生活的重要原因："当时年龄很小，接触到的人给我的关切，女孩子之间单纯的友谊点点滴滴渗透到我的生活和记忆里，我永远都不会

① 马原等：《重返黄金时代——八十年代大家访谈录》，吉林出版集团2016年版，第366页。

② 贺绍俊：《启蒙叙事与日常叙事的优美和声》，《铁凝精选集》，北京燕山出版社2006年版，第1页。

③ 赵园：《地之子》，北京大学出版社2007年版，第236页。

忘记，他们的质朴本身就能够给我很深的触动，让我很难产生居高临下的感觉。我的视角是平视的，从未想过他们很无知或者自私或者我要去解救他们什么的。因为农民身上真正有大的智慧，非常狭隘的和非常开阔的东西极端纠缠地纠结在一起。我对农村的、对农民的兴趣将来也不会轻易放弃。”[①] 由此可见，年龄、性别、阅历等多方面的因素影响着作家的心态，心态不同，看待农民的视角便不同，进而作品的主题、文风等都会受到影响。

铁凝的乡村书写字里行间透着灵动、活泼的气息，对于人性的描摹有机融入乡村的情境、气氛中，知青与农民的独特性格跃然纸上。铁凝说过：“我觉得一个中国人，特别是一个中国的作家，如果没有对乡村有一定程度地了解，或者你不屑于去了解，你可能会写出漂亮的小说，但是你不会真正刻骨铭心地了解中国这个民族和这个社会。”[②] 铁凝充分肯定了乡土生活经历对于中国作家创作所产生的意义。铁凝的文学追求不止于自我的呈现，更大的企图是对于民族、社会的阐释，那么乡村显然是一个合适的入口。

同为六九届作家，王安忆与铁凝对待乡村的态度形成了有趣的对照。王安忆属于非自愿下乡，因此她基本上对于乡村持有较为淡漠的情感。王安忆下乡插队先于创作活动，换句话说，下乡之初她并未怀有什么明确的目标和坚定的信念，因此，乡村生活对于她而言更多的是一种缺乏情感支撑的、被动的适应过程。铁凝的下乡行为则是主观能动性发挥作用的结果，为实现文学理想而下乡带有较为强烈的非功利色彩（与大多数怀揣着政治目的来到乡村的知青相比，为实现文学梦想而下乡的举动，显示出了一定的边缘性和非功利性）。由于上山下乡的动机不同，直接导致了两位作家对于乡村的不同态度、不同认知。首先，王安忆的作品常常流露出一种与乡村“隔膜”的情绪，而铁凝的作品则

① 铁凝：《文学·梦想·社会责任》，於可训主编《小说家档案》，郑州大学出版社2005年版，第86页。

② 贺绍俊：《作家铁凝》，昆仑出版社2008年版，第252页。

显示出“融入”乡村的姿态。其次，王安忆的很多知青小说算不上真正的乡土题材，更多流露出乡土文学与城市文学相交错的色彩，而铁凝的知青小说则较为深入地描绘出乡村生活的原貌，对于乡村和农民在理解的基础上达成一种情感共识。

池莉也是六九届知青作家的代表。《怀念声名狼藉的日子》是一部自传体长篇小说，讲述了声名狼藉的女知青“豆芽菜”在乡村的生活经历。“文革”后期，像“冬瓜”李红英那样要求进步的知青固然也有一些，但像“豆芽菜”这样无所期冀的知青已经取代前者成为主流。“豆芽菜”与“小侉子”（《把绵羊和山羊分开》中的女主人公）的“假小子”性格颇为相像，她们将自我意识看得比集体意识更重要，自嘲、叛逆、顽劣等青春期鲜明的性格特征在她们身上展露无遗。“豆芽菜”主动要求下乡，但是对上山下乡运动的理解已经与早期知青不同：“豆芽菜觉得从农村到城市，从城市到农村，祖国大地，任她驰骋。知青生活可不真是清爽透顶吗?”[①] “豆芽菜”的内心想法代表了一部分“文革”后期主动要求下乡的城市青年的想法，他们似乎已经预料到“文革”大势将去，于是试图抓住“革命”的尾巴，将上山下乡变成一次自我放逐之旅，将乡村看成自在逍遥的青春试验田。她们在城市中跃跃欲试希望去乡村猎奇，而来到乡村以后又百无聊赖，于是她有意识地排拒时代主流，更加重视个体化的情感建构。

南帆谈到“文革”后期知青的精神状态时说：

> 当年，我周围的知青多半面容憔悴，表情冷漠，一副不屑的神态。他们斜扣一顶斗笠，一身褴褛，懒洋洋地晃过村口。我的那一套工装星星点点地溅满了泥土，整整一个夏季没有洗过。汗水腌透之后挂在门后晾干，穿在身上硬如盔甲。另一个知青的裤裆裂了两寸，他竟然不愿意草草地缝补两针。许多知青的共同感觉是——疲

① 池莉：《怀念声名狼藉的日子》，云南人民出版社2001年版，第43页。

累乏力。[1]

慵懒、疲惫、乏力……表面上反映了知青身体的亚健康状态，实则体现出知青内在精神的萎靡困顿。时代赋予知青的庄严使命已经弥散，这些年轻人迷失在生活的征途中，年纪轻轻便已垂垂老矣。

南帆又通过"看火车"这一细节描绘出后期知青百无聊赖的生活状态：

> 乡村的日子枯燥乏味，观察路过的火车是一个有趣的消遣。一览无余的简单日子远比繁重的农活更折磨人。这时，一列火车从远处飞速驶来，哐当哐当的响声短暂地震动了生活。火车的来来往往至少表明，生活的某一个地方存在一个出口，可以从这个出口抵达另一个性质不同的世界。的确，我相信这种想象背后隐藏了一个秘不示人的梦想：说不定哪一天就会出现奇遇，我们会乘坐火车逃离这种烦闷的日子，远走高飞。[2]

这番感受让人联想到铁凝小说《哦，香雪》中乡村少女香雪对于火车到来的期盼、对于远方世界的憧憬。作为同龄人，铁凝笔下的"火车"与南帆笔下的"火车"显示出不同的含义。香雪眼中的火车联结了现实与梦想，此岸与远方，至少在交通设施不甚发达的时代，火车为闭塞山村的人们提供了通向未来精彩世界的美好想象；南帆笔下的火车寄托着的却是知青们难以排解的无聊感。希望之于香雪，正如失望之于知青。

陈村的短篇小说《我曾经在这里生活》以主人公返乡之旅为线索，用忧伤的笔调追溯了"我"与乡村姑娘小文间曾经有过的懵懂而真挚

① 南帆：《历史盲肠》，上海文艺出版社 2013 年版，第 27 页。
② 同上书，第 98—99、101 页。

的爱情。但是，这段爱情终没有成为“我”扎根乡土的契机。如同陀思妥耶夫斯基中篇小说《白夜》中的女主人公娜斯金卡，她固然也可以留情于以幻想为生的小职员，但当她日思夜想的房客突然出现时，她立刻地、决然地放弃前者而选择后者——“不错的选择”总是让位于“最好的选择”。对于知青而言，“返城”便是最好的选择。当返城机会到来的时候，“我”丝毫掩饰不住发自内心的喜悦，以及喜悦中所夹杂的狼狈：“在等待户口迁移证的那些日子，我一次次‘预支’回沪的喜悦。等到通知真的来了，喜悦已经成为了‘赤字’。我到底回来了，但这毕竟不是‘高祖还乡’。我确确实实是逃回来的，逃得多快。”[①] 陈村对于主人公“我”的选择并未进行道德上的评判，而是将其看作知青对人生道路的必然选择，价值判断的暧昧性，也是六九届后知青作家的一大特点。

返城之后，六九届作家们对于新时期以来在城市中迅速兴起的市民文化、消费文化、世俗文化等表现出较为开放的姿态。不少研究者都注意到知青文学在六九届作家及其后来的晚生代作家那里所发生的变化。“知青文学向‘新写实’迅速转变，它由一种对日常生活的激进性的批判与诘问，一种对市民文化反抗性的描述，突然转变为驯良而温和的认同与属从，一种从琐碎而平庸的日常生活中掘发趣味的市民文学。”[②] 吴妍妍道出六九届知青作家向日常生活叙事投入更多精力的原因：“日常生活中的诗意人生与庸俗现实人生的变化实际上代表着人们对它的不同态度，但都表现出与政治、权力、主流间的距离。当‘69’届知青作家在多元时代开始自觉放弃理想寻求走向‘大众’与平民时，接受此在世界，逐渐淡化对精神信仰等彼岸世界的渴望，他们的城市书写多选择小市民写作立场。”[③] 王安忆的《本次列车终点》是这种写实趋向

① 陈村：《陈村作品精选》，华夏出版社2008年版，第24—25页。

② 赵全龙：《“后知青文学”的新写实趋向》，《上海师范大学学报》（哲学社会科学版）1993年第4期。

③ 吴妍妍：《作者身份与城乡书写》，中国社会科学出版社2009年版，第188页。

作品的典型代表。城市生活成为这一代作家新的关注对象，陈信作为熟悉的陌生人重新闯入久违的城市，迎接他的是应接不暇的困惑。理想主义在现实主义、世俗主义、消费主义的遮蔽下渐渐失去了昔日的耀眼光芒。

许纪霖在谈到六九届的思想特征时说：

> 我们感受过“文革”的理想主义气氛，在自己的思想中留有那个时代的所有底色，但又不曾付诸于狂热的实践。当我们成年时，已经是“文革”以后的七十、八十年代之交，开始接受思想解放和个性独立的时代洗礼，因而又具有第四代人的文化特征。这一切都不免反映进我的文字里面，使得我的思想个性常常显得比较杂色，既有超越性的人文关怀，同时对世俗也保持着一份理解……①

这种复杂性恰恰反映了六九届作家跨代际的“杂交”特征，呈现出他们在转折、变革的时代中逐步适应社会并重塑现代自我的蜕变历程。他们的优势在于能进退自如地行走在传统与现代之间，大胆开放而又有所保留地面对历史与现实的考验。

总体来说，六九届作家中的很多人不再膜拜乡村生活，但是基本能够以比较平和、客观的态度来书写乡村和知青生活。他们在返回城市之后，也能迅速转换自己的角色，并通过作品呈现城市生活的复杂景象。

第四节 晚生代作家：乡土解构和城市质疑

“后知青文学”是相对“知青文学”而产生的一个概念，既指创作时间上的差异，也指创作理念、审美趣味等方面的差异。后知青文学时

① 许纪霖：《我所拥有的意义世界》，《书屋》1996 年第 5 期。

间起点大致在20世纪80年代中后期，是由知青作家和非知青作家共同参与完成的。赵全龙认为，后知青文学具有“新写实主义”的创作趋向，作者大都采取坦然、不加掩饰的叙事态度，把知青生活中的窘迫、顽劣、恶相、无聊、自利诸种“平平淡淡的一段人生”以事实娓娓道来，而观念的升华在这里为全部事实所消解。① 一方面传统的老三届、六九届作家的视角逐渐从乡村转移到城市，且对于城市的书写向着日常生活叙事的方向转变；另一方面韩东、李洱等晚生代作家的知青题材小说意在重塑乡土世界和知青形象，为我们理解上山下乡运动的多义性提供了另一种视角。

20世纪60年代出生于城市的韩东因为有长期的乡村生活经历，所以创作题材、观念方面也有与知青作家相似的一面。韩东比六九届知青作家更为大胆直接地质询知青上山下乡的意义：

> 知识青年下放农村，其目的是为了接受贫下中农再教育。接受再教育的目的又是为了什么？并没有人告诉我们。但下放后不久，我们都明白了，就是为了回城，也就是回到南京。我们下放是为了上调，离开是为了回去。听上去有点儿荒唐，但事实就是如此，所有的知青都是这样理解和努力的。②

叙述者任性地越过了知青或长或短的在乡经验，以开端和终结直接定义上山下乡的意义，亦忽视个体差异，以对“我们”“所有人”集体心态的整齐划一的论断取代不同时期、不同地域、不同个性的“我”的个体选择，不免有妄断的风险，也无法对上山下乡运动的复杂性做出更全面的还原。反思与质疑的边界需要有所限定，而对于一场社会运动的评判也需以多种视角切入，否则容易陷入非此即彼的境地。

---

① 赵全龙：《“后知青文学”的新写实趋向》，《上海师范大学学报》（哲学社会科学版）1993年第4期。

② 韩东：《知青变形记》，花城出版社2010年版，第25页。

李洱的《鬼子进村》也是晚生代知青文学的代表作之一，小说以农民的视角审视了知青上山下乡的过程，重新梳理了农民与知青的关系，描摹了知青下乡的实际境况，写出了农民对于知青这群“外来者”的基本态度——农民并不希望自己的安宁生活被知青的到来打破，希望知青被改造成功以后尽快离开。小说重点描写了坊口村上上下下写标语、喊口号、列队欢迎知青到来所举行的隆重“仪式”，表面上的热烈欢迎与内心的强烈排斥形成了巨大反讽。村里没有实际的工作供知青来完成，知青成了一群“多余人”，知青的插队之举成为一场庄重但空洞的仪式。从表相来看，知青很大程度上是因为被种种仪式性的因素所迷惑，从而头顶光环、沾沾自喜，但是在农民眼中，知青其实不外乎是一群少不更事、懵懵懂懂甚至惹是生非的不良少年。晚生代作家为知青文学注入了农民视角，由此知青从主角变为了被审视、被反思的他者。

“晚”本身就有“晚近”的意思，随着时间推移，“70 后”作家甚至“80 后”“90 后”作家也都加入晚生代的队伍，而他们中的某些人已经是知青的后辈。70 后女作家朱文颖的中篇小说《倒影》借一位女儿之口，诠释曾为知青的母亲对乡村的感情，进而揭示当下城市与乡村的裂隙。小说中母亲曾插队的乡村令“我”感到十分陌生和反感：主人公“我”躲避一切与此有关的信息，对于那些从乡村来的所谓“穷亲戚”更是唯恐避之不及，宁可躲在离家不远的小旅馆佯装出差，也不愿与母亲昔日的乡村朋友会面。“上山下乡”对于知青后代来说，不只是一段“历史盲肠”，更成为一个扎眼的词汇。“我”对于乡村所怀有的敌意与母亲对于乡村所怀有的深情构成反差，这也是母女代沟的一个表征：母亲作为无产阶级与“我”作为城市小资产阶级之间的对立。城乡间的紧张关系通过知青后代“我”与农民后代小霞之间的对照进一步展现出来：“小霞和我——来自乡间饥饿的小兽，以及困在笼中插翅难飞、仰望云端的族类——我们，孤独的我们，会从此成为朋友吗？……”[①] 小霞拼命想要挤进去的城市，正是令“我”感到厌倦、缺乏幸福感的囚笼。通过小霞与“我”的对比，小说一方面揭示了乡村与城市之间的种种差距，另一方面也对于城市生活的价值进行了重估，不仅乡村是需要解构的，城市也是值得怀疑的，乡村生活固然令人感到隔膜，城市生活也同样令人感到厌倦。

“怀疑主义”的方法和“反讽”的修辞成为晚生代作家进行知青文学创作的重要标签，“他们的声音彻底打破了知青作家曾长久把持的话语霸权”[②]，他们既重构知青形象与上山下乡图景，也在很大程度上消解城市的魅力。后现代主义思潮使原本坚不可摧的东西变得面目可疑，乡村如此，城市也不例外。

当晚生代作家登上文坛之时，老三届已经变成前辈，曾经风靡一时的文化范式也已经被一种新的后喻文化所替代，曾经掌控话语权的他们开始接受晚辈的挑战。如果说老三届作家是以一种浓烈炽热的革命激情和鲜明的群体意识来进行创作的话，那么这种创作观念在晚生代作家身上已经不见踪影。如果说老三届作家热衷于描绘理想的升腾，那么晚生代作家则更善于刻画理想的幻灭，包括对于启蒙主义的质疑和对启蒙者角色的反省。如果说老三届的创作带有明显的意识形态特征和主观宣泄色彩，那么晚生代作家则在对理想主义纠偏的过程中滋生出一定程度的虚无主义情绪。随着作家代际的更迭，知青文学已经逐渐从“亲历的叙述”转化为“历史的叙述”[③]，历史的叙述夹杂了更多的想象，往往也投射出更暧昧的目光。

上山下乡运动已经尘封为一段历史，但是知青文学传统没有中断，而是在变异中展现生机。这种生机来自不同代际作家对于知青题材的差异化、多元化书写，来自继承基础上的批判和反思。从“知青文学”

---

① 朱文颖：《倒影》，《收获》2013 年第 4 期。

② 王彬彬：《“知青”的话语霸权》，《文艺报》1998 年 6 月 4 日。

③ 郭小东：《中国知青文学史稿》，北京十月文艺出版社 2012 年版，第 263 页。

向“后知青文学”的转变过程，已经充分烛照出不同代际作家人格心理和创作理念的差异。老三届作家用大写的“我”书写乡土世界和知青生活；六九届作家淡化主观抒情色彩转而向现实生活靠拢，更加平实地表达了对于乡土、农民以及自我的认知；晚生代作家则以反思的视角、冷峻的笔法、陌生化的姿态去切入知青题材。每个代际内部总还是大致存在相同或相似的文化认同，这种文化认同与历史变迁和社会大环境的变化息息相关，因此，我们的研究不能忽略作家作品与特定时代的密切关系。在评判知青文学价值高下的时候，不但要审视其内在的艺术价值，也要重视文学作品之于时代的意义，看到其为反映某一时代风貌、氛围所作出的努力。总体来看，知青文学书写的代际差异，反映了不同代际作家对于同一历史事件在理解和认识上的不断拓展、不断深化。

第六章　貌合与神离：流派比较的视野

研究知青作家的城乡经验与城乡书写，既可以入乎其内，从知青作家作品内部寻找阐释空间，也可以出乎其外，将另一些在个体身份、人生经历、历史使命尤其是创作题材方面与知青作家有若干相似性的其他流派作家纳入比较的视域，如乡土作家、延安作家、寻根作家、都市作家等。下面就让我们考察一下，中国现当代文学史中一些重要流派作家是如何处理城乡经验并进行城乡书写的。

第一节　继承或反拨——与乡土文学之比较

一　知青文学与现代乡土文学

中国现代乡土文学从总体上来看，有两条重要的脉络：以鲁迅、王鲁彦等为代表的乡土写实批判文学和以废名、沈从文等为代表的京派乡土抒情文学。

乡土写实批判以20世纪30年代的左翼乡土小说为代表。“‘左翼’叙事的修辞策略是通过知识分子、革命者或者国家意志的代表来改造乡土世界中的社会意识，动员乡土世界中的人参与到集体运动之中，通过暴力或者政治组织重构乡土世界中的秩序与历史发展方向。”① 左翼乡

① 吴海清：《乡土世界的现代性想象：中国现当代文学乡土叙事思想研究》，南开大学出版社2011年版，第46页。

土小说中，作家对于农民怀有深切的理解和同情，他们对农民在阶级压迫下遭受的痛苦感同身受，对于农民身处绝境而被迫以革命方式寻求生存的心路历程也给予了理解。农民在这里从被启蒙的对象变成了革命意识的代言人。一个时代的价值判断和价值取向，往往与这个时代迫切需要却普遍缺失的要素密切相关。所以说，在左翼乡土文学中，对于农民反抗压迫的书写，恰恰表现了时代精英对于革命救亡的召唤以及对于农民革命行为在特定历史背景下重要性的认同。

李大钊在《青年与农村》一文中将都市与乡村进行了对比，劝说城市青年能够认识到都市生活的黑暗面，进而投入到农村新家园的怀抱：

> 都市上有许多罪恶，乡村里有许多幸福；都市的生活，黑暗一方面多，乡村的生活，光明一方面多；都市上的生活，几乎是鬼的生活，乡村中的活动，全是人的活动；都市的空气污浊，乡村的空气清洁。早早回到乡里，把自己的生活弄简单些。劳心也好，劳力也好，种菜也好，耕田也好，当小学教师也好，一日把八小时作些与人有益，与己有益的工活，那其余的工夫，都去作开发农村，改善农民生活的事业，一面劳作，一面和劳作的伴侣，在笑语间商量人生方向上的道理。①

李大钊这番对乡土生活的描述，无疑充满了理想主义甚至完美主义色彩。这篇文章可以算是中国马克思主义者对于青年知识分子与乡土关系的最早描述之一，开启了一种全新的城乡文化批评模式。将“罪恶”的城市与“道德”的乡土置于紧张的对立关系中，也成为后来中国马克思主义者考量城乡关系时的惯用修辞。瞿秋白、邓中夏、澎湃、毛泽东皆强调乡土的理论意义，乡土不断被马克思主义者道德化、政治化，

① 李大钊：《青年与农村》，《晨报》1919 年 2 月 20 日—23 日。

这也意味着马克思主义思想笼罩下的乡土叙事，必然会负载更多的文学之外的任务。

左翼乡土文学中的农民大都经历了“从觉醒到反抗”的过程。茅盾的《子夜》《春蚕》，叶紫的《丰收》《电网外》《山村一夜》，柔石的《为奴隶的母亲》等作品都展现出农民面对尖锐的阶级矛盾、惨烈的民族矛盾时所展现出的反抗精神。物质与精神的双重压迫使他们艰难地觉醒，并意图冲破黑暗的囚笼去追求新生活。“东北作家群”的创作，如萧军的《八月的乡村》、萧红的《生死场》、端木蕻良的《鹭鹭湖的忧郁》、骆宾基的《幼年》、舒群的《没有祖国的孩子》等将阶级话语与抗战话语结合在一起，“在乡土文学叙述中加入了一种国家危亡的紧迫感”①，是左翼文学在抗日战争时期开出的奇葩，也是抗战文学的一个重要分支。上述作品中的农民与知青文学中的农民生活在不同的时代，两者的社会地位、生活状况、精神气质等不尽相同。随着抗战结束及中华人民共和国的成立，外来压迫已告终结，但阶级话语仍在继续，农民从曾经的被压迫者转变为土地的主人，在阶级斗争中的地位逐渐由弱变强。赵树理、周立波、柳青等作家20世纪中叶的乡土题材创作体现了左翼乡土传统由旧中国到新中国的过渡与发展。

与之相对，京派乡土文学则侧重以去阶级性、非革命化的姿态书写个人性灵，向往精神上的希腊神庙。鲁迅在《中国新文学大系·小说二集·导言》中这样定义“乡土文学”：“凡在北京用笔写出他的胸臆来的人们，无论他自称为用主观或客观，其实往往是乡土文学，从北京这方面说，则是侨寓文学的作者。”② 鲁迅的概括更符合京派乡土文学的特征：一群城市异乡人的怀乡之作，且这种怀乡书写是现实（客观）与想象（主观）的集合体。京派乡土文学具有鲜明的文化—审美主义乡土抒情特性：“文化—审美主义乡土叙事理论不同于一般乡土叙事理

---

① 孙康宜主编：《剑桥中国文学史》（下卷），生活·读书·新知三联书店2013年版，第561页。

② 刘运峰编：《中国新文学大系导言集》，天津人民出版社2009年版，第85页。

论的一个重要之处就是，它们要通过乡土叙事建构一个爱与美统一的空间，只在这个空间，生命力的高贵、生存的澄明、心灵的自由和人生的圆融才能真正实现。在其看来，现代性的知识体系以及由此决定的生活方式是功用性的、市侩的、孤独而腐败的。”[①] 以文化—审美主义的态度书写乡村的结果之一是“乡土乌托邦”的生成，以废名的《桥》《桃园》《竹林的故事》及沈从文的《边城》等作品为代表。废名以纤细飘逸的文风见长，善于营造世外桃源般的意境，具有强烈的隐逸色彩；沈从文笔下的湘西世界如同一座希腊神庙，乡土世界中的藏污纳垢之处被一扫而净。

符合文化—审美主义范式的乡土小说也可以被称作“精神乡土小说”。施战军将乡土小说分为“启蒙乡土小说”和“精神乡土小说”，揭示出作家对于乡土世界落后性与超越性两种不同性质的认知：“前者完全站在乡村之外或超越于乡村之上批判和俯视乡村之落后愚蒙麻木的非人性之所在。而后者以乡土精神来反衬和抗击城市文明的情绪理念，也无疑是‘城市文化’的产物。”[②] 由此可知，无论对乡土持批判还是褒扬态度，乡村终究还是无法摆脱“城市对立物”的角色。

在中国现代乡土文学的谱系中，有的属于“启蒙性”，有的属于“精神性”。现代左翼乡土写实小说无疑可划归前者；而京派乡土抒情小说大致属于后者。这种区分一直延续到当代乡土文学的创作中。知青文学中的乡土世界在不同历史时期、不同作家笔下也分别体现出以上两种不同特性。知青作家性情的差异、趣味的差别以及时代与社会思潮的变迁等都影响了作品对于乡土世界的认知，影响了作品的立意与风格，有的作品倾向于启蒙性，有的作品倾向于精神性，还有的徘徊于两者之间。20 世纪 80 年代前期大致可以作为一个时间节点，此前知青作家的乡土书写从总体上看继承了“左翼乡土文学”的衣钵。而 20 世纪 80

① 灵海清：《乡土世界的现代性想象：中国现当代文学乡土叙事思想研究》，南开大学出版社 2011 年版，第 321 页。

② 施战军：《论中国式的乡村小说的生成》，《南方文坛》2010 年第 4 期。

年代中期之后的乡土书写则越来越偏向于精神性，逐渐展现出与“京派乡土文学”相似的审美特质。乡土世界在知青作家笔下渐渐从红色的革命土壤蜕变为人类的生态家园和精神家园。随着时代的推进，知青文学从“启蒙性”向“精神性”转变的趋势越来越明显。

综上，乡土在文学中扮演何种角色受到多方面因素的影响制约，是个体差异、时代差异等诸多因素共同作用的结果，充分展示了作家乡土想象的丰富性。

二　知青文学与新时期乡土文学

乡土文学一直占据着中国当代文学的半壁江山。20 世纪 50 至 70 年代的乡土文学带有“一体化”时期的深刻烙印，“文革”之后新时期乡土文学逐渐呈现出驳杂的趣味。

“文革”之后兴起的乡土文学几乎与知青文学同步发展，在创作题材选择等方面与知青文学有相似之处，也存在很大差异。知青作家以老三届和六九届为代表，老三届的乡土膜拜与六九届的乡土疏离，都很难在真正意义上呈现出完整的乡土。前者的写作才能受到意识形态影响未能充分释放和发挥，后者则多将自己的写作兴趣抽离于纯粹的乡土题材而游移于其他地带。

反观乡土作家如莫言、贾平凹、刘震云、阎连科等，他们对于乡村的书写基于长久以来“在地性”的缜密观察与情感积累，既不过度宣扬理想主义，也无过多虚无情绪。他们的乡土书写因其高度的个性化特征而无法被取代，无论是莫言的山东高密东北乡，刘震云的河南延津，还是贾平凹的陕西商州，都饱含其浓重而独特的地域韵味。乡村既是意象饱满的现实世界，又常常化身为具有象征意味的精神世界。出身于乡村的作家善于营造完整的乡土世界，他们无论走到哪里，根系总是深扎在精神故土中。他们所着力构建的乡土世界也许有落后、封闭甚至愚昧的成分，但是这并不妨碍作家在相对狭小的“自留地”上驰骋耕耘，传达厚重深远的民间立场与自我意识。

与之相对，虽然史铁生念念不忘陕北的清平湾，虽然张承志苦心维系他的草原情结，但与纯粹的乡土作家相比，知青作家终究与乡村间存有一层不易察觉的“隔膜”。他们多以“陌生化”的目光，对乡村的自然环境、风土人情、伦理道德等进行考察，“都市知青恰好利用了自己的‘他者’视角，将自己的考察成果转化为一种文化思考或形成文本状态”①。这种考察也许并不深入，但毕竟提供了文学关照乡土世界的崭新立场。例如，铁凝的短篇小说《哦，香雪》，呈现了以香雪为代表的山村少女对驶入深山的现代化交通工具火车所表现出的惊喜与憧憬，映射了乡村与城市之间的分化状态。史铁生的《我的遥远的清平湾》中农民白老汉、留小儿与知青“我”互为他者，“我”对于陕北方言、乡间牲畜的陌生感，与留小儿对于北京天安门、电视机的渴慕在本质上如出一辙，双方均以一种猎奇或幻想的姿态来窥探彼岸世界的独特风景。“他者”的存在使城市与乡土、现代性与前现代性的文学想象缠绕或对撞，为人物塑造和情节发展注入了张力。

“土地概念”在乡土作家那里具有自明性，在知青作家那里则需要被灌输，是插队为后者提供了触摸乡土的机会。陈村谈到他对土地的理解时说：

> 我向来的大地概念，是用来承载重物。比如房子、汽车、人。是它托着我们。……而稻子可确确实实是它养育大的，当你亲眼看到谷粒发芽、长叶、分蘖、抽穗、灌浆时，你依然会觉得惊奇。这时的你才理解，把大地称作母亲是何等贴切。②

乡土作家的血液中散发着泥土的气息，土地是故乡的代名词，土地是文学创作的原动力，也是精神生命的栖息地。而知青作家对于乡土的

① 周怡：《都市文化在乡村的传播与冲突——“知青”小说的一种文化解读》，《当代文坛》2010 年第 3 期。

② 陈村：《从前》，江苏文艺出版社 1996 年版，第 314 页。

理解，似乎总有那么一丝不贴切，当然这并不能说知青作家对于乡土的情感是虚伪淡漠的，也不能断定他们日后的乡土认知永远停留在最初的层次上。

谈到对于土地性质及功能的认知，不妨再观察两类作家乡土观念冲突抵牾的一个切口，即对于“排泄物”的不同态度。在贾平凹、莫言等人的作品中，作家利用先天优势能够毫无障碍地、更深刻地理解排泄物的意义，乡土作家在描写排泄物时毫无芥蒂，信手拈来，随物赋形如顺水行舟。贾平凹的长篇小说《古炉》频繁提到粪便意象，粪便的存在有多方面意义：鉴定伙食质量的标本、犒劳狗的“点心”、两派武斗的器械、夫妻打架的工具……就连主人公的名字也与排泄物相关——狗尿苔。狗尿苔人如其名：出身卑贱、长相丑陋、性格怪诞、备受歧视冷落。南帆在《剩余的细节》中认为“粪便”是贾平凹精心引入文本的“粗鄙”成分：“《古炉》恐怕是最为频繁地提到粪便的小说，从爬满蛆虫的粪坑、掺水的尿窖到屙在裤子里的稀屎。粪便是乡土文化的重要组成，并且与‘吃’相映成趣。二者的循环往复暗喻了某种人生辩证法。在《古炉》的话语体系中，粪便具有多种语义：或充当一个情节的词汇，或隐含了某种奇特的隐喻意义。对于《古炉》说来，多义的粪便意象造就了小说的形而上学意味。”[①] 南帆肯定了粪便在乡土书写中所扮演的重要角色以及它独特的叙事价值。所谓万物静观皆自得，贾平凹让我们在《古炉》中与藏污纳垢的民间世界相遇，与刍狗般的万事万物相遇。的确，正是对于形而下微观世界不厌其烦地娓娓道来，才使小说拥有如此贴近大地的美学质感，才使我们对于民间世界的理解更加感性妥帖。

排泄物在莫言的《红高粱》《草鞋窨子》《红蝗》等作品里也反复出现，甚至成为识别莫言作品的一个重要符码。莫言在排泄物书写方面离经叛道、胆大妄为，也因此引起了一些争议，长篇小说《食草家族》

① 南帆：《剩余的细节》，《当代作家评论》2011 年第 5 期。

的第一章《红蝗》是当之无愧的“大便之歌”。其中频繁出现的排泄物意象有以下几层含义。首先，它是作品中人物自嘲的工具：“我清楚地知道我不过是一根在社会的直肠里蠕动的大便。”① 暗示了“我”卑微、无用、被“排挤”并终将被弃的命运。其次，它与“食草家族”的主题呼应，倡导素食传统以及净化身心、返璞归真的生存方式，表达了对建立民间伦理共同体的渴慕。最后，它体现了对于人类身体本能的关注，将排泄视作彻底、无伪饰的身体解放行为，揭示人类不可抑制的原始生命力以及对于身心自由的追求。以上几方面从不同侧面凸显了“民间”所可能提供的思想资源，传达了作者建构参差对照、美丑碰撞的完整乡土世界的强烈愿望。

《红蝗》中四老爷等人物对于排泄行为所带来快感的渲染，表明作者对“自由”的领悟达到了返璞归真、道法自然的层面，“自由”不再是难以言说的抽象大词，它必须肇始于身体原始性、先天性的吁求。在梅洛－庞蒂等人的身体意向性理论中，排泄行为、性行为等是具有先验能力、能够进行感觉活动的个体身体意向性的表达方式，这类行为被看成肉身的延伸、身体能量的外现。此外，行为环境的重要性不可小视，只有身体与“场所”统一，人与环境融为一体，以上诸种意向性才会得以实现。广袤的旷野吸纳了卑微而虔诚的欲望，小说揭示出排泄行为如何在场所的催化作用下成为通向身心统一、生命圆融的途径。

反观知青作家，城市知青初到乡村并不能够对茅厕、粪坑、粪便等场所和事物坦然视之，而是极力排斥和逃避，但是随着乡村生活阅历的增加，田间劳动逐渐改变了知青对于它们的抵触态度。很多知青题材作品写到知青下乡后的如厕问题，从起初对毫无隐私可言的排泄活动强烈排斥，发展到后来与广大农民步调一致蹲“粪坑”、蹲“铁轨”露天排便，甚至开始享受个中“乐趣”。南帆在回城若干年后，偶然经由对粪便的嗅觉记忆唤醒了对于乡村生活的感念：“踏入乡村即是踏入天地之

---

① 莫言：《食草家族》，上海文艺出版社 2012 年版，第 5 页。

间生生不息的伟大循环。从粪便、稻米到活蹦乱跳的生命，上苍制定了每一个环节不可替代的意义。置身于乡村气氛，我不再对粪便嫌恶得双手发抖。”[①] 可见，知青对于排泄物经历了一个由浅入深、由厌恶到认同、从误解到正解的认识过程。的确，想要对排泄物的“有用性”有更深入的理解，必须将其置于“乡村”这个特殊的时空场域中，如海德格尔所言：“如果每个物着眼于其位置和时间来规定的话，那么每一个这一个就不可能被另一个所替换。”[②] 物性的彰显及彰显程度一定与它所存在的那个特定的时空框架息息相关。就时间而言，乡村的农业生产表现出春种夏长、秋收冬藏的鲜明时节性，在传统农耕社会，四季演绎轮回，时间积累运化，庄稼才能从无到有、生发成熟，“农家肥”（以人畜粪便为主要来源）的意义也才充分显现出来。就空间而言，乡村作为原生态场域，以其广阔、袒露的土地为载体，合谋般地遮蔽或者说吸附了农家肥的不洁性。

“从粪便中体味到稻谷的香味，没有长期的农耕经历，是根本无法理解的。衡量一个人是不是真正的农民，对粪便的态度是一项重要指标。”[③] 农家肥的生成伴随着复杂而微妙的生物化学反应，它来自泥土，终又归入泥土，然后在周而复始的生态链条上绽放出自身的物性。这物性无法与“大地”相脱离，也无法与它的制造者“人”相脱离。由此，农家肥不再是孤立存在的来历不明者，它身上携带了众多他者的基因，成为陈腐的被抛者以及崭新的运化者。

对于农家肥所映射出的生生不息的生命循环，乡土作家是“先知先觉”，知青作家是“后知后觉”——因此，对于农家肥的理解是与生俱来还是循序渐悟、对乡村的情感是先天存在还是后天培养，也成为辨识乡土作家与知青作家的标志之一。但无论两者的背景有何差异，当他

① 南帆：《历史盲肠》，上海文艺出版社 2013 年版，第 10 页。

② ［德］马丁·海德格尔：《物的追问——康德关于先验原理的学说》，赵卫国译，上海译文出版社 2010 年版，第 16 页。

③ 张柠：《土地的黄昏》，东方出版社 2005 年版，第 15 页。

们进入到乡村生活的语境中时，便不约而同地认识到农家肥的价值。正如黑格尔所说："艺术理想的本质就在于使外在的事物还原到具有心灵性的事物，因而使外在的现象符合心灵，成为心灵的表现。"① 拥有一颗贴近大地并被大地所牵绊的心灵，便对于所有融入、滋养大地的物质抱有感恩和亲近之情，由此，农家肥很自然成为承载两类不同作家心灵形式的重要质料。

乡土作家在审视知青作家的乡土情感时，总会有那么一点不满足。莫言认为知青笔下的乡村"总透露着一种隐隐约约的旁观者的态度，这些小说缺少一种很难说清的东西，其原因就是这地方没有作家的童年，没有与你血肉相连的情感"②。的确，乡土作家的精神资源来自于中国传统的乡村伦理，乡村伦理的核心是对土地的依赖、血缘的承继、家族的延续等。对于以土地为基础的乡村伦理共同体，知青作家的理解还较为肤浅，错综复杂的宗亲关系与差序格局对于大多数知青而言是比较陌生的。先天的城市经验已经成为一道天然屏障，很可能使得乡土所散发出的原始微妙气息在无意之间被屏蔽了，难以抵达并弥散于知青作家的心灵深处。

在散文《我是农民》中贾平凹毫不避讳对知青的羡慕、嫉妒与怨念：

> 我那时是多么羡慕着从城里来的知青啊！他们敲锣打鼓地来，有人领着队来；他们从事着村里重要而往往是轻松的工作，比如赤脚医生、代理老师、拖拉机手、记工员、文艺宣传队员；他们有固定的中等偏上的口粮定额，可以定期回城，带来收音机、书、手电筒、万金油，还有饼干和水果糖。他们穿西裤，脖子上挂口罩，有尼龙袜子和帆布裤带，见识多，口才又好，敢偷鸡摸狗，敢几个人

① ［德］黑格尔：《美学》（第1卷），朱光潜译，商务印书馆2009年版，第201页。
② 莫言：《小说的气味》，当代世界出版社2004年版，第366页。

> 围着打我们一个。他们在时代中落难，却来到乡下吃了我们的粮食、蔬菜和鸡，夺走我们的爱情，使原本荒凉的农村越发荒凉了。[①]

贾平凹认为，虽然知青肩负接受思想改造的任务来到乡村，但实际上他们仍是稀缺物质及精神产品的享用者，其内心深处与生俱来的优越感一直刺激着乡村中土生土长的同龄人。在经历了三十年的创作历程和长期的城市生活之后，贾平凹认为自己仍然是一个纯正的农民，他指出城乡之间的巨大落差，流露出怀才不遇、愤愤不平的情绪，羡慕与抱怨的语词中虽不乏偏激，但毕竟站在相当一部分农民的立场上道出了真实而无奈的想法，亦值得同情与理解。

与知青作家相比，乡土作家在土地的襁褓中成长，他们在青少年时代可能并未受到过优质教育资源的洗礼，但这并没有影响到他们成为中国乃至世界的一流作家，没有阻止他们跨越“前现代”羁绊一举成为中国最具现代性的作家。如陆建德所言：“乡土作家在相当长一段时间内缺乏迁徙流动，对于创作而言也未尝没有裨益：流动必然有积极意义，必然使人们眼界开阔。我看不尽然。有时候居于一地也很好，有的作家过着非常封闭的生活，但是他们的作品以家乡为基础，照样富有超越国界的普遍性。”[②] 一个人的根系扎在哪里，他就会在那里生发出惊人的生命力，成就一片浓密绿荫。乡土作家为我们提供的是一个完整复杂、深入肌理的乡土世界。他们对于乡土人伦、社会关系的理解和把握高于知青作家，对于深植乡土的源远流长的传统和积重难返的弊病的认知更为透彻，对农民生存状况和心灵世界的书写也更为熨帖和立体。莫言在《红高粱家族》《檀香刑》《丰乳肥臀》《蛙》等一系列小说中，展示了在革命政治事件夹缝中生存的农民的压抑与反抗，揭露了封建专

---

① 贾平凹：《我是农民》，安徽文艺出版社 2010 年版，第 26 页。

② 陆建德：《击中痛处》，上海书店出版社 2013 年版，第 183 页。

制制度与人们愚昧落后的观念相交织而衍化出的令人毛骨悚然的残酷刑罚，颂扬了乡村女性坚韧不屈的原始生命力和繁衍生息后代的强大本能等，与放荡恣肆的文字相伴左右的是融入骨髓的、夹杂着血与泪的对于乡土的颂扬与批判。刘震云的《温故一九四二》《一句顶一万句》以及“故乡”系列长篇小说等作品在传递对乡土困境的忧虑之情时显得比知青作家更有力。与《温故一九四二》中所描述的河南大饥荒相比，知青文学中的饥饿描写似乎显得缺少力度；与《一句顶一万句》中呈现的农民与生俱来、无处消解的孤独感相比，知青作家笔下的孤独寂寞（多为自我内心体验）也似乎缺少一种震撼力，有的甚至透出“为赋新词强说愁”的意味。

从创作手法来看，虽然现代主义和后现代主义思潮在以城市为中心的理论界生根发展，但是知青作家并未体现出近水楼台的优势。在书写城市的时候，他们偶尔会借鉴某些现代主义、后现代主义创作手法（如梁晓声的《尾巴》《浮城》、竹林的《魂之歌》等）；而书写乡土时，知青作家一般都采用较为保守的现实主义创作方法，叙事手段中规中矩，修辞手法略显单一。相比较而言，乡土作家在小说形式的探索中，反倒显示出特立独行的先锋姿态。

刘震云的《故乡面和花朵》，为我们提供了乡土作家进行文体实验与叙事革命的范本，小说撕裂了惯常逻辑性的叙事顺序，颠覆了传统线性的叙事方法，插入了大量插叙、倒叙及意识流成分。阎连科的《受活》以魔幻现实主义的荒诞笔法，勾勒出一个与世隔绝的乡土世界“受活庄”，隐喻了政治梦魇对于古老村庄的辖制。我们不难发现，上述乡土作家不约而同地以实验性姿态将乡土世界放置于超现实主义的文本语境中，渲染出浓烈奇谲的梦幻气氛及不拘一格的狂欢美学色彩。而马尔克斯、福克纳、胡安·鲁尔福等外国著名乡土作家的作品，也都是立足于故土进行大胆的文学探索，使本土的创作资源具有了更为广阔的世界性。“故乡”对于乡土作家来说不仅是一个概念明确的地域范围，也是他们最重要的情感、精神源泉，他们对于建构乡土文学世界这项事业有着天然的自信和不容置疑的话语权，无所羁縻的心态使他们对乡土素材可以如天马行空般信手拈来。与其相比，知青作家的乡土书写缺乏的正是那种“荒诞离奇”的想象力和酣畅淋漓的颠覆性。

随着时间推移，乡土之上的这场博弈似乎渐趋平息，大多数知青作家已“转型”完毕，在乡土以外的更广泛的题材上释放创作兴趣及才能，而乡土作家虽对非乡土题材有所涉猎，但令人念念不忘或具有经典意义的作品，依然是从肥沃的农家“自留地”中顽强生长出来的。知青作家的逃离与乡土作家的坚守，大概是皆大欢喜的结局。

第二节　被乡村所改造的知识分子——与延安作家之比较

在知青文学研究视阈中，延安文学似乎是一个遥远的、不搭界的论题，但是两者又的确存在着一些可供比较之处。当我们思考青年知识分子与城乡（尤其是乡村）的关系时，延安文学与知青文学的亲缘关系便凸显出来。知识青年上山下乡与新民主主义革命时期青年学生、作家投身延安，有一定的相似之处。延安文学与中国现代左翼乡土文学有着千丝万缕的联系，可以看作是传统乡土文学的变种，是左翼乡土文学思潮发展的新阶段，是马克思主义文艺理论与方针在乡土题材上的实践成果。延安文学是与中国新民主主义革命形势紧密结合的文学流派，同时延安文学中所提倡的知识分子与工农兵大众相结合的道路，也为后来的上山下乡运动提供了理论依据和现实指导。

一　延安文艺座谈会的深远影响

1939 年，毛泽东在延安青年群众举行的五四运动二十周年纪念大会上发表了题为《青年运动的方向》的讲演，他指出：“延安的青年干了些什么呢？他们在学习革命的理论，研究抗日救国的道理和方法。他们在实行生产运动，开发了千亩万亩的荒地，开荒种地这件事，连孔夫子也没有做过。”[①] 毛泽东充分肯定了延安青年将理论与实践相结合的宝贵品质，尤其强调实践对于知识青年的重大改造作用。1942 年 5 月毛泽东的《在延安文艺座谈会上的讲话》，以马克思主义文学观为指导，强调了革命文艺的重要性，阐释了文艺工作者的立场、态度、工作对象等问题，并要求文艺工作者站在“无产阶级的和人民大众的立场”上进行创作，而“大众”指的是“最广大的人民，占全国人口百分之九十以上的人民，是工人、农民、兵士和城市小资产阶级”[②]。毛泽东在抗日战争时期的一系列文章中明确了工农大众与知识分子的社会地位，将其定义为相互对立的两个阶级，两者构成改造与被改造的关系：“拿未曾改造的知识分子和工人农民比较，就觉得知识分子不干净了，最干净的还是工人农民，尽管他们手是黑的，脚上有牛屎，还是比资产阶级知识分子都干净。”[③]

毛泽东的论述无疑成为党制定知识分子政策的重要理论依据，成为文艺工作者创作的风向标。很多身处城市的作家主动或被动地改变封闭姿态，走出书斋，表现出贴近人民大众、希望不断“改造”自己的决心。“自我改造”逐渐成为一些知识分子自觉的政治追求，这种转变意味着对于昔日自我意识的审视与剥离。直到中华人民共和国成立以后，《在延安文艺座谈会上的讲话》的精神还在深刻影响着中国当代作家的创作。

20 世纪 40 年代前后，很多作家怀揣着革命理想从各自所生活的繁华都市奔赴延安，这一举动与后来的知青上山下乡不无相似之处。首先，从两者的思想经历来看，他们大多把深入乡村生活、与农民相结合，看作“革命”思想的具体体现以及自我改造的必经之路。他们当中，有人是主动请缨，有人则是对未来感到迷茫无助而摸着石头过河。也许他们投身乡土的举动并非完全出于主观自觉，甚至暗含着某些质疑

① 毛泽东：《毛泽东选集》（第 2 卷），人民出版社 1991 年版，第 532 页。
② 《延安文艺丛书 · 文艺理论卷》，湖南人民出版社 1984 年版，第 8 页。
③ 毛泽东：《毛泽东选集》（第 3 卷），人民出版社 1991 年版，第 808 页。

和担忧，但是在大的社会思潮的驱使之下，走进乡村必然成为特殊历史时期青年知识分子人生道路的正确选项之一。其次，具体到创作实践可以发现，很多延安作家与早期知青作家都在作品中尽力排除城市“小资产阶级”情调，努力将自己以及作品中的主人公打造成“又红又专”的革命建设者与接班人，在这一过程中他们皆经历了一场自觉或不自觉的精神蜕变。

延安作家中最为突出的代表是丁玲。丁玲在1927年曾创作过《莎菲女士的日记》这样具有先锋姿态的女性主义作品。而在延安时期，她的创作观发生巨大转变。丁玲1936年11月份从上海“亭子间”来到陕北保安，在解放区度过了九年岁月。她的文艺思想以1942年5月延安文艺座谈会的召开为界，分为“陕北前期”和“陕北后期”两个阶段。[①] 前期丁玲既被浓厚的政治氛围所感染，同时也关注着自己的内心世界，创作了《在医院中》《我在霞村的时候》等作品。《在医院中》中的女主人公陆萍与从上海到延安的丁玲经历基本吻合，也是延安为数众多来自城市的知识分子的一个缩影。“个人在现代城市与宗法社会之间、在自由知识分子与组织化的身份之间所体会到的不适感，是丁玲与陆萍能够相接通的一个重要环节，这其中包含着情感结构、感觉方式等诸多方面的深刻自我变革，以及自我变革中所遭受的困境。”[②] 从经济发达、思想开放的大都市来到经济落后、文化较为保守的延安，对于那些长期生活于城市的知识分子来说是一个挑战。周扬在《马克思主义与文艺》一文中指出，知识分子出身的文艺工作者“有过自己特殊的趣味、爱好，他们有过自己狭小的感情世界。他们没有体验过什么大的群众斗争的紧张和欢喜。个人情感常常成为一种太大的负担”[③]。因此，像丁玲这样的作家，必须艰难地卸下小资产阶级的情感包袱，投身到工农兵大众中去，才能成为真正的革命作家、人民作家。到了延安

① 秦林芳：《论陕北前期丁玲文艺思想的二重性》，《南京社会科学》2013年第6期。

② 李晨：《〈在医院中〉再解读》，《中国现代文学研究丛刊》2012年第4期。

③ 《延安文艺丛书·文艺理论卷》，湖南人民出版社1984年版，第215页。

后期，丁玲宣告自我改造成功，她自述："在陕北我曾经经历过很多的自我战斗的痛苦，我在这里开始认识自己，正视自己，纠正自己，改造自己。这种经历不是用简单的几句话可以说清楚的。我在这里又曾获得最大的愉快。我觉得我完全是从无知到有些明白，从一些感想性到稍稍有了些理论，从不稳到安定，从脆弱到刚强，从沉重到轻松……走过来的这条路，不是容易的，我以为凡走过同样道路的人是懂得这条路的崎岖和平坦的，但每个人却还是有他自己的心得。"① 刻画土改中阶级矛盾的长篇小说《太阳照在桑干河上》便是丁玲自我改造后的代表性作品，不仅在国内获得巨大反响，也获得了国际上的认可，在苏联摘得斯大林文学奖。

延安作家主要分为两派，一派即以丁玲为代表的"文抗"作家，另一派是以何其芳、周立波等为代表的"鲁艺"作家。1938 年 8 月 14 日，何其芳与沙汀夫妇、卞之琳一行四人离开成都，于 8 月 31 日抵达延安。② 毛泽东《在延安文艺座谈会上的讲话》发表后，何其芳在其后的讨论发言中对自己乃至整个小资产阶级进行了彻底的否定。他说："小资产阶级知识分子的灵魂是不干净的。他们自私自利，怯懦，脆弱，动摇。听了毛主席的教诲，我感到自己迫切需要改造。"③ 在这之后，他创作了《夜歌》《我为少男少女们歌唱》《生活是多么广阔》等作品，表达了经历思想改造之后的乐观昂扬情绪，与早期诗集《画梦录》内敛节制的创作风格迥然不同。何其芳在分析《夜歌》为什么受到广大青年欢迎的原因时指出："正因为这些诗发泄了旧的知识分子的伤感、脆弱与空想的情感，而又带有一种否定这些情感并要求再进一步的倾向，它们在知识青年中得到了一些同感者，爱好者。"④

---

① 丁玲：《丁玲自述》，大象出版社 2006 年版，第 179 页。

② 参见张立群《延安时期何其芳的诗人心态与创作道路》，《南都学坛》2010 年第 3 期。

③ 何其芳：《给艾青先生的一封信——谈〈画梦录〉和我的道路》，《文艺阵地》1940 年第 4 期。

④ 何其芳：《何其芳全集》（第 1 卷），河北人民出版社 2000 年版，第 250 页。

丁玲和何其芳是延安作家的典型代表，他们从城市来到乡村，经历了思想与文风的巨大转变。还有另一类作家，他们虽然身不在延安，但是心在延安，创作思想也受到延安文学的巨大冲击。20 世纪 40 年代朱自清政治心态的转向，表现出延安文学道路对于城市知识分子的深刻影响。朱自清在《论雅俗共赏》一书中指出：雅俗共赏的立场，偏重俗人或常人的立场，也可以说是近于人民的立场。并且，朱自清严肃地声明书中各篇论文都在朝着“雅俗共赏”的方向说话。从中我们至少可以读出两则信息。其一，作者落笔之前就已经定下为人民大众写作的偏向于“俗”的基调，然后按图索骥完成写作。可见，这是一次“主题先行”的创作尝试，带有极强的目的性。其二，作者摒弃了“小资产阶级”的姿态，逐渐接受并认可了“延安方向”。以分析赵树理的《李有才板话》为例，朱自清认为即使没有人想重读一遍，也不减少和磨灭它的价值。从革命的角度，朱自清极力为这部“可读性不强”（至少朱这样认为）的小说寻找存在的必要性：“意义和使命压下了趣味，认识和行动压下了快感。‘硬性的作品’得一本正经的读，自然就不容易让人‘爱不释手’，‘百读不厌’。”① 正可谓新的时代诞生新的美学范式，而新的美学范式也需要由研究者以新的研究视角和方法进行新的解读。

延安文学所倡导的“工农兵方向”引发了一部分中国现当代作家文艺思想及创作观念的深刻转型。无论是革命战争时期，还是社会主义建设时期，“工农兵方向”都是毛泽东文艺思想的精神主旨，是马克思主义文艺理论中国化的突出成果，它的提出不仅深刻影响了延安作家的文学立场，而且对整个 20 世纪 40 年代乃至 1949 年以后中国大陆的文学创作和研究都产生了深刻影响，早期知青作家自然也包括在其中。

① 朱自清：《论百读不厌》，《朱自清全集》（第 3 卷），江苏教育出版社 1988 年版，第 231 页。

二　知青作家与延安作家的异同

知青文学和延安文学分属两个不同的时期，这两个文学流派分别见证了一段重要的历史，并都具有强烈的时代意义和政治意义。将两类作家和两个文学流派相互勾连很有必要。知青作家与延安作家主要有以下几个相同点。

首先，无论是延安作家还是知青作家，都背负着“被改造”的任务来到乡村，两者受到城乡文化的双重影响，经历现代文化与传统文化的双重洗礼，属于城乡双栖人。他们成为时代变革、历史变迁的见证者，因为各种原因进行空间迁徙并完成身份转换，世界观、价值观和人生观发生了蜕变。无论是出于主动还是被动，乡村经历都为他们的思想变革提供了土壤。毛泽东评价延安作家时说：“同志们很多是从上海亭子间来的，从亭子间到革命根据地，不但是经历了两种地区，而且是经历了两个历史时代。”① 从亭子间到宝塔山，毛泽东赋予延安作家的城乡迁徙活动以伟大的政治意义，延安作家对于城市或乡村的选择，实则是对于当时不同政党的选择，对半封建半殖民地社会与新民主主义社会的选择。同样，知青作家在城乡间有组织的空间迁徙，也承续了毛泽东延安时期对知识分子进行思想改造的政治意图。

其次，与工农兵相结合的创作理念在相当长一段时间内主导了延安作家与早期知青作家的思想。延安文学提倡“将政治标准放在第一位，艺术标准放在第二位”②，政治标准的强化，使得延安文学有力地配合了抗日战争、解放战争的推进，推动了解放区的生产建设。但一些作家在遵从政治标准的同时，忽视了艺术标准和文学自身的规律性。一些作品成为生硬、机械地图解政策的工具，忽略了对生活本来逻辑的呈现、对于艺术形式的探索和对人物心理及行为的体察，具有一体化、模式化

---

① 《延安文艺丛书·文艺理论卷》，湖南人民出版社 1984 年版，第 26 页。

② 同上书，第 20 页。

倾向，导致作品思想深度及艺术感染力不够。这一问题在早期知青文学中也有表现，例如塑造主人公时以其阶级身份为主宰，严格的二元对立模式导致人物形象标签化，缺乏鲜活个性。无疑这些作品主要彰显了时代性与政治性，思想性与艺术性相对薄弱，作家个人艺术风格受到一定压制。延安作家与早期知青作家都尽力排斥城市小资产阶级情调的"精神污染"，在此过程中他们的艺术探索热情受到一定影响，作品的艺术表现力受到一定磨损。有学者认为集体主义观念的勃兴在一定程度上制约了主体性的表达："每个人，只有被动地依靠'大众'，才能获得生存的安全感。一切要倚靠大众，每个人只能以大众的身份而存在，这便会慢慢地置个人思想于无用之地，因而把人的'主体性'逐渐地丧失。"[①] 这番话表面看似有一定道理，其实也不无偏激之处。在特定历史时期，是否坚持大众方向确实成为衡量作家政治立场正确与否的重要标准，但并不能武断地将其看作作家自我意识淡薄甚至丧失创作个性的唯一缘由，也不应简单地将大众方向认定为作家主体性受限的绊脚石。大众方向与作家的自我意识并非天然对立物，在这方面大量左翼文学经典已经给出有力证据。直至今日，大众方向对于文艺工作者的创作实践仍然具有指导意义。文艺为何、如何为最广大人民群众服务，文艺作品如何在小我与大我、个性抒发与大众需求、艺术价值与社会价值之间求得平衡，仍是当代作家需要不懈思考的问题。

最后，两者在书写乡土的过程中都力图凸显"斗争"主题。延安文学涉及抗日战争、解放战争等，知青文学涉及阶级斗争、路线纷争、人与自然斗争等。上述斗争形式都是对"革命精神"的生动诠释，这类作品往往情节跌宕起伏，人物之间对立冲突频繁，正与反、对与错、善与恶等二元对立的概念在作品中得到凸显。《暴风骤雨》《太阳照在桑干河上》《创业史》等作品主要描写波澜壮阔的土地改革及合作化运动，树立正反典型，反映共产党领导下的农民对地主阶级的反抗，反映

① 徐复观：《中国人的生命精神》，华东师范大学出版社 2004 年版，第 228 页。

农民内部（贫、中、富农）的分化、新旧生产方式间的冲突、社会主义“新人”与“旧人”间的掣肘等。《生活的路》《蹉跎岁月》等知青文学作品的斗争主题，则体现在针锋相对的阶级斗争、路线纷争、人与恶劣自然环境的博弈以及人物内心深处的矛盾挣扎等方面。尤其是早期知青文学对于自然灾害的书写，常带有鲜明的“斗争”色彩，人与天斗、与地斗的事迹实际上是对阶级斗争主题的迂回阐发。自然现象附着了人的思想和情感，折射了时代的精神特质。作家通过描绘自然的凶险来凸显知青坚定的阶级立场以及无畏的革命理想、斗争精神。

知青作家与延安作家之间的区别主要可以概括为下面几点。

首先，社会身份与知识背景存在一定差别。当年奔赴延安的作家多是阅历较深、社会知名度较高的知识分子和文化人士，如丁玲、周扬、艾青、萧三、何其芳、周立波、成仿吾、萧军、陈学昭、欧阳山、黄源、周文等。他们经历过新文化运动的熏陶洗礼，拥有较为深厚的学养、较为丰富的人生经历。周扬、艾青等还曾留学海外，眼界比较开阔。这些作家来到延安主要针对人民大众从事思想文化方面的宣教工作。如果以此作为参照，那么上山下乡运动中诞生的知青作家在创作起步阶段并不具备丰富的人生阅历。知青完成初、高中学业便投入上山下乡运动，他们尚处于身体发育期和思想成长期。就身体而言，他们要面对较为艰苦的田间劳作，务农对体力的要求较高；就思想而言，他们的人生观、价值观、世界观尚在形成过程中。早期知青作家如老三届作家尽管具有“天将降大任于斯人也”的使命感，却在创作的初始阶段缺乏相应的辩证思维能力、人生阅历、社会洞察力等，大多依靠一腔豪迈、悲壮亦不乏乐观主义的激情主导创作，因此作品有稚嫩、简单化的色彩。

其次，两类作家投身乡村的动因存在差异。延安作家和知青作家大抵怀着不同动机来到乡村：很多延安作家是已经在文坛及社会上获得了影响力，再来到乡村，投身革命；而知青作家则是如白纸一般先来到乡村，受到乡村生活的陶冶和激发，借此机缘而成为作家。自城市而来的延安作家虽然也受到时代氛围的影响，但来到延安大多是主动为之，不存在强制或一锅端的压力。虽然深入并书写工农兵对他们具有挑战性，但是他们大多纠正了个人主义、小资产阶级倾向，忠实践行延安精神，将文学创作变为革命实践的一个重要组成部分，变为服务于人民大众的有机形式。而知青作家中虽不乏主动下乡者，但是大多数人是在国家的统一安排部署下被动下乡，很难拥有选择上的主动权。知青走上文学道路，很大程度上是缘于时代的造就。

最后，两者创作目的、题材与形式不同。成仿吾在《写什么》一文中指出延安作家应该着力于抗战题材："写这样的一个时代，写出我们中国人的要求、痛苦与斗争。我们应该高呼抗战，宣传抗战，描写人民的抗战，描写为一致抗战的英勇斗争。描写我们的民族英雄与为国牺牲的烈士。"① 因此，延安文学体现出浓厚的救亡色彩。早期知青作家延续了延安作家的"战斗"精神，但斗争方式、斗争对象发生改变。相应的，两者在艺术形式探索方面也表现出不一致的地方。延安文学对于"民族形式"有较高的要求。丁玲在《跨到新的时代来——谈知识分子的旧兴趣与工农兵文艺》一文中指出："主题既然是新鲜的，人物也是新的，一切的战斗的场面都是新的，那么文艺的形式也就为着适应内容的需要，和作者对文艺形式与语言的不断探求与努力，与过去的革命文艺，欧化的文艺形式，或庸俗的陈腐的鸳鸯蝴蝶派的形式都要显得中国气派，新鲜而丰富。"② 柯仲平在《论文艺上的中国民族形式》一文中具体指出："中国旧文艺形式中为广大人民所接受的才算真正的民族形式，如《水浒》、《三国演义》、《红楼梦》之类，和民间的一部分山歌、土调、戏曲等。"③ 延安文艺所面向的是解放区广大底层人民群众，所以在文体风格上必须充分考虑他们的审美趣味和接受能力。因此，民间形式强调的是作品土、俗、浅、白的大众化美学风格，提倡的是秧歌剧、土调、山歌、戏曲等在民间具有旺盛生命力的、能够在民间

① 《延安文艺丛书·文艺理论卷》，湖南人民出版社 1984 年版，第 258 页。

② 丁玲：《丁玲文集》（第 6 卷），湖南人民出版社 1984 年版，第 81 页。

③ 《延安文艺丛书·文艺理论卷》，湖南人民出版社 1984 年版，第 605 页。

广泛传播的艺术体裁。相比而言，早期知青作家对于延安文学的继承更多体现在创作观念方面，而并未过分纠结于艺术形式问题，他们大多采用通俗白话文进行创作，并未刻意探索和借鉴具有深厚民间底蕴及地域性色彩的语言风格和艺术体式，创作体裁多集中在中规中矩的小说、散文、诗歌等。知青作家创作所承担的宣传教化功能相对较小，并非以农民为启蒙对象和潜在读者，因此在对民间形式的重视程度和有效利用方面不及延安作家。

综上，早期知青文学体现出对毛泽东阶级观念及文艺思想的继承，是延安时期知识分子改造主题的某种延续。在两者中间，十七年文学与"文革"文学扮演了承前启后的角色，从而在近四十年的历史中形成一条线性的文学脉络和一套连贯性的文艺审美范式。在这样一条线索中，还有一类文学值得关注——"五七干校"文学（简称干校文学）。干校文学代表性作品有杨绛的《干校六记》、臧克家的《忆向阳》、陈白尘的《牛棚日记》和《云梦断忆》、叶圣陶的《叶圣陶叶至善干校家书》等。干校文学在很长一段时间内没有得到当代文学研究者的重视，相关研究文章21世纪以来尤其是近十年来才零星出现。显然，对于干校文学的历史意义与文学价值如何评定，如何看待其与延安文学、知青文学的内在联系等问题，都值得深入思考和开拓。

第三节 激进主义向保守主义转向——与寻根作家之比较

一 身份的重合——从文学乡土到文化乡土

从广义看，我们可以把20世纪80年代的寻根文学划入上文提到的当代乡土文学范畴之中。但是，就知青文学与寻根文学之间纠缠交错的关系而言，很有必要另辟一章来梳理和辨析。

20世纪80年代中期兴起的寻根文学，是"文革"结束后作家由政治反思过渡到文化反思的具体成果。最早举起寻根文学大旗的作家大多是经历过乡土生活洗礼的知识青年，作为新时期文学生力军的知青作家，在80年代中期遇到艺术创造上进一步开拓、提升的难题。他们迫切要求找到摆脱困境的有效之路。[①] 返城后，不仅他们的创作题材、艺术风格在转型，而且对于以乡土文化为代表的传统文化的认知也在转变。阿城的《棋王》《树王》、韩少功的《爸爸爸》《女女女》、李杭育《最后一个鱼佬》等“葛川江系列”小说、郑义的《老井》、王安忆《小鲍庄》等是寻根文学作品的代表作。作为一个新生的文学流派，寻根文学的理论建构与创作旨趣尽管已经与知青文学判然有别，但很难说寻根文学的诞生能与知青作家上山下乡的经历脱掉干系，如陈晓明所说，“事实上，绝大部分后来被归结为‘寻根’的小说，都是知青小说的变种”[②]。

谢有顺认为：“对于大部分知青作家来说，一旦历史前进，一旦‘伤痕’和‘反思’不再成为社会的主要诉求，他们便开始意识到，绑在意识形态战车上与它一同前进的文学，和渴望通过文学获得的永恒品格之间，其实存在着难以逾越的距离。”[③] 寻根文学可以看作知青作家自我松绑的尝试，他们试图通过追问“我从哪里来”来确认“我是谁”，通过溯源迂回地实现了当下主体性的重建，在主体性重建过程中也实现了文学的美学价值和思想功能。20世纪80年代中期以后，由知青作家主导的寻根文学迅速脱离了知青文学的既定轨道，去寻找另一套话语方式及文化反思途径。显然，故乡、大地、母亲、根——这些意象之间的隐喻关系源于农业文明的修辞系统。一旦民族的文化传统遭受侵犯，这种修辞系统将为民族认同提供响亮而独特的符号代码。这时，文学之中“乡村”的语义往往会扩大为民族文化传统。[④] 这可以用来解释知青作家向“寻根文学”转变背后的动因。

---

① 参见洪子诚《中国当代文学史》（修订版），北京大学出版社2007年版，第280页。

② 陈晓明：《众妙之门：重建文本细读的批评方法》，北京大学出版社2016年版，第150页。

③ 谢有顺：《中国小说叙事伦理的现代转向》，博士学位论文，复旦大学，2010年。

④ 南帆：《启蒙与大地崇拜：文学的乡村》，王光东编《中国现当代乡土文学研究》（上卷），东方出版中心2011年版，第186页。

有学者认为从审美表现形态和主题意向看，寻根小说侧重于观察和揭示儒道文化、神秘文化、原始文化、地域文化等文化类型。[①] 当然有的小说可能还不止涉及一种文化类型，而是表现为几种文化类型的杂糅。有学者认为从对于乡土文化态度的角度来看，寻根文学呈现两种不同倾向，即“或在民族文化之根的寻觅中弘扬传统，或在民族文化弊端的反省中批判历史”[②]。前者以阿城等作家为代表，阿城寻“棋”、李杭育寻“渔”、郑义寻“井”，表达了对于传统文化的亲近与认同，具有向中国传统文化致敬的意味。后者以韩少功等作家为代表，主要通过对于传统文化中沉疴旧疾的揭示和批判，来唤醒人们对于传统文化的辩证认识和全面反思。当然，在对传统文化的肯定态度和否定态度之外，还存在“介于二者之间的既继承又批判”[③] 的第三种态度，比如王安忆《小鲍庄》中对于“仁义”的辩证态度。

二　从激进主义到保守主义的转向

知青作家对于乡土的体认，大致经历了从自然乡土、政治乡土，到文化乡土、历史乡土的转变过程。乡土不只具有自然风景或意识形态的指向，还成为中国传统文化集体无意识的象征和中华民族悠久历史的见证。“作家把笔触深入荒蛮之地、乡村野渡，在文明极少涉猎的空间展开民族千年文化的想象，在大量的民俗描写、民间传说、神话、古歌、仪式的表演中表现远古的魅力，如此以静止的空间切断了现代性的时间进化，正是为了寻找那在现代社会中渐行渐远的传统文化，实现现代民族国家主体性的想象与建构。”[④]

保守主义可以从文化和政治两个角度来考量，所谓文化保守主义，

① 李继凯等主编：《中国现当代文学》，高等教育出版社 2011 年版，第 402—403 页。

② 杨剑龙：《历史与现实病症的互照》，上海文艺出版社 2011 年版，第 9 页。

③ 党圣元：《在现实与历史交汇处沉思——当代思想视野中的文学理论问题探析》，辽海出版社 2017 年版，第 317 页。

④ 朱水涌：《空间焦虑：当代文学 60 年的一种精神状态》，蔡翔、张旭东编《当代文学 60 年回望与反思》，上海大学出版社 2011 年版，第 239 页。

体现在“对历史、传统、习俗和文化的精心看护”[1] 上。所谓政治保守主义，体现在“对疾风暴雨式的社会变革的强烈抵触情绪，对于激荡风雷的社会政治革命不加掩饰的厌恶和反对”[2] 上。知青作家在经历了伤痕文学、反思文学的短暂调整后走向寻根文学，不妨看作知青作家经历了轰轰烈烈的社会运动后向文化保守主义转向的一种标志。20 世纪 80 年代，进入后革命时代的中国文坛开始对近现代以来尤其是“文革”时期的历史经验进行反思，“一体化”时期的革命叙事、英雄叙事、宏大叙事逐渐弱化，乡村、农民、土地作为重要的叙事资源，其意义也不再不拘于革命性、阶级性之一端。知青作家通过乡土题材创作抽丝剥茧地探寻中国传统文化中的根性因素，无论说长还是道短，都体现出对传统文化的某种回归，寄寓了致敬或反思、传承及修复传统文化的愿望，以返本开新的姿态为现代化进程提供了基础性保证。

阿城是知青作家中文化自觉意识出现较早且较为强烈的一位，他跨过激进主义阶段，直接切入对于传统文化的书写和反思。《棋王》体现出儒道并重的美学特色。在喧嚣不定、人心惶惶的年代，主人公王一生内守于象棋世界，对于人情世故漠不关心，他如同落入尘网的天外来客一般忠实于楚河汉界，兼具禅宗与老庄的精神品格。小说的张力在于王一生既沉湎于形而上的精神世界，又在意形而下的口腹之欲——对于饮食的执着追求，是他生命中另一件十分看重的事情。对于出身于城市贫民家庭的王一生而言，“吃”的本质不是解馋，而是纯粹基于“饥饿”这一基本生理反应所采取的必然行为。一方面战胜饥饿是他最基本、最迫切的生存要求，王一生是一个对饥饿有深刻体认的人，因此他对于下乡后“顿顿饱”的生活非常知足。另一方面，他的“自足”还因为他心中有棋，作为一个远近闻名的“棋呆子”，象棋占据了他的精神世界，使他抽离于形而下世界的困扰。无论是最基本的物质生活，还是最

① 任剑涛：《还原保守主义的社会政治面相》，《读书》2012 年第 5 期。

② 同上。

抽象的精神生活，他都是一个特别纯粹的人，一个追求淋漓尽致的人。而无论是下棋还是饮食，无论是出世之心还是入世之道，都是中国传统文化的重要组成部分。阿城从他的乡村经历中凝练出一种超越性与世俗性、内在性与外在性的有机融合，这也是阿城在艺术境界上超越同时代某些知青作家之处。《树王》则可以有多重理解维度。从生态文学的角度看，知青无视自然发展规律，冒进的伐木毁林运动破坏了原始森林的风貌，对于生态环境造成伤害；从知青与农民的关系角度看，小说书写了以“我”为代表的知青与以肖疙瘩为代表的农民之间所缔结的深情厚谊；从更深层次的文化角度看，李立与肖疙瘩之间关于是否砍“树精”的争执，反映了激进文化与保守文化之间的针锋相对。李立立足于“破”，企图以破代立，破坏本身即代表了建设新世界的姿态；肖疙瘩立足于“守”，守护一棵经年累月长成的根深蒂固的“树精”，也就等于守住了传统文化的根，自然遗产与文化遗产之间暧昧地完成了意义共享。阿城貌似通过叙述者“我”来客观呈现眼见的一切，并无对当事人是非对错的直接评判，但对于李立的冒进行为的反感和疏离、对于肖疙瘩的亲近和同情实则隐晦地表明了作者守护传统文化的态度。

如果说阿城对传统文化充满亲近、敬畏之情，那么，韩少功则是传统文化的省思者和挑战者。作为寻根文学思潮的主要发起人，韩少功的寻根、回乡以及他几十年来的理论思考、创作历程和生活实践，表现出他对于城乡二元文化、知识分子等问题的持续焦虑和不间断的反思。韩少功创作的阶段性更强，主要可分为三个时期。第一个时期是“文革”结束至20世纪80年代初的“伤痕期”，这一时期韩少功的作品集中表现了对于极“左”路线的批判，代表作有《月兰》《西望茅草地》《癌》《远方的树》等。《癌》的主题思想与卢新华的《伤痕》有相似之处，讲述了郑星星如何为保全自己，与被误划为地主成分的母亲决裂，反映了极“左”思潮对于人性的扭曲、对于母女亲情的摧残。韩少功这一时期的作品多在知青题材中注入伤痕文学的内涵。第二个时期是20世纪80年代中后期的“寻根期”，这一时期韩少功在经历了成熟的停顿之后重出江湖，以启蒙主义和文化批判的姿态创作了《爸爸爸》《女女女》等对中华民族深层文化结构与文化心理进行探寻的作品，从个体的诗性抒情过渡到理性色彩浓重的历史文化反思。第三个时期是20世纪90年代以后，以《马桥词典》《暗示》《山南水北》等作品为代表。此时韩少功对乡土世界的批判态度有所缓和，他逐渐发现了城市生活之于人性的负面影响。这促使韩少功重新回到乡土，去寻求新鲜的思想资源。

韩少功的创作道路印证了他的审美趣味从激进主义到保守主义的蜕变历程。与之相伴的，是韩少功对于乡村和农民态度的巨大转变：起初的批判集中在极“左”思潮对于乡村及农民造成的不良影响上，寻根文学时期将注意力转移到对乡土文化糟粕及国民性格弱点的批判上，90年代以后的作品在城乡对比的视角中，肯定了大自然中近于人性的生活方式以及乡土世界的精神价值。

韩少功第二个时期即寻根期的创作破除了知青文学浪漫主义的魔咒，反其道而行之，将神秘、怪诞、污秽、畸形等大量“消极元素”注入作品，以“审丑”代替“审美”。这些消极元素或称魔性元素的运用，与早期孔捷生等知青作家书写大自然中的魔性不尽相同，已经从自然层面上升到文化层面。韩少功寻根文学作品中充斥着超越性意向，侧重于呈现乡土世界中的文化弊病，这种书写方式继承了鲁迅早期所践行的国民性批判传统。韩少功的早期创作侧重于以单纯质朴的语言表达乡土情感，而在《爸爸爸》《女女女》等20世纪80年代中后期创作的小说中，污言秽语充斥在文本中间，意象构建丑陋化和畸形化，兼有拉美魔幻现实主义与本土楚越巫文化的色彩。《爸爸爸》描写原始部落鸡头寨的历史变迁，“整个小说弥漫着原始氏族社会的荒蛮怪异的神秘氛围”①，主人公丙崽作为缺乏正常思维、语言能力的怪胎，是一个既不生长发育、也不衰亡终结的病态形象，这一形象显然表现出有悖于现实

① 李继凯等主编：《中国现当代文学》，高等教育出版社2011年版，第403页。

体验的荒诞感。更为荒诞的是，鸡头寨百姓竟然将集各种缺陷于一身的丙崽视为仙人，顶礼膜拜。作者对于封闭凝滞的乡土状况和国民根性中有待疗救的部分做出了深入描述和反思。

与《爸爸爸》一样对于中国传统乡土文化进行审视与反思的还有王安忆的《小鲍庄》，《小鲍庄》在肯定中华优秀传统文化的同时，也对糟粕成分进行了批判。“仁义”是小说的关键词，男孩捞渣的种种善行以及为救鲍五爷而死的行为将仁义精神发挥到极致。然而为小鲍庄村民所信奉和推重的仁义，有时也是封建愚昧思想的代名词。比如，寡妇二婶再嫁拾来、童养媳小翠自由恋爱等都被村民看作有违仁义道德的行为。那么，我们就必须对仁义这个大写的褒义词中所潜藏的“吃人的礼教”那一部分予以充分的省思，对于传统文化中的精华以及混迹于精华之中的糟粕予以充分的辨析。《小鲍庄》中，作家如同一个冷静的观察家，情感克制地展现乡土中的人物和事件，成功地完成了从一种“自我中心状态”向“非我中心状态”的改变。[①] 韩少功、王安忆不约而同地从知青作家的自我经验世界中走出来，以一种静观默察的口吻讲述既具有超现实主义色彩，又植根于深层文化语境的乡土故事。

从主观抒情走向历史理性，从政治批判到文化批判，这是知青作家不断整合乡土经验之后做出的改变。知青作家在寻根文学领域的创作实践表明，相同的创作素材遭遇不同的思想观念之后，会诞生题材、风格完全不同的作品。

第四节　视域分野与题材合流——与当代都市作家之比较

谈到中国当代都市，上海无疑最具代表性，在上山下乡运动中上海又是输出知青最多的城市之一，所以上海或许是最能够体现中国城乡间“对抗”的城市：“它是对抗着农业文明而崛起的城市文明，但是，又

① 祖国颂主编：《叙事学的中国之路》，中国社会科学出版社 2006 年版，第 197 页。

有哪一种城市文明会像上海始终深受着弘广无比的农村力量的觊觎、分解、包围和笼罩?”[①] 上海如同乡土文明夹缝中诞生的异物，卓尔不群地屹立于中国大地，然而它又难以独善其身，难以摆脱乡土异质文明的试探与冲击。上海知青通过上山下乡，将这种异质文明的细胞移植于自己体内，他们的“另一副目光”为我们提供了观察上海的独特角度。不难发现，叶辛、王安忆、陈村、陆天明、王小鹰等知青作家对于上海的书写，与陈丹燕、程乃姗以至卫慧、棉棉、郭敬明等都市作家笔下的上海图景呈现出明显的差异。

一　上海当代都市文学的勃兴

城市文学发源于10至11世纪的欧洲，最初是与传统教会文学相对应的民间文学形式。中国古代城市文学发展相对缓慢，近现代以来，真正意义上的城市文学才逐渐在全国范围内发展起来。

近代上海是城市小说的发源地，“海派”文学是中国现代城市文学的里程碑，谴责小说、鸳鸯蝴蝶派、新感觉派小说等都包含着令人耳目一新的城市意象和城市感觉。中华人民共和国成立以后，由于受各种因素影响，海派文学传统一度出现停滞。“文革”结束后，城市文学开始逐渐摆脱革命年代被压抑的状态，重新确立了自己的地位。1983年，在河北北戴河召开了中国首届城市文学理论笔会，会上学者经讨论对城市文学进行了初步定义：凡以写城市人、城市生活为主，传达出城市之风味、城市之意识的作品，都可以称作城市文学。[②]

20世纪80年代以后，上海本土文学再现活力，出现了陈丹燕、程乃姗、卫慧、棉棉、郭敬明等作家，他们的写作大多彰显着轻灵而浓郁的“小资产阶级情调”：“铁与血谢幕之后，精致、品味和不同凡俗气质共同组成了新的小资产阶级文化肖像。他们一如既往地重视美学。但

---

① 余秋雨：《文化苦旅》，东方出版中心2001年版，第169页。

② 幽渊：《城市文学理论笔会在北戴河举行》，《光明日报》1983年9月15日。

是，这种美学已经收敛了激进主义的锋芒而与生活达成了和解。这种美学是实用性的，装饰性的，构成了社交礼仪或者街道风景的组成部分。”① 当代上海书写建立了新的美学范式，精致生活、怀旧想象、世俗倾向等文化符号成为崭新标志。

程乃姗出生于1946年，是土生土长的上海人，后多往返于上海、香港两地；陈丹燕1958年出生于北京，在上海长大。她们都经历过“文革”，但青年时代又都恰巧避开上山下乡。程乃姗的代表作有《蓝屋》《金融家》《上海探戈》《上海Lady》《上海女人》等，她通过勾勒旧上海贵族阶层的家族历史、生活态度、社交方式等道出对贵族阶层瓦解、贵族气质没落的惋惜。小说《蓝屋》书写了上海钢铁大王顾家三代人的命运。小说《金融家》中，程乃姗以祖辈为原型，塑造了主人公华行董事长祝景臣等人物形象。程乃姗以“寻根”的方式回溯了上海中产阶级的家族史，对中国民族工商业者半个多世纪以来的奋斗历程作了全景式的描绘。此外，程乃姗的作品还有一个显著特点，就是将上海放置于国际性大都市的序列中进行书写，如《山水有相逢》中即出现了上海、香港、台北、旧金山等众多城市形象，通过平行比较，揭示都市间的共性和差异，拓宽了都市文学书写的视野。陈丹燕具有“怀旧”标签的创作也曾风靡一时，她的代表作是20世纪末出版的“上海三部由”——《上海的风花雪月》《上海的金枝玉叶》《上海的红颜遗事》，三部作品皆流露出一种世纪末的华丽情调。《上海的风花雪月》中，陈丹燕寻访了上海的舞厅、酒吧、街道、公寓等，结合大量图片资料及人物采访，以虚实相生的口吻呈现了曾在上海留下生命印记的故人的经历。陈丹燕将自己的创作灵感和才能都归咎于都市上海的陶冶：

> 我想，如果我不生活在上海，我爸爸妈妈那个时候不离开北京，我生活在北京，我想我一定也会成为一个作家，在北京写作。

① 南帆：《五种形象》，复旦大学出版社2007年版，第86页。

但是上海，我生活在上海，上海使我成为一个大概我在北京不会成为的这种类型的作家。我觉得我的兴趣跟上海带给我的东西有一个联系，就是我非常关心这个文化的开放性和混杂性。①

陈丹燕的小说《慢船去中国》中流露出一股浓厚的中产阶级文化气息。主人公简妮是上海滩大买办的后代，在改革开放以后重新步入中产阶级的行列。她游历于新疆、上海、纽约等地，从荒蛮渐次步入繁华，在作者眼中，纽约蕴含了世界上最奢华、最前卫的都市经验，无疑处于作家城市想象的最高端。

对于上海“名媛”身世、经历的书写，是陈丹燕和程乃珊两人的共同兴趣所在。“名媛”在这里一般是指具有良好家庭出身、优秀教育背景、出众气质修养和较强社交能力的女性。有人认为“上海如女人一般，是不安、浮躁、美奂、交错的”②，相较于北方城市的阳刚之气，华丽柔婉的上海的确可以被比拟为女性，那么有着传奇经历的上海名媛则成功充当了十里洋场的代言人，凸显出昔日上海时尚开放、曼妙雅致的时代质感。

如果说程乃珊、陈丹燕这一类作家对于上海的书写以怀旧想象为主，那么新生代作家则愿意把目光聚焦于当下都市，如“70 后”作家卫慧、棉棉，“80 后”作家郭敬明等。当都市小说“从终极关怀走向当下关怀的时候，‘现在’便具有了及其重要的意义”③，历史和传统完全消解在现实性和现时性的个人经验之中。

棉棉的《糖》、卫慧的《上海宝贝》中的都市书写带有明显的青春期的宣泄色彩，所呈现出的是颓唐而迷乱、灰暗而充满激情的都市景象。泡吧、酗酒、吸毒、性爱等事件被她们疯狂想象并过度消费，小众

---

① 陈丹燕：《我的写作与上海》，傅光明编《女性的心灵地图》，新世界出版社 2005 年版，第 230 页。

② 中国城市活力研究组主编：《上海的性格》，中国经济出版社 2005 年版，第 75 页。

③ 蒋述卓：《城市的想象与呈现》，中国社会科学出版社 2003 年版，第 112 页。

的都市生活成了藏污纳垢的混乱世界。小说主人公的精神追求被埋葬在物欲横流之中："我们都没什么理想，不关心别人的生活，我们都有恋物癖。"① 作品中充斥着碎片化的"物质"修辞学，具有欲望化的写作特征，物质为她们制造兴奋点，也将她们推向失落迷惘之境，人与城市间的精神性联系逐渐中断。"从骨子里说，上海这个大都市又天赋一种狂欢的基因。一旦时机成熟，狂欢的火焰便会熊熊燃烧。"② 上海的"狂欢"特质与20世纪30年代人们对上海的"魔都"想象不谋而合。年轻都市作家善于把上海都市文化中迷幻超验的部分不断放大，进而将其概括为上海文化的全部内涵。

就作品的价值取向和情感基调而言，上海都市作家可以分为两类。一类是乐观派，他们或通过文字凸显城市光鲜亮丽的当下，或者沉浸于怀旧的情绪中，最终与城市精神达成心灵默契。这类作家对于城市的赞许认同大于反思批判，如程乃姗、陈丹燕的作品都可划入此类。郭敬明对于上海文化也抱有一种亲和的态度，长篇系列小说《小时代》以奢华的意象、华丽的笔调以及众多令人艳羡的富家公子小姐形象，打造了一个"去现实化"的耽美的都市王国。这种想象最终只能成为迎合"80后""90后"青年人空洞幻想的迷魂药，上海在他们眼里只是一座五光十色的"幻城"，城市内部的多元人群被遮蔽，多元意义被消解。另一类是颓废派，以卫慧、棉棉为代表。她们在作品中揭示城市青年人的心灵创伤，尤其善于勾画以年轻边缘女性为代表的亚文化人群。从总体上看，以上两类作家一般都有着明确的城市意识，能够有意识地扮演自己所处城市代言人的角色，在程乃珊、陈丹燕等作家的笔下，上海带有鲜明的中西交杂胎记与现代性姿态；而卫慧、棉棉等作家虽然并未刻意颂扬或附庸都市文化，甚至表现出强烈的叛逆色彩，但是她们的书写终究也具有为上海以及生活于其中的特定人群著书立传的野心。

---

① 棉棉：《糖》，中国戏剧出版社2000年版，第43页。

② 李平：《海派都市狂欢的现状和文化意味》，孙逊、杨剑龙编《都市、帝国与先知》，上海三联书店2006年版，第239页。

二　知青作家整合城乡资源的诉求——以王安忆为代表

与都市作家相比，知青作家的都市感官略显保守。王安忆最负盛名的上海书写非长篇小说《长恨歌》莫属，但除了《长恨歌》中的王琦瑶散发着大都市荡气回肠的传奇色彩，王安忆其他事关上海的作品似乎都更关注城市中普通人的命运，他们中的很多人身上并不具备鲜明的“都市性”，而是带有市侩的俗气或乡野的土气。

有过插队经历的王安忆笔下的城市往往闪现着乡村的影子。李双志认为城市文学只有与乡土经验相结合才能达到一个新高度：“城市空间迅速成为后浪漫时期美学先锋钟爱的书写对象和投射现代危机的想象场域。乡土是现代文明和现代都市所需要的一个他者，既能指向前现代的天真、纯净和浪漫，也能蕴含原始的生命动力和荒诞的想象资源。不妨说，恰恰在城市文明和城市美学盘踞现代人文化生活视野之时，从乡土经验吸取灵感和意象的文学作品才更有出奇制胜、推陈出新的可能。”[①] 王安忆也认为对于当代小说家来说，就中国现阶段的城市发展状况而言，城市并不是一个比乡村更适合催生好故事的空间：“城市为了追求效率，它将劳动与享受归纳为抽象的生产和消费，以制度化的方式保证了功能。细节在制度的格式里简约，具体生动的性质渐渐消失了。它过速地完成过程，达到目的，余下来的还有什么呢？其实，所有的形式都是在过程中的。过程缩减了，形式便也简化了。所以，描写城市生活的小说不得不充满言论和解析，因为缺乏形式，于是难以组织好的故事。”[②] 规范化、制度化固然体现出城市的优长，但又在很大程度上阻滞了新鲜的文学形式的生成。

李双志的论述与王安忆的创作观相印证，展现出文学城市与文学乡村相结合的可能性与必要性，也为苦于创作资源枯竭的城市作家辟出新

---

① 李双志：《乡土经验与世界文学》，《南京社会科学》2013 年第 2 期。

② 王安忆：《茜纱窗下》，上海文艺出版社 2002 年版，第 576 页。

径。文学必须与现实相结合，那么之于今天的中国，城市与乡村的共存、博弈与发展仍是最重要的现实之一。

如果说乡村意象在《长恨歌》中是被压抑的，那么在《广阔天地的一角》《六九届初中生》《姊妹们》《富萍》《上种红菱下种藕》等作品中，乡村意象则是呼之欲出的，乡村成为与城市交相呼应的主体。《广阔天地的一角》《六九届初中生》等小说中来自城市的雯雯，以懵懵懂懂的目光来打量她插队的这片贫瘠土地以及乡村中的同龄女孩；而《姊妹们》则站在城市知青的立场上对村庄生活进行回忆，成年主人公“我”已经可以用更为全面的视角来重新诠释皖北平原上那些褶皱的村落。王安忆很多城市题材的中短篇小说，都未仅仅停留在所谓“都市性”之上，而是自觉或不自觉地将视角伸向城市边缘、小城镇或乡村，揭示与“都市性”相龃龉的“乡土性”，把一些都市边缘人的生活经历和心路历程淋漓尽致地表现出来。《上种红菱下种藕》中小女孩秧宝宝的成长经历，覆盖了乡村、城镇、都市三重场域；《富萍》则讲述了女主人公富萍从扬州乡下来到上海谋生的历程。从身份上看，秧宝宝和富萍都具有城乡交杂的特征，透过她们的眼睛，可以更好地领会都市生活的复杂性。《悲恸之地》中的农民刘德生怀着发财致富的梦想来到上海，为这里的美食、美女、影院和百货大楼所倾倒，与此同时他也遭遇了来自市民的冷漠嘲讽。

王安忆的很多小说表面看来在讲述上海，但是实际上她的内在目光却几乎都投射在都市的边缘：苏州河上的船工，棚屋中的拾荒者，进城谋生的小商贩等。用力勾勒城市底层，是王安忆的上海书写区别于程乃珊、陈丹燕等的重要特征。《发廊情话》《鸠雀一战》《骄傲地皮匠》等小说中，王安忆以细腻的笔触向我们呈现了既值得品咂也值得反思的底层市民生活。这些人物从不同侧面呈现出都市上海的多面化与包容性。他们深知世事艰辛，却从未对人生失去希望，甚至练就出一身“铜豌豆”式不屈不挠的韧劲，城市绵延不绝的顽强生机也许就蕴藏在这群人剽悍的心灵之中。王安忆让都市上海脱下了的惹人艳羡的盛装，她暴露了其中的粗陋针脚，绘制出一幅悖论式的城市图景。谁说这种粗粝荒蛮不比华丽纤细更具美学效果呢？

三 知青作家的都市化转型及其限度

随着时代发展，城市不再局限于以空间背景的角色隐现于文学话语之中，而是渐渐成为文学书写中具有前景性意义的重要资源。文学想象之光如何烛照城市，城市之魅如何通过文学作品来呈现，已经成为当下文学创作和文学研究中最重要的话题之一。

尤其是20世纪90年代以后，在城市题材作品中，主流文学、精英文学、大众文学各领风骚。知青作家内部也开始分化，一部分作家坚守精英文学立场，也有一部分作家逐渐移步通俗文学、大众文学领域，越来越具有都市作家的特征。叶辛可以被看作从严格意义上的知青作家向都市作家成功转型的范例。早期作品如《蹉跎岁月》等是纯粹的知青文学作品。《孽债》（Ⅰ）虽然以都市生活为背景，但是插队云南的生活经历是作品不可磨灭的前提；到《孽债》（Ⅱ），知青子女登上历史舞台，插队生活逐渐淡出。《华都》则是一次彻底向都市文学转型的尝试，讲述了当代都市的中年男女（有不少人曾有过知青经历）在面对情欲考验时的种种反应，或节制，或沉沦，或走向死亡。《客过亭》在书写知青回乡之旅的过程中，加入了旅游、言情、悬疑等诸多类型小说的因素，在风格、技巧方面都已趋同于都市小说。跟叶辛较为相似的是上海作家陆天明。陆天明早期曾执着于知青文学创作，后期创作重心发生转向，专注于“反腐”题材创作，如《苍天在上》《大雪无痕》《省委书记》等长篇小说。反腐题材小说是当代都市文学的一个重要组成部分，凭借入木三分的人物形象、悬念丛生的情节设计以及惩恶扬善的精神气度获得了强烈的社会反响，具有鲜明的现实性和时代性。

当然，知青作家转型趋势仍抹杀不了他们与程乃珊、陈丹燕等都市作家作品立意旨趣、风格情调的不同。都市作家怀揣的是两种最为突出的写作资源——当下市民生活与历史风流轶事。董丽敏概括了上海城市文学的“当下性”特征：“在上海想象中，一种‘新’的历史逻辑与政治指向已经悄然形成——它与轰轰烈烈的大历史无关，而只扎根于个人的世俗物质生活；它逃离于公共政治空间，而只流连于私人的情爱与闲暇；它蛰伏于全球化的现实，然而对于更不发达的地域，仍散发着不容忽视的殖民气息。”① 卫慧、棉棉、郭敬明的都市书写即特别强调当下性、私人性、世俗性；程乃珊、陈丹燕的上海书写则建立了“向后看”——从城市历史及其代表性历史人物中搜寻创作资源的美学原则，家族兴衰、名媛逸事等成为重要素材。都市作家一般有着明确的“子民意识”，能够有意识地以肩负文化使命感的姿态为自己所在的城市立传，他们创作中缺乏乡土世界的参照，于是城市成为孑然独立的封闭王国。作家善于营造唯美的怀旧氛围，沉浸于往事钩沉，“在劫后余生的传说和遗迹之中打捞昔日的繁华旧梦”②，凸显城市的文化积淀。“特定”城市成为维系作家与作品关系的纽带，没有“这一座”城市的滋养，就没有“这一位”作家的创作成就，自然而然他们对于城市的依赖度、认同度、亲和度就远大于知青作家。对于特定“都市族群”的关照成为他们投身都市文学的天然优势，也成为一种局限，当没有“别样的生活”作为其价值观念的参照系时，很多时候他们的视界显得较为有限，语言或思想层面亦显力道不足。

相比较而言，知青作家虽然生成长于城市，即使身陷乡村也从未失去返回城市的决心，但是因为曾浸泡于乡村，所以大多能较为辩证地审视城市的长短优劣，对于他们所置身的城市仍保持着某种微妙的距离。城市之于他们是家园，也是他者；是贴己的素材，也是值得反思的问题。知青作家的创作有很多值得肯定之处，但我们也不能无视其中存在的某些瓶颈。比如，王安忆繁复迂回的语言风格（当然这种语言风格不局限于当代城市题材创作中），似乎有意呼应着上海文化的精细与雅

---

① 董丽敏：《“上海想象”：“中产阶级”+“怀旧”政治？——对 1990 年代以来文学“上海”的一种反思》，《南方文坛》2009 年第 6 期。

② 南帆：《五种形象》，复旦大学出版社 2007 年版，第 7 页。

致，但是其作品在“精致和高雅”之余，还缺少一种“淋漓尽致的冲击力”[①]。她精心雕琢的绵密文字作为当代“海派”表征之一，与废名、汪曾祺那种四两拨千斤式的“京派”写法迥然不同；同为城市文学，与老舍、陈建功等人诙谐雍容的“京味”风格也相去千里。她极有耐性，对于日常生活的点点滴滴都试图进行一种无缝式的勾画，然而，“细节癖”是一把双刃剑，细节累加所造成的文本冗赘感值得注意。叶辛后期作品越来越中规中矩，成为“畅销书”也是一把双刃剑，大众趣味得到满足的同时，思想探索的深刻性也自然受到一定影响。此外，日常生活对于包括作家在内的每一位市民的意义越来越重要，知青作家对于城市日常生活的感知越来越深入和细致，相应的，文学创作的日常性、通俗化倾向也愈加明显。但是值得注意的是，如果知青作家过分注重日常生活的表象呈现，则有可能造成对现实题材的一种浪费。

① 郜元宝：《不够破碎》，吉林出版集团2009年版，第178—179页。

结语　知青作家城乡书写的意义及反思

自新时期以来，中国思想界、文学界发生了天翻地覆的变化，各种思潮流派、作家作品竞相登场，各领风骚。于是，不少人认为在思想领域风云激荡且极具多元化色彩的当下谈论和研究知青作家、知青文学，似乎确有不思进取的落伍之嫌；有人心存顾虑，认为在当下介入知青文学话题是否会因为其与“文革”有千丝万缕的联系而显得过于敏感；也有人怀疑当下与知青史相关的各项研究是否带有附庸意识形态的功利主义倾向。总之，在这样一种文化语境中，知青作家作品研究也不可避免地被推至边缘境地——间或被提及，却鲜有专家学者在学术层面上作系统、全面的梳理和研究。但是我们又不得不承认，知青作家作品研究尽管面临种种偏见与疑问，但它的学术价值并不能被抹杀，反倒仍有进一步掘凿之必要。

研究知青作家的城乡经验及书写便是“掘凿”的一种方式。知青作家的城乡经验及书写兼具文学意义、历史意义和社会意义，联结了历时与共时的双重维度，记录了知青一代人空前绝后的成长史，揭示了20世纪中叶以来城乡二元结构的鲜明特性以及城乡关系变动的历史脉络。总的来说，知青作家城乡书写的意义主要可以概括为以下几方面。

首先，知青作家的城乡书写，呈现了上山下乡运动的全貌和肌理。知青作家在历史诗学的维度上，用文学话语表述了他们对于社会发展变迁、城乡关系的认知。每位知青作家从自身不同的主观感受出发，全面讲述了不同时期、不同地域发生的知青故事，纪实性体裁也好，虚构性体裁也罢，都为我们提供了重新回到历史现场的途径，使我们对于上山下乡运动全过程及其影响的观察不再限于模糊的轮廓，而是有了更生动体贴的理解——这体现了人物、情节、环境、细节等文学要素所蕴含的能量。

其次，知青作家的城乡书写，有助于更深刻地挖掘、呈现和理解城市与乡村二元结构的特性及其各自的角色定位、发展状况。在中国，城市与乡村长期共存，城市文学与乡土文学各领风骚，就目前来看这种状况还将延续下去，我们需要多样化的文学范式对城乡风貌及彼此关系加以描述，知青文学便是城乡文学书写的重要范式之一。以“地域”为中心、从场域转换的视角来研究知青文学，隐含着勾勒中国基本国情的用意以及绘制城乡文化版图的构想。“地域”一词已经超越了地理学和人类学的含义，具有鲜明的社会性和文化性。正如丁帆所说：“它（指地域，引者注）不仅仅是一个地理疆域里特定文化时期的文学表现，同时，它在表现每个时间段中的文学时，都包容和涵盖着这一人文空间中更有历时性特征的文化沿革内容。”① 在共时性的空间差异中折射时间性的历史差异，这是知青作家城乡书写的多重意义所在。知青作家对于城乡二元结构及城乡关系的认知处于一个不停变动的过程中，这是主客观条件相互作用的结果，既包含了作家主观意识转变的因素，也包含了城乡发展变化的现实情况。

最后，知青作家的城乡书写呈现了知青一代人以及其所包括的殊异的个体精神嬗变历程。知青上山下乡的举动，以及知青作家对于这一社会性运动的书写和诠释，隐含着当代知识青年精神嬗变、断裂与重建的全过程。城市和乡村是两个截然不同的人生体验场，是某些悖论性概念的有力载体：喧哗或宁静、富足与贫瘠、浮躁与质朴等。这些繁杂的人生体验使知青作家不断在理想主义和现实主义之间做出选择，他们心中

① 丁帆：《中国大陆与台湾乡土小说比较论纲》，林建法、乔阳主编《中国当代作家面面观——汉语写作与世界文学》（下），春风文艺出版社 2006 年版，第 1061 页。

的理想升腾、燃烧、被俘获以致再次萌生，他们被现实影响、冲击以致最终与其达成和解……在希望与迷茫周而复始呈现的过程中，知青作家获得了对于历史及个体生命的透彻理解和对自我价值的重估。知青自我精神的蜕变也透露出时代变革的讯息：从革命时代到后革命时代，从社会主义计划经济到社会主义市场经济，从农耕传统式微到城市文化勃兴蔓延……知青作家的城乡书写为天翻地覆的当代中国发展历程提供了充分的见证和阐释。

如果将知青作家的创作实践放置于20世纪中国历史及中国当代文学史的发展流脉中加以考察，就会发现，他们大抵是新中国的同龄人，他们的生命轨迹与当代中国成长轨迹一脉相承：十七年时期，他们在破旧立新的社会主义政权巩固发展的时代氛围中出生并度过了人生启蒙阶段；“文革”十年，正值青春期的他们响应国家号召，主动或被动投入到上山下乡的社会运动中，艰苦的生活意外擦出文学的火花；新时期以来他们渐入中年，在作品中开始以更加辩证的态度、更加新奇的视角洞察中国社会经济发展、城乡变迁、思想解放、文化重建的全过程；进入新世纪，他们仍笔耕不辍，将历史与当下、传统与前沿有机结合，以丰厚的阅历剖析社会，以敏锐的视角发现并回应各种新问题。无论是作品的时间跨度、空间幅度，还是题材广度、思想深度，知青作家的创作在中国当代文学史上都具有一以贯之的完整性和广阔驳杂的丰富性。

值得注意的是，知青文学作品中的知青形象与知青作家本人的创作实践之间存在着某种分离乃至冲突。早期作品中的主人公多是有理想、有追求、敢于挑战和批判的青年知识分子形象；后新时期以来一些作品中出现了不少理想幻灭的知青形象，他们身陷世俗，随波逐流，不再拥有远大的精神追求。与之相对，知青作家自身则呈现出另外一种状态，不少作家早期创作受制于时代限制，缺乏一定的独立性和主体意识，随着时代的变革才渐渐展露个人思想的锋芒。被创造的文学形象与作家自我形象间的悖论，成为解释中国当代知识分子思想激变、心路变迁的最佳注脚。

当然，我们也必须坦言，知青作家虽是一个知名度高、影响力大的创作群体，但其中的不少作家受意识形态、知识水平或个人才能等因素的辖制尚未诞生具有经典意义的作品，有的作家看似在某个时代完成了具有“经典意义”的作品，但是随着历史的大浪淘沙，很多作品也在祛魅或走向边缘。纵使存在以上的忧虑，但有一点是不可否认的，知青作家都称得上是参与见证中国当代历史进程的“重要作家”。“经典作家”与“重要作家”之别体现了文学与历史的纠缠，既不能将两者完全等同，也难以割裂其中的关联。我们评判知青作品的艺术价值及其文学史地位，不能全然脱离它的社会历史价值这一基础。如果我们从中华人民共和国自诞生至今近七十年历史变迁的角度重新审视，就会发现知青作家的创作历史是一部社会发展史、城乡变迁史、精神蜕变史，从一定意义上讲，具有百科全书式的知识容量和精神气度。

中国的现代化进程全面推进且不可逆，越来越多的农民离开土地住进楼房，越来越多的土地不再用来种植庄稼、收获粮食，而是用来承载密集的人口、川流不息的车辆、鳞次栉比的摩天大厦，越来越多的乡村已经脱下一身充斥着泥土味的灰暗外衣，具有与城市相比肩的面貌及功能。农民对于城市不再感到陌生和畏惧，通信、交通、物流等产业的勃兴、传统农耕观念的变革、城市广阔的就业市场与生存空间等因素共同为农民进城提供了新的可能性。与此相对，由城市至乡村的人口逆向流动却越来越稀少，当下的城市土著（尤其是青年一代）对于乡村生活愈加陌生。除了带有志愿者服务性质的、具有人生体验意味的短期支农、支教等活动，以及大学生村干部、选调生这一类以乡村为事业起步平台的高校毕业生，以独生子女为主力军的城市青年，很难再有知青那一代人艰苦卓绝、五味杂陈、百感交集的乡村生活经历。当下城市青年的生存场域基本被定格在有限的城市空间之内，乡村生活只充当小部分人体验生活的一种方式，而大概不会在他们的生命中镌刻下难以磨灭的印记。

韩少功说："一次夭折的移民，使一批小知识分子曾辗转于城乡之间，挣扎于贵贱之间，求索于真理与伪学之间，终以摆货摊或得硕士等等为各自归途。不必夸大他们的功绩和美饰他们的品质，但那穷乡僻壤、天涯海角里成熟的心智和肌骨，将烙印于中国直跨入下一个世纪的历史。"[①] 知青一代人经历了半个世纪的洗礼之后，似乎获得了世俗意义上的身份高下、地位尊卑之分野，然而他们的品性与气质却不乏相似之处——他们在以历史为纵轴和以城乡为横轴的坐标系中不断调试自己的位置。时间的流转与地域的错落打磨了他们的心智与肌骨，历史理性、人民观念、忧患意识、悲悯情怀、奋斗精神、坚忍性格等符码集体无意识般镌刻在知青的心灵名片中，这是命运意外酝酿出的一笔财富，这笔由磨难铸就而成的财富既属于某一个人，也属于这一代人及其后代，还属于整个国家和民族。

长久以来针对知青文学，一些质疑的声音不绝于耳：知青生活是不是被一部分作家有意美化、理想化了？作家们是不是在以虚伪的、遮掩的姿态消费着曾经确确实实发生过的苦难？很多文学作品何以挣脱现实的束缚，呈现出浪漫主义色彩，以至于给人们留下"不真诚"的话柄？这些质疑也是很多人对于知青文学存有偏见乃至怀有敌意的原因。我以为问题的根本在于如何审视社会历史事件与文学创作活动的关系，以及如何面对现实世界与文学世界之间的关系。文学源于生活的说辞我们早已烂熟于心，而文学作品中除了非虚构体裁，还有大量有待于用想象、虚构等非现实元素去填充的体裁，比如小说、戏剧、诗歌等。非虚构题材尚且不可能完全成为现实的"备份"，虚构文学作品所建构的"可能世界"则更难以与作家所处的现实世界画等号。难以画等号有主客观多方面的原因。第一，时间阻滞与内心净化使然，时间横亘在当下与久远的历史时刻之间，人的情感受它的摆布驱遣，苦难之于人内心的冲击

① 贺绍俊、杨瑞平编：《知青小说选》，四川文艺出版社 1986 年版，第 241 页。

力在时间的延宕中有可能逐渐削弱，最后缓冲到人们心平气和去接受的时刻。第二，现实经验变形使然，这一点上文已经涉及颇多。人不可能两次踏入同一条河流，人的现实经验转瞬即逝，大多被筛选化为记忆储存在头脑中，记忆不是现实的刻录机，此乃第一重变形；此后，作家将记忆诉诸笔端的时候，文字语篇也并非记忆的忠实抄写员，此乃第二重变形。这些不可避免的变形，使得文学文本必定无法精准复制人的第一感觉、初始印象、事件的本初样态等。第三，文学创作的内在规律性使然。无论是偏重于抒情的文学作品，还是偏重于叙事的文学作品，都需要作家进行干预性的主观建构，需要多种艺术手法、修辞策略的综合运用，从这个角度讲包括知青文学在内的任意一种文学题材都不可能完全屏蔽那些貌似“有悖于”现实的文学要素，诸如浪漫主义、理想主义、超现实主义等。因此，我们也不必过分纠结于知青文学中“怀旧”“抒情”“青春无悔”的正当性。

回到历史与社会层面，我们需要澄清以下事实：怀旧不能代替反思，抒情不能遮蔽创伤，知青作家对于知青生活的温暖回忆尤其是后来对于乡土生活的念兹在兹，并不意味着他们变相认可了上山下乡运动本身。知青个体生活的意义以及知青文学作品的意义，不等同于上山下乡运动的意义。任何一段为人所亲历的生活尤其是跌宕的生活，都有被文学语言记录下来的价值。因此，令人扼腕叹息的蹉跎岁月之于经历它的知青个体来说，总还是蕴含着某些闪光之处。一段看似幽暗的时光隧道中，未必全然是黑暗而没有灵光闪现。青春无悔的宣誓未免失之虚伪空泛，但未经打磨和淬砺的人生也未尝就是完满的，也未尝不隐含别他的缺憾。苦难成就了记忆与梦，如韩少功所说：“唯有在痛苦的土壤里，才可以得到记忆的丰收。繁盛的感受和清晰的画面，存之经年而不腐败。……时光总是把苦难渐渐酿出甘甜，总是越来越显示出记忆的价值。……步入中年的知青们，历史已在他们记忆的底片上，在他们的身后多垫了一抹黄土地，或是一面危崖。这使他们继续长旅人生时，脊梁骨后多了几分承托和依靠。他们中间的多数人，也许会因此而欣慰，而充实，而多一些迈向前路的沉着。”① 知青作家品咂过离散的味道，他们曾或长或短地面向乡土大地和广大农民，深刻认识了中国的现实国情；此后更长的岁月里，他们回归城市安稳而扎实生活着，一边行走，一边回眸，一边对照，一边反思。如此一番参差的城乡经历、驳杂的生命体验固然令人唏嘘，但对于知青作家个人的创作事业而言自是有其潜在的、迂回的乃至深刻的价值。

城市与乡村两个概念之中包孕着不同的思想内涵和生命理想。对于城市和乡村的选择/再选择，逃离/回归等问题关涉知青一代人的思想重构、精神探寻、心灵归宿等命题。知青作家的精神谱系、价值观念和情感倾向，具有鲜明的代际特征，因此具有较高的可识别性。城市和乡村的文化基因共同为他们的人格赋形，传统和现代的对撞与撕扯在他们身上烙刻下鲜明的印记。知青作家的城乡书写成为记录半个多世纪以来中国城乡变迁、社会变迁，中国人思想变迁、精神变迁的重要载体。知青作家的城乡书写乃中国当代文学史中具有跨时代意义和持续影响力的重要事件，除了其自有的文学、美学价值以外，也为我们全方位、更深刻地理解 20 世纪中叶以来中国社会经济、思想文化的转型与发展提供了宝贵的文本资源。

---

① 韩少功：《心想》，天津人民出版社 1996 年版，第 47—48 页。

后　　记

以知青文学为选题，很大程度是源于父母知青身份的影响。他们在辽宁省新金县同益公社瓦房大队插队，他们时常与我聊起上山下乡时的种种经历。我试图跨越时空及代际阻隔，去追索他们的来路，复原他们的青春。除了口述的回忆，父母几乎没能留下什么文字记录，于是我另辟蹊径，走入知青文学研究这块田地。当年父母知道我选择这样一个题目时欣慰不已。这部书应该被视为一种回报，回报父辈的养育之恩，教诲之情。

我的博士生导师杨剑龙教授曾在江西插队多年，他关注知青作家创作及知青历史文化传承，他踏实的为人风范及勤勉的治学精神，自然让我联想到知青生活的洗礼。他常说的一句话是：做学问就像农民种地，有一分耕耘就有一分收获。极为平实的表述中蕴含着亘古不变的真理。没有他的言传身教就没有这部书稿的问世。

感谢陕西师范大学人文社会科学高等研究院院长李继凯教授奖掖后进，将本书列为陕西师范大学人文社会科学高等研究院资助出版丛书之一。感谢中国社会科学院党圣元研究员热情为我联络出版事宜。感谢责任编辑慈明亮老师对书稿提出宝贵意见并悉心编校，减少了书稿中的不少错讹。

感谢现就职单位教育部高等学校社会科学发展研究中心的同仁，没有他们的宽容和勉励，就很难在紧张的工作之余继续从事学术思考与研究，也就不会有这部书稿的出版。

感谢《文艺研究》《中国现代文学研究丛刊》《南方文坛》《中国文学批评》《现代中文学刊》《创作与评论》《福建师范大学学报》《南昌大学学报》《海南师范大学学报》《作家杂志》等学术刊物的抬爱，书稿部分章节内容已于上述刊物发表。

感谢学术道路上诸多贵人的敦促与激励，他们之中有交往多年诲人不倦的良师，有相识未久但文缘至深的益友，更有尚未得见却私淑已久的学人，这样一个名单恐怕太过冗长，也难免挂一漏万，恕不一一罗列。

书稿付梓之际，如同宿冰之解冻，获得新生的同时，此中的杂质必然一同暴露出来，因此真诚接受学界同仁的审视与批评。

李彦姝

2018 年元旦于京北清河